KB272799

퀸츠 왕국
크릭릴 계곡
에민
페니키아(수도)
워터밸
식인 늪
ㅇ웨이트가드
(중립령)
온빛 노을의 강
몰던 시
라이즈솃 히
자코비니 사막
해지랄리
포말하우트 산맥
움직이는 늪
피요드
자우라크
크릭할린 협곡
N
W E
S
코로나

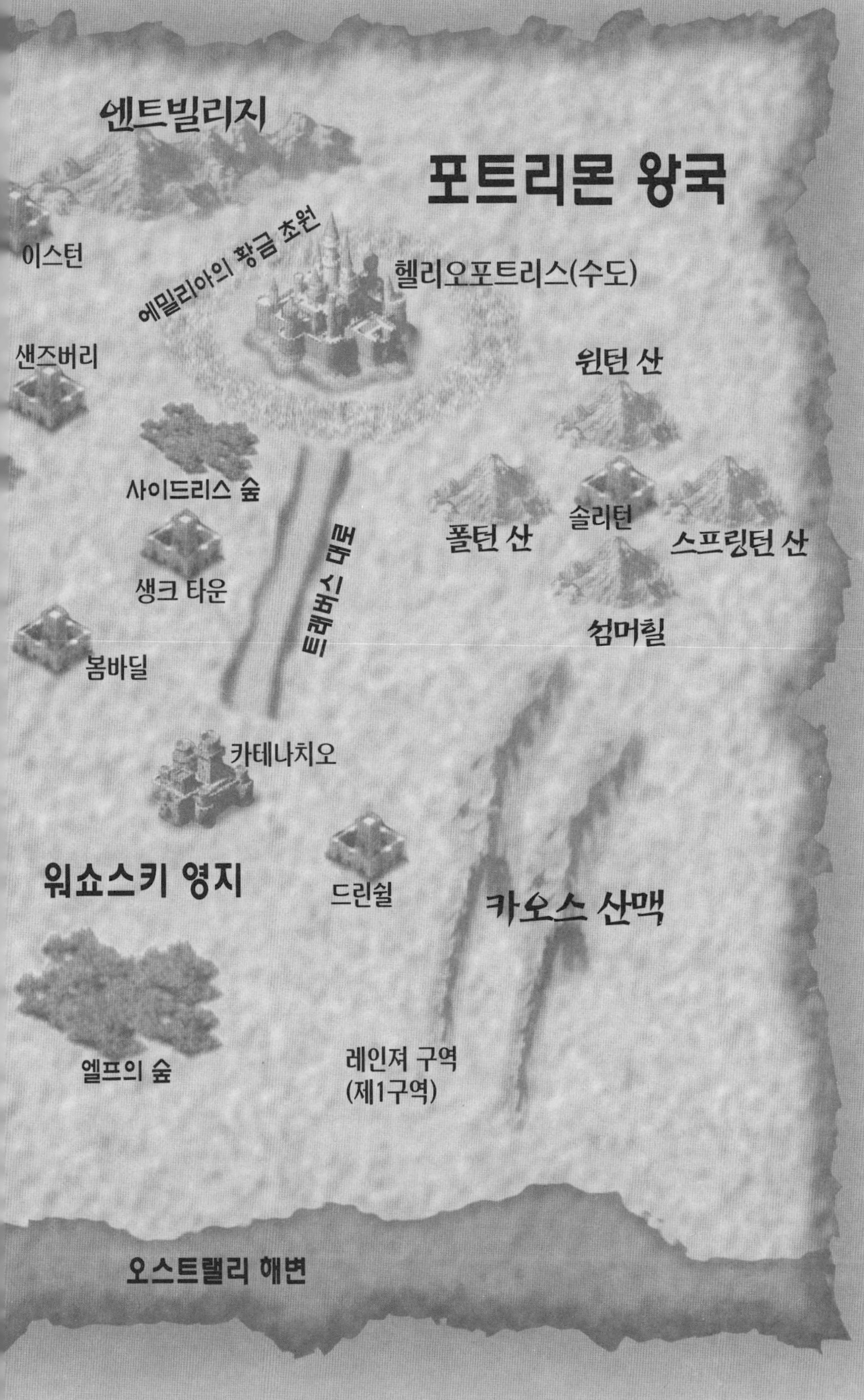

엔트빌리지
포트리몬 왕국
이스턴
에밀리아의 황금 초원
헬리오포트리스(수도)
샌즈버리
윈턴 산
사이드리스 숲
트레시 대로
폴턴 산
솔리턴
스프링턴 산
생크 타운
섬머힐
봄바딜
카테나치오
워쇼스키 영지
드린쉴
카오스 산맥
엘프의 숲
레인져 구역
(제1구역)
오스트랠리 해변

정복자의 일기
Diary of Conqueror
4
완 결

정복자의 일기 4
변혜주 판타지 장편 소설

초판 1쇄 찍은 날 § 2001년 4월 25일
초판 1쇄 펴낸 날 § 2001년 4월 30일

지은이 § 변혜주
펴낸이 § 서경석
펴낸곳 § 도서출판 청어람
편집 § 문혜영 · 허경란 · 박영주 · 김희정 · 권민정
마케팅 § 정필 · 강양원

등록번호 § 제1081-1-89호
등록일자 § 1999. 5. 31
어람번호 § 제1-0097호

주소 § 경기도 부천시 원미구 심곡1동 350-1 남성B/D 3F ㈜ 420-011
전화 § 032-656-4452   팩스 § 032-656-4453
e-mail § eoram99@chollian.net

ⓒ 변혜주, 2001

값 7,500원

ISBN 89-5505-066-6 (SET) / ISBN 89-5505-094-1 04810

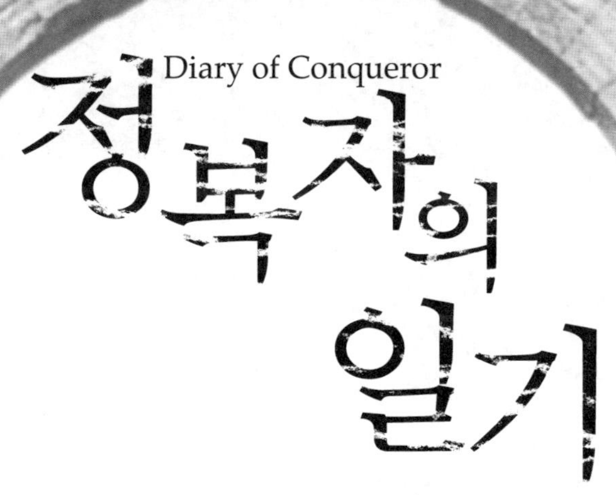

변혜주 판타지 장편 소설

완결

정복자

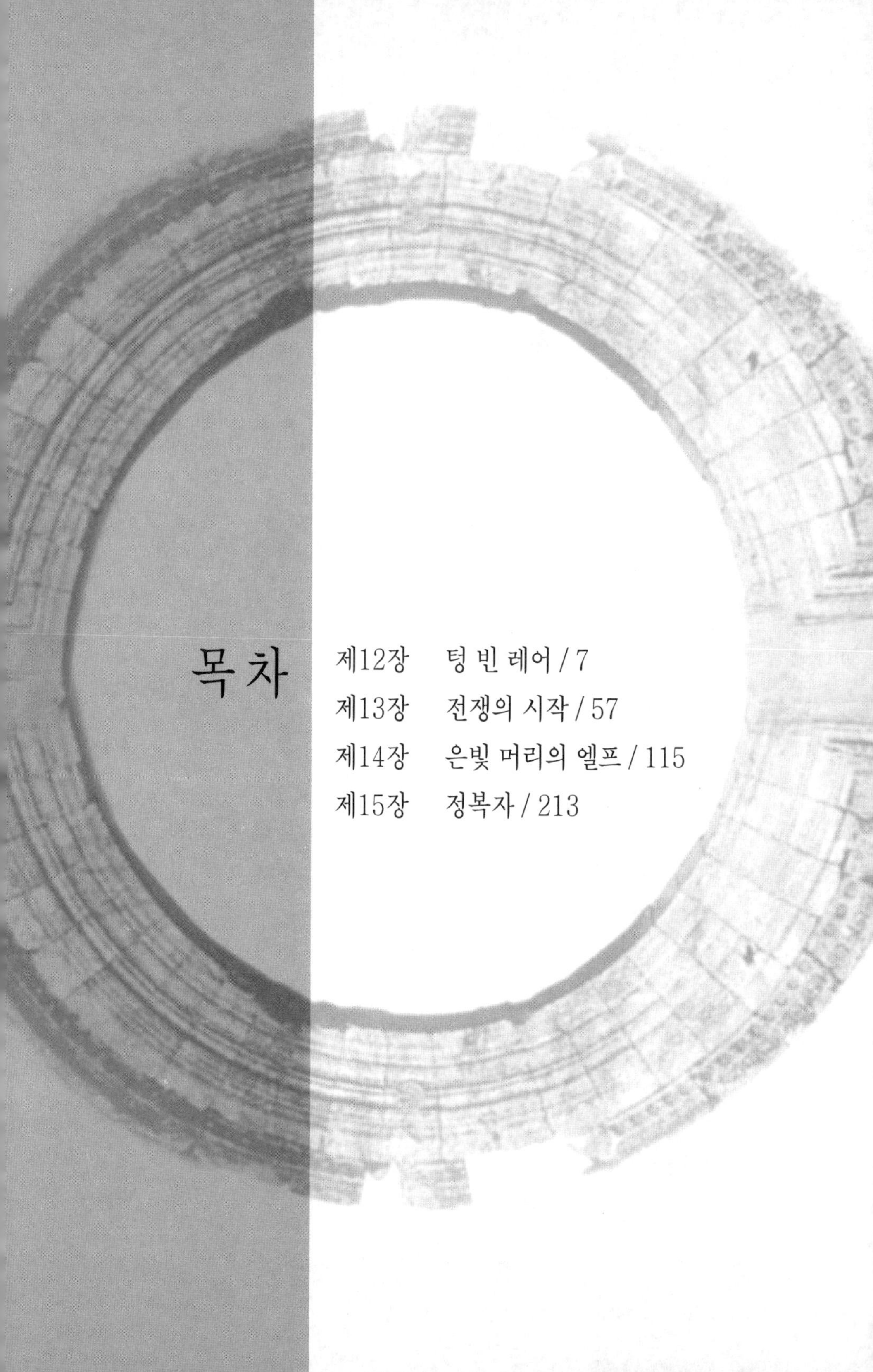

목 차

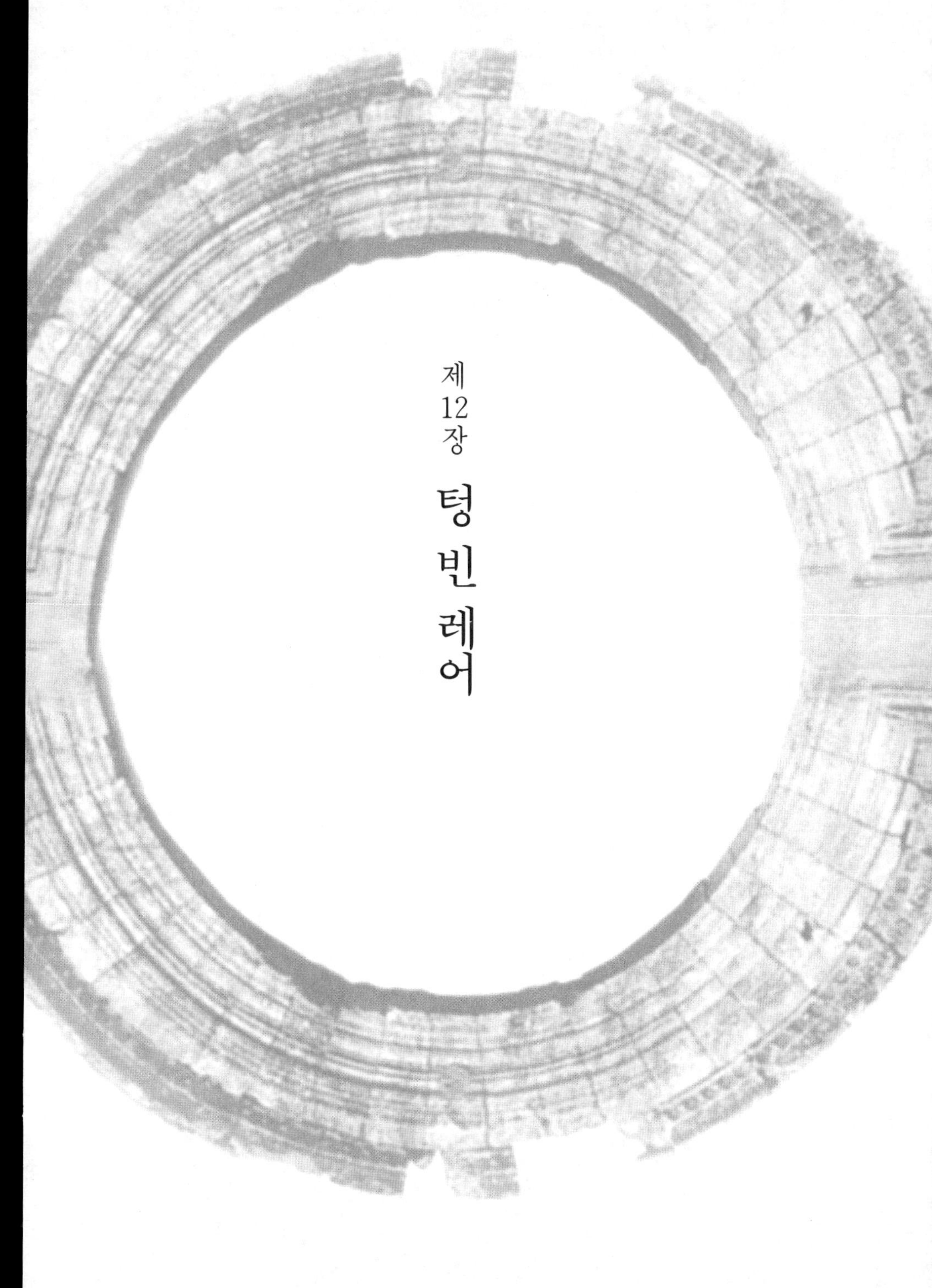

제12장

텅 빈 레어

1

에라다누스는 두려움을 대변하는 이름이다.

에라다누스는 어떠한 도전도 용납치 않았으며 그의 권위에 도전한 자는 반드시 대가를 치러야 했다. 하이오네는 늪 속에 가두어졌고, 카시오페아는 그와의 처절한 전쟁 끝에 생명력이 고갈되어 버렸다.

하물며 인간이야 에라다누스란 이름 앞에 미천하기 그지없는 나약한 존재에 불과했다.

그의 불길에 녹아내린 사람과 그의 발톱에 찢겨진 사람의 시체는 헤아릴 수도 없다. 그와 대면을 했다는 인간의 기록은 전무하며, 그에게 접근해 살아 돌아왔다는 인간의 증언 역시 들어본 기억이 없다. 에라다누스는 타협의 여지가 없는 절대 복종의 이름인 것이다.

에라다누스가 잠들어 있는 동안 인간은 드래곤이란 존재를 망각한 채 대륙의 주인을 자처하며 번영을 거듭했다. 신의 존재까지 부정하며 지배자의 달콤함을 맛본 인간들이 다시 드래곤의 지배 하에 놓인다는 것은 매우 곤혹스런 일이다.

　에라다누스를 극복하지 못하는 한, 그들이 이루어낸 왕국은 모래 위에 지어진 반석에 불과함을 알기에 그들의 두려움은 더욱 크다.

　부활의 조짐은 이미 충분히 보여지고 있지만 어리석은 인간들은 그에 맞설 아무런 준비도 하지 못하고 있다. 과거를 외면하고 눈앞의 현실을 부정하는 것으론 아무것도 해결하지 못함을 그들은 여전히 인정하지 않으려 한다.

　그들의 수동적 나약함은 단지 에라다누스를 꺾어줄 절대 강자의 등장만을 애타게 기다리고 있는 것이다.

　…(중략)…….

　에밀리아는 영웅을 필요로 하던 시기에 나타난 수혜자일 뿐이었다. 하지만 나는 내 손으로 영웅을 필요로 하는 시대를 만들고 있다.

'정복자의 일기' 라 이름 붙은 미완의 기록에서 발췌.

　남아 있는 시간은 하루뿐인데 이실론이 넘어야 할 산은 아직도 멀기만 했다. 이실론이 현실을 인정한 것만으로는 부족했다. 카시오페아를 받아들이고 그 안에 융화시키는 것은 온전히 이실론에게 주어진 몫이었고 누구도 도움이 되지 못했다.

　이실론만큼이나 오랜 고민 끝에 핸슨이 조심스런 결론을 내렸다.

　"그동안 이실론 스스로 카시오페아의 존재를 느끼고 서서히 받아들여지길 기다리는 마음에서 기다려 왔지만 꿈쩍도 하지 않았어. 오히려 말없이 기다리는 동안 혼란만 가중시켰는지도 모르겠네. 하지만 이미 모든 사실을 알고 인정하면서도 열지 못하는 것은 조금 다른 문제인 것 같네. 아무래도 그 아이의 닫혀 있는 과거와 관련이 있는 것 같아. 자신의 정체성도 확립하지 못한 아이에게 카시오페아와의 교류는 부담밖에 되지 않을 테니까.”

“이대로 영영 카시오페아의 힘을 받아들이지 못할 수도 있단 말입니까?”

“그게 내가 지켜볼 수밖에 없었던 이유지. 여전히 모든 게 불확실하고 조심스럽기만 하군.”

핸슨의 지독한 고민에 던칸이 대안으로 내놓은 방법은 레오파드 비밀 결사대에서 정신 무장 훈련을 위해 사용했다는 명상법이었다.

“인간이 신과 교류하던 시절, 신의 목소리를 듣기 위해 사용했던 방법입니다. 마음을 비우고 육체의 모든 에너지를 정신으로 모으는 겁니다. 정신의 세계에 몰입하게 되면 눈을 뜨고 있을 때보다 더 많은 것을 보게 되죠. 때론 예언이나 예지를 통해 미래를 보게 되는 경우도 있습니다.”

“과거의 기억을 찾는 데도 도움이 될까?”

“과거를 잊기 위해 명상에 잠기는 사람은 본 적이 있어도, 과거를 찾기 위한 사람은 처음이라 장담은 못하겠습니다. 도움이 되길 기대해 보는 수밖에요.”

그렇게 해서 시작된 이실론의 명상은 하루가 지나도록 끝나지 않고 있었다. 던칸은 그에게 마음을 비우고 머리 속에 떠오르는 영상을 쫓으라고 했었다. 기억이라는 것은 일시적으로 지워질 수는 있어도 결코 사라질 수는 없는 것이니 그의 머리 속 어딘가에는 분명히 남아 있을 것이다. 기억을 찾아 자신의 존재를 확립하고 나면 카시오페아를 받아들이기는 훨씬 쉬워질지도 모른다.

'이 혼란에서 벗어날 수 없다면 차라리 극복해 내자.'

이실론은 간절한 마음으로 명상에 몰두했다. 그러나 하루가 지나도록 머리 속에 떠오르는 영상은 오로지 하나뿐이었다.

검은 머리를 출렁이며 서글픈 눈으로 그를 응시하고 있는 라리사의 모습……. 라리사의 모습이 떠오를 때면 함께 벅차오르는 가슴 때문에 호흡이 곤란해지곤 했다. 명상은 실패였다. 하루가 넘는 시간 동안 과거를 쫓아 머리 속을 헤집은 이실론에게 남은 것이라곤 라리사에 대한 애절한 그리움뿐이었다.

더 이상 기대할 것이 없음을 알면서도 눈을 뜨지 못하는 것은 안타까운 기다림으로 자신을 지켜보는 핸슨과 던칸을 실망시키기 미안해서였다. 그나마 쟈크와 아더가 지하 계단을 내려오는 소리가 들리자 이제 더 이상은 눈을 감고 있을 수도 없었다.

이틀에 걸친 쟈크와 아더의 끈질긴 설득은 고집쟁이 드워프들을 꺾고 게이트를 여는 데 동의를 얻어냈다. 출발하기로 한 날은 내일, 남아 있는 문제는 이실론이었다.

"뭔가 좀 성과가 있나?"

"글쎄요. 이실론이 눈을 뜨기 전까지야 알 수 없죠."

쟈크와 핸슨의 대화가 들리자 이실론은 더 더욱 눈을 뜨기 싫어졌다.

"혹시, 듀리안 양은 보셨습니까?"

"그 빨강 머리 여자애 말이지? 아론이 열심히 훈련시키고 있어. 그 여자애야 무슨 걱정이야? 빛의 수호 검에다 엘프의 요정석까지 가지고 있는데."

이실론은 마음속으로 결정을 내려야 했다. 눈을 뜨고 사실대로 카시오페아의 존재를 느끼지 못하겠다고 말해야 할지, 아니면 모든 것을 운명에 맡긴 채 예정대로 내일 게이트 안으로 들어서야 할지. 하지만 아무런 준비도 없이 에라다누스의 레어에 가야 한다는 두려움을 극복하는 것은 마음만큼 간단치 못했다. 그렇다고 언제까지 눈을 감고 그들의 기다림을 외면할 수도 없었다.

이실론은 조용히 눈을 떴다.

"이실론……?"

눈앞에 핸슨의 간절한 얼굴이 밀려왔다. 이실론은 나직이 한숨을 쉬며 떨어지지 않는 입을 열었다.

"쉽지 않군요. 아직은……."

암담한 절망감을 감추지 못하는 핸슨은 이실론에게 부담을 주지 않으려 애써 그의 얼굴을 외면했다. 하지만 쟈크는 물론이고 아더의 얼굴에까지 드러나는 당혹감은 이실론의 억눌렸던 본성을 불러일으키기에 충분했다.

"모두 내 책임인 것 같은 분위기군. 나도 할 만큼은 했어요. 이틀 동안 최선을 다해 내 안의 카시오페아와 대화하기 위해 애썼단 말이오!"

느닷없는 이실론의 오만함에 쟈크는 돌덩이처럼 단단해 보이는 얼굴 가득 주름을 잡으며 이실론을 노려봤다. 쟈크의 입에서 불호령이 떨어질 것 같은 순간, 핸슨이 재빨리 쟈크를 막으며 이실론을 위로했다.

"널 원망할 마음은 없다. 아무도 널 원망하지 않아. 지나친 강박관념으로 널 고단하게 할 생각은 없어. 네 말대로 네가 할 수 있는 최선만 다해라. 우리도 더 이상은 바라지 않으니까."

"내게 뭘 바랄 자격이 없을 테니까요."

싸늘하게 말하며 이실론은 뒤돌아 섰다. 이실론이 방 안에서 사라지고 나서도 쟈크의 불쾌감은 가시지 않았다.

"건방진 녀석이군."

"과거와 현재가 혼재된 혼란 때문에 그렇습니다. 악한 마음에 한 소리는 아니니까 개의치 마십시오."

"엘프는 뭐든지 좋게만 말하지. 하지만 드워프는 달라. 우리는 보이는 모습만 믿고, 보이는 만큼만 판단하네. 게이트는 예정대로 내일 열릴 거야. 나머지는 너희들 몫이야. 행운을 빌겠네."

쟈크가 총총거리며 계단을 올라갔다.

"이제 어쩌죠?"

던칸은 핸슨에게 물었지만 핸슨은 아더에게 대답을 구했다.

"드워프는 스스로 한 말에 반드시 책임을 집니다. 그들이 내일 게이트를 열기로 했으면 게이트는 내일 열리는 겁니다."

"이실론에겐 아직 시간이 더 필요합니다."

"어쩌면 시간을 낭비하고 있는지도 모르죠. 전 아론에게 가봐야겠습니다."

핸슨은 처음으로 아더에게서 불안감을 읽었다. 언제나 당당하고 침착했던 아더였다. 아더마저 떠난 자리에 멍하니 남아 있는 핸슨과 던칸은 비슷한 생각을 하고 있었다. 하지만 그들 역시 그 말을 차마 입 밖에 내지는 못했다. 어차피 내일이면 게이트는 열릴 것이다.

아무도 깨운 사람은 없지만 유리조차 아침 일찍 상기된 표정으로 일어났다. 며칠 사이 분신처럼 자리한 빛의 수호 검을 닦는 유리의 손이 파르르 떨리고 있었다. 이실론이 그런 유리에게 다가가

더니 떨리는 손을 꼭 잡아 쥐었다.

"우리도 좋은 친구였던 적이 있었지?"

물론 한때 좋지 못했던 적도 있다. 하지만 지금 이실론의 행동에는 그동안의 미움까지 씻어버리게 만드는 따뜻한 진심이 담겨 있었다. 아주 오랜만에 만나는 진짜 이실론 같다. 유리도 기쁜 마음으로 이실론의 손을 맞잡았다.

"물론이지. 너처럼 착하고, 잘생기고, 돈 많은 친구가 있다는 게 얼마나 기뻤다고."

"그렇게 말해 줘서 고마워."

"왜 그래? 꼭 죽으러 가는 사람 같잖아?"

"너에게 부탁하고 싶은 게 있어서."

"뭔데?"

"난 여전히 그냥 이실론이지만 넌 이미 에스더의 푸른 기사잖아."

"그게… 무슨 소리야?"

"날 위해 네 힘을 낭비하지도, 날 위해 네 자신을 희생하지도 말았으면 해."

"별 걱정을 다 하네. 널 위해 희생을 하다니? 설마 내가 널 위해 목숨이라도 걸 줄 알고 하는 소리야? 그런 거라면 꿈 깨라고 말하고 싶어."

유리는 장난처럼 가볍게 대꾸하며 이실론에게서 손을 빼려고 했지만 이실론은 더욱 세게 그녀의 손을 잡았다.

"난 진심이야."

이실론과 유리의 파란 눈이 부딪쳤다. 너무나 비슷한 서로의 눈동자에 신기해하며 놀랐던 적도 있었다. 이렇게 강렬한 운명의 끈

에 묶여 있다는 것은 상상조차 하지 못했지만 처음부터 두 사람
은 서로에게 낯설지 않은 존재였다.

"이런 걸 운명의 이끌림이라고 하는 거야. 우린 운명에 이끌려
지금 여기까지 와 있는 거야. 우린 서로에게 희생이란 말이 필요
없는 사람들이라고. 이건 누군가의 희생이 아니야. 각자의 삶에 최
선을 다하는 거지. 우리가 각자 자신의 역할을 다할 때 우리의 운
명이 비로소 제자리를 찾는 거야. 아직도 모르겠니?"

알고 있다. 너무나 분명하게 느껴지고 있다. 그래서 더 불안한
것이다.

"네 말대로 네가 할 수 있는 최선만 다하면 돼. 더 이상은 필요
도 없고 하려고도 하지 마."

이실론은 싸늘하게 말했지만 말속에 담긴 의미는 유리의 마음
에 따뜻하게 전해졌다.

"너무 걱정하지 마. 다 잘될 거야. 우린 운 좋은 사람들이잖아."

아마 그렇게 믿고 싶은 모양이다. 하지만 인간의 운명을 한낱
운이라는 불확실성에 맡길 수는 없는 노릇이다. 이실론은 유리에
이어 핸슨과 던칸에게도 말했다.

"두 분까지 오실 필요는 없습니다. 여기까지 함께 와주신 것만
으로도 충분히 감사하고 있습니다."

"널 혼자 보낼 생각이었다면 애시당초 함께 오지도 않았다."

핸슨의 단호한 말투에 타협의 여지라곤 없었다. 던칸의 의지도
확고하긴 마찬가지였다.

"몬스터 레인져로서 드래곤과 싸우다 죽는 것만큼 영광스런 죽
음이 있을까요?"

던칸의 목소리가 지하 정원에 메아리치며 모두의 가슴속에 작

은 요동을 일으켰다.

드래곤과의 싸움, 영광스런 죽음…….

머리 속의 상상과 현실 앞에 닥쳐진 사건과의 괴리감은 너무나 컸다. 침묵과 정적에 휩싸인 지하 정원에 그들의 현실을 더욱 확고히 다져 줄 인물이 들어왔다.

"준비됐으면 따라와라."

쟈크의 짧은 다리는 지하에 닿기도 전에 다시 위로 올라가고 있었다.

"정말 분위기 파악 못하는군. 최소한 오늘 같은 날은 좀 더 그럴싸한 말로 위로나 격려 정도는 해줘야 되는 거 아니야?"

긴장을 감추려는 건지, 그 짧은 시간 동안 벌써 긴장감을 잊은 건지 유리가 투덜거리자 모두들 잠시나마 긴장을 풀며 피식 웃었다.

"그래, 오늘도 어제처럼 그냥 또 하나의 하루일 뿐이다!"

애써 활기 차게 외치며 핸슨은 앞장서 밖으로 나갔다.

집 앞에 나오자 쟈크를 포함한 열한 명의 원로 모두가 침중한 얼굴로 그들을 기다리고 있었다. 드워프들의 뒤보는 아더와 아론이 상기된 얼굴로 서 있었다.

아론의 품에 있던 퐁이 이실론을 보자 겁에 질린 소리로 속삭였다.

"이제 우리 갈 거래."

"알고 있어."

"퐁은 무서워 죽겠어. 정말 무서워."

"무서우면 여기 남아 있어도 돼. 아무도…….

이실론의 말이 끝나기도 전에 퐁이 구슬 눈을 부라리며 말했다.

"싫어! 퐁보고 혼자 남으란 말이야? 이실론이 퐁에게 그런 말 하면 안 돼. 퐁은 이실론이랑 같이 있을 거야."

"위험하니까 그렇지."

"위험하니까 같이 있어야지. 친구는 원래 그런 거야."

퐁은 아론에게서 이실론의 품으로 자리를 옮겼다. 그리곤 두 번 다시 움직이지 않을 것처럼 팔짱을 끼며 다리에 힘을 줬다. 유리가 퐁의 행동을 보며 엄지손가락을 치켜세웠다.

"멋져! 넌 좋은 친구야."

퐁도 답례로 화살표 꼬리를 들어 올렸다.

"너도 좋은 친구야."

유리와 퐁까지 따뜻한 미소를 주고받고 있으니 정말로 마지막 길을 가는 것 같은 비장함까지 느껴졌다.

"친구들, 갑시다!"

쟈크의 굳건한 목소리를 신호로 열한 명의 드워프가 마을 안쪽의 폭포를 향해 서서히 걸음을 옮겨갔다. 등 뒤에서는 청량한 종소리가 퍼지고 종소리에 맞춰 굳게 닫혔던 집들의 창문이 열렸다. 열려진 창문 사이로 고개를 내민 드워프들의 손에는 하얀 손수건이 들려 있었다. 그들을 향해 눈길 한번 준 적 없는 드워프들이 인간의 방식으로 하얀 손수건을 흔들며 그들을 환송해 주고 있는 것이다.

그들의 손짓에 담긴 간절함을 느끼며 일행은 한층 더 숙연해진 마음으로 쟈크가 안내하는 폭포의 앞에 도착했다.

"지난 삼 일 동안 밤낮없이 게이트를 뚫은 걸세."

에라다누스의 숨결을 느끼기 위해 뚫어놨다던 작은 홀이 사람 하나가 기어서 들어갈 정도의 크기로 뚫어져 있었다.

“따로 문이 있었던 건 아니네요.”

에라다누스의 레어로 들어가는 숨 막히는 길을 앞에 두고서도 유리는 ‘게이트’의 거창함에 못 미치는 그 통로에 대한 불만을 토로했다.

“그래, 문이라기보다는 벽이라고 해야 옳겠지. 저 길과 우리 마을을 가로막고 있던 벽.”

주변에 산처럼 쌓여 있는 다즐링 스톤의 양으로 보아 최소 100m 정도의 두께는 됐던 것 같다.

“수고가 많으셨군요.”

“무슨 상관인가? 우리가 할 수 있는 일이라는 게 고작 이건데. 이제 남은 건 모두 자네들 몫이야.”

“드워프가 아니면 누가 감히 이런 길을 상상이나 할 수 있겠습니까? 그것만으로도 충분히 감사합니다.”

“엘프다운 소리만 하는군. 엘프가 대륙의 운명을 책임져야 하는 건 아니야. 물론 인간도 아니지만.”

“그럼요. 알나이르의 대륙은 우리 모두에게 주어진 기회이니 모두가 힘을 모아 지켜내는 게 옳습니다.”

“엘프가 하는 생각을 드래곤은 왜 못하는지 모르겠어.”

“가슴속에 상처가 많은 드래곤이잖습니까? 하지만 좋은 대화 상대가 될 수도 있으리라고 생각합니다.”

“제발 자네 생각처럼 에라다누스와 대화하게 되길 바라겠네.”

쟈크는 에라다누스의 분노를 경험했던 몇 안 되는 생존자 중 하나다. 그가 에라다누스와 대화하길 희망한다고 말하는 것은 역설적으로 에라다누스와 대화하는 길은 없다는 소리처럼 들렸다.

끝까지 게이트를 여는 데 반대했던 크라인트가 돌 망치 같은 얼굴 가득 안타까움을 담고 아더를 향해 말했다.

"내가 에스더라면 절대 자네들을 보내지 않았을 텐데……. 마지막 엘프마저 허무하게 사라지는 모습을 보고 싶지는 않은데."

"떠나는 사람을 앞에 두고 무슨 재수없는 소리야?!"

쟈크가 크라인트에게 버럭 소리를 지르자 크라인트도 자신이 너무 감상적인 마음에 하지 말아야 할 소리를 했다는 것을 깨달았다.

"그런 뜻은 아니었어. 그냥 조심하라는 소리였네."

"알고 있습니다. 너무 걱정하지 마십시오. 여러분들이 베풀어주신 우정과 친절에 보답하기 위해서라도 반드시 돌아오겠습니다."

"엘프는 약속을 지킬 줄 아는 종족이지. 그 말을 믿고 기다리겠네."

비장한 표정의 아더가 가장 먼저 게이트로 들어섰다.

"행운을 빌어주십시오!"

넉살 좋은 외침을 남기며 아론이 아더의 뒤를 따랐다. 그러나 조심스런 걸음에 담긴 긴장까지 숨기지는 못했다. 아더와 아론을 삼킨 게이트를 잠시 쳐다보던 핸슨이 심호흡을 하며 게이트를 향해 다가갔다.

"이제 우리 차례지?"

"인간들에겐 벅찬 일이야. 하지만 자네들의 그 용기만은 높이 사지. 인간을 위해 만들어둔 검이 없다는 게 유감이군. 용기있는 자에게 걸맞은 검을 줬어야 하는데."

"살아서 돌아오면 그 검을 얻을 수 있을까요?"

"물론이지. 당장 만들기 시작할 테니 10년 후쯤엔 최고의 검을 받아볼 수 있을 거야."

“드워프의 검을 든 검사라……. 무적이 될 수도 있겠군요. 기대
하겠습니다.”
　던칸도 간단한 목례로 인사를 대신하며 핸슨과 함께 게이트로
들어섰다. 게이트에 발을 들여놓던 유리는 문득 생각났다는 듯 머
리를 돌리며 쟈크에게 물었다.
　“또 놀러 와도 되죠?”
　“투덜거리지만 않으면!”
　“히히—”
　유리마저 게이트로 들어가고 나자 이제 남은 사람은 이실론 혼
자였다. 잠시 망설이며 머뭇거리던 쟈크가 이실론에게 다가왔다.
　“어깨가 무겁군. 알나이르의 가호가 함께하길 바라겠네.”
　“감사합니다. 여러분의 마을에도 행운이 떠나지 않길 기원합니
다.”

2

"왜 이렇게 어둡죠?"

"크릭할린 협곡이 끝난 모양입니다. 그렇다면 이제 곧 코로나로 진입하게 될 겁니다."

다즐링 스톤이 사라진 지하 터널은 어둡고, 음침하고, 질퍽거렸다.

"퐁, 아직 멀었니?"

"…이제 됐어!"

퐁의 매직 트라이던트에서 빨간 불이 켜졌다. 다즐링 스톤의 밝기에는 비교할 바가 못 되지만 어둠을 밝히며 길을 열어주기엔 충분했다.

"왜 이렇게 습기가 많지?"

에라다누스에게 접근할수록 주변이 말라 있어야 정상이다. 레드 드래곤이 내는 열기면 작은 호수 따위는 순식간에 온천으로 만들 수도 있을 텐데, 열기는커녕 습기가 가득하다는 것은 납득하기 어려웠다.

벽면을 살피던 아더는 손에 묻은 이끼의 냄새를 맡으며 불안하게 중얼거렸다.

"곰팡이까지 있군."

습기가 차고, 터널 벽을 따라 이끼가 자라고, 그 이끼 위에 다시 곰팡이가 필 정도라면 결코 짧은 시간은 아니었을 것이다. 핸슨과 던칸도 각자의 방법으로 터널 상태를 살피며 불안한 표정을 지었다.

"잠깐, 무슨 소리 들리지 않았어?"

아론이 큰 귀를 쫑긋거리며 말하자 아더도 귀를 세우며 소리를 찾았다.

"뭔가 대단히 빠른 속도로 움직이고 있잖아."

"하나가 아닌데?"

엘프보다는 느리지만 던칸의 예민한 귀에도 그 소리가 들렸다.

"쥐 떼들 같은데… 수상하군요. 너무 난폭합니다."

"퐁은 쥐가 정말 싫어. 냄새나고 불결해."

온 길을 되돌아갈 수도 없고, 수상한(?) 쥐 떼들이 오는 곳을 향해 나아갈 수도 없었다. 멀뚱히 자리를 지키고 서 있는 동안 이실론과 유리의 귀에도 그 소리가 들리기 시작했다.

터널 바닥을 비비듯 때리며 맹렬히 돌진해 오는 작은 동물들의 소리였다. 그리고 잠시 후 넓지 않은 터널의 바닥을 빼곡이 메우며 파도처럼 밀려오는 쥐 떼의 모습이 보였다.

"이런! 도대체 뭐야?!"

겉모습은 틀림없이 쥐의 모양을 하고 있지만 크기는 두더지만

하고 살쾡이처럼 사납게 울부짖는 사이로 드러난 이빨은 사자만
큼이나 날카롭고 흉포해 보였다. 무엇보다 일행을 긴장시키는 것
은 하늘을 향해 치솟아 있는 놈들의 꼬리였다. 끔찍한 독물이라도
숨겨놓은 듯 도도하고 뻣뻣하게 치솟아 있는 꼬리는 놈들이 가장
자랑스러워하는 무기임에 틀림없었다.

"엘프는 동물이랑 친하다면서요?"

유리가 아론의 등을 떠밀며 뒤로 숨으려 하자 아론도 어깨를
바둥거리며 뒤로 물러서기만 했다.

"저게 동물이냐? 괴물이지!"

"그럼 몬스터 레인져가 해결해야죠."

유리의 권유(?)가 아니더라도 던칸은 일찌감치 롱 소드를 뽑아
들고 일행의 가장 앞에 나서 있었다. 핸슨도 시미터를 쥔 손에 힘
을 주며 놈들이 좀 더 다가오기를 기다렸다. 그러나 저 많은 괴물
들이 가까이 다가온 이후에 과연 감당할 수 있을지는 자신할 수
없었다. 더욱이 아직은 놈들의 뚜렷한 정체와 공격성도 알지 못하
는 상태였다.

던칸과 핸슨이 막고 있는 터널의 뒤에서 아더의 롱보우가 날카
로운 바람 소리를 내며 화살을 뿜어냈다.

화살은 정확히 가장 앞에서 달려오던 놈의 미간을 꿰뚫었다. 검
붉은 핏물과 함께 놈은 달려오던 속도 그대로 앞으로 고꾸라졌다.
놈의 피가 쏟아진 곳에서 노란 연기가 피어 오르더니, 놈의 시체
를 밟고 달려오는 다른 놈들의 다리에서도 같은 색의 연기가 피
어 올랐다. 개중엔 순식간에 썩어 들어가는 다리 때문에 주저앉는
놈도 있고, 그럼에도 불구하고 멈추지 않고 달려오는 놈도 있었다.

건들기만 하면 터지는 독 덩어리들이 자신들을 향해 달려오고

있는 것이다.

"맙소사! 접근 자체를 막아야 합니다!"

아더의 롱보우는 바쁘게 화살들을 쏘아냈다.

순식간에 터널 안을 뒤덮은 노란 독 연기에 분노한 괴물 쥐들은 꼬리를 치켜세우고 앞길을 가로막는 것은 닥치는 대로 찔러댔다. 서로가 물고 뜯고 찍으며 살육을 벌이는 모습은 지켜보는 것만으로도 소름이 끼칠 정도로 잔인한 광경이었다.

"어디서 저런 것들이 생겨났을까요?"

"어디서 생겨났는지도 알 수 없지만, 어떻게 이 터널에 몰려다니고 있는지는 더 더욱 알 수 없군요. 저놈들이 그대로 드워프의 마을까지 진격한다면 견고한 건축과 상관없이 마을은 순식간에 피바다가 될 거 아닙니까?"

"드워프의 마을까지 걱정할 것도 없이 이대로 있다간 터널이 먼저 쑥대밭이 되겠는걸?"

아론의 지적대로 놈들끼리 흘려대는 피가 터널 바닥을 따라 흐르며 터널을 통째로 녹일 듯 지글거리고 있었다. 서로가 서로의 꼬리를 잡고 늘어지는 만행반 아니라면 지금쯤은 일행 중 누군가가 그 독물의 희생자가 되었을지도 모를 일이다.

"방법을 찾아봐야 할 텐데?"

아더와 아론은 서로의 얼굴을 쳐다봤다.

"마법이 통할까?"

"아마도……."

더 이상의 말은 필요없는지 아더와 아론은 치열한 싸움 중에도 그들과의 거리를 점점 좁혀오고 있는 놈들을 향해 손을 내저었다.

크루지 펀의 위태로운 불길이나 이실론의 대폭발 같은 매서움이 아닌, 따뜻하고 조용한 불길이 쥐 떼들을 덮었다. 아무런 악의가 없는 듯 고요한 불길이었지만 불길은 빠른 속도로 퍼지며 이내 무서운 열기를 뿜어내기 시작했다. 불길 속에서 발버둥 치면서도 서로 맞잡은 꼬리를 놓아주지 않고 버티던 놈들이 갑자기 일행 쪽을 향해 방향을 바꿨다.

"물러서십시오!"

던칸은 훌쩍 몸을 띄우며 가장 앞에서 달려들던 놈을 갈랐다.

놈의 몸이 갈라지며 바닥에 쏟아진 피는 불길과 상관없는 독기를 뿜어냈다. 게다가 불길은 놈들의 주의만 환기시켰을 뿐 공격력에 별다른 타격을 주지는 못한 모양이다. 불까지 붙은 괴물들이 바닥뿐 아니라 벽과 천장까지 타고 오르며 일행들을 향해 달려들었다.

"모두 뒤로 물러섯!"

핸슨은 일행들을 지켜야 한다는 일념 하나로 온몸을 독으로 무장한 이 괴물들을 향해 시미터를 휘둘러 댔다. 놈들의 피가 튀어 자신의 몸이 썩을 수 있다는 것은 계산하지 않기로 했다. 이 난관만 헤치면 에라다누스의 레어에 도착할 수 있는데 여기서 누군가를 다치게 할 수는 없었다.

다쳐도 되는 사람은 자신밖에 없다.

"핸슨, 미쳤어요?!"

의리 빼면 시체인 유리가 그 모습을 보고 가만히 있을 리 없는 것은 당연했다. 유리는 빛의 수호 검을 높이 치켜들고 핸슨의 머리 위에서 꼬리를 흔들고 있는 놈을 향해 몸을 날렸다. 놈의 피가 쏟아지면 핸슨뿐 아니라 유리도 피하기 어려운 상황이었다.

"젠장!"

유리나 할 법한 소리를 하며 이실론도 두 사람에게로 달려갔다.

이실론은 놈들의 피가 유리와 핸슨에게 닿지 않도록 그들의 머리 위로 엷은 보호막을 만들었다. 그러나 이실론의 마법을 비웃기라도 하듯 유리가 가진 빛의 수호 검이 정말 빛을 내기 시작했다. 투명하도록 맑은 빛을 내는 유리의 레이피어는 빛보다 얇게 괴물 쥐들의 몸을 갈랐고, 그것들의 몸은 미처 피를 쏟아낼 생각도 하기 전에 바닥에 떨어졌다.

자신에게 달려드는 괴물 쥐를 막으며 피가 튀지 않게 극도의 조심을 하고 있던 던칸과 아더, 아론은 유리의 레이피어에서 터지는 빛을 보며 거의 동시에 손을 멎었다.

"빛의 수호 검이 드디어 힘을 내고 있어! 저 철부지 꼬마의 손에서 엘프의 요정석이 제기능을 하고 있다고! 하하하핫!"

아론은 상황의 위급함도 잊은 채 호탕하게 웃어 젖혔다. 아더도 던칸에게 모든 상황을 위임한 채 유리의 활약을 넋 놓고 지켜봤다.

"예전의 에스더님을 보는 것 같군. 푸른 눈의 에스더 기사라……. 드디어 자신에게 걸맞는 모습을 찾았군."

어느덧 빛에 휩싸인 늣 검과 혼연일체가 되어 있는 유리는 어둠 속에 빛나는 푸른 보석처럼 지하 터널을 휘저었다.

누구보다 놀라고 있는 사람은 그동안 유리를 지도해 왔던 핸슨이었다. 유리가 검술에 재능이 있다는 사실은 알고 있었지만 재능만으로 하루아침에 이렇게 비약적인 발전을 이룬다는 것은 불가능한 일이다. 손에 물집이 잡혔다 터지기를 수도 없이 반복하며 수십 년 간 쌓아온 자신의 검술조차 지금의 유리와 겨눌 수 있을지 의심스러울 정도로 유리의 움직임은 화려했다.

"놀랍군. 그런데 어떻게 이런 일이 있을 수 있지?"

"유리가 쥐고 있는 조화의 돌이 그녀 안에 에스더님의 힘을 동화시킨 겁니다. 에스더님의 힘을 받아들인 유리가 빛의 수호 검을 사용하고 있는 거죠."

그 효과는 놀랍도록 대단했다.

대륙을 뒤덮은 죽음과 질병의 공포를 누르고 생명의 빛을 선사했던 에밀리아의 빛의 수호 검은 유리의 손 안에서 일행들에게 생명의 빛을 주며 터널을 밝히고 있었다. 마지막 한 마리의 괴물 쥐까지 반 토막을 낸 후에야 유리는 어리둥절한 모습으로 움직임을 멈췄다. 그녀는 자기 손에 들려 있는 빛의 수호 검과 쓰레기 더미로 변해 버린 괴물 쥐 떼들을 번갈아 보며 믿기지 않는다는 표정을 짓고 있었다.

"정말 대단하잖아……!"

아마 조금만 더 정신이 있었어도 자리에서 팔짝팔짝 뛰며 자신에게 벌어진 놀라운 변화를 맘껏 즐겼을 것이다. 그러나 마냥 즐거워만 하기엔 자신에게 벌어진 변화는 너무도 놀라웠다.

"잠시 동안 내가 마치 다른 사람이 되었던 것 같은 기분이야."

"이제 곧 익숙해질 거야, 에스더의 기사님."

"에스더의 기사……?"

멍하게 굳어 있던 유리의 얼굴이 흥분과 감격으로 다소 상기됐다. 에스더님의 힘을 이어받았다는 것과 그 힘을 펼쳐 보이는 것 사이엔 엄청난 차이가 있었다.

이실론은 여전히 카시오페아의 힘을 쓰지 못한다. 그러나 자신은 해낸 것이다. 당당한 자신감으로 고개를 뻣뻣이 쳐드는 유리의 모습에 아론이 웃으며 말했다.

"왜? 이제는 드래곤이랑 싸워도 이길 것 같니?"

"그거야 싸워봐야 알겠죠."

순식간에 유리의 자만심은 아론의 머리 꼭대기를 거쳐 자르횐의 걷혀진 푸른 태양 위까지 치솟고 있었다.

"훌륭한 제자는 겸손할 줄 아는 법부터 배우는 거야."

핸슨의 지적에 다소 태도가 누그러들긴 했지만 아무도 못해낸 일을 혼자서 해낸 것에 대한 생색은 쉽게 그칠 기미가 보이지 않았다.

"이실론, 마무리 정도는 너도 할 수 있겠지?"

유리가 말하는 마무리의 의미가 뭔지 몰라 이실론은 멍하게 바닥을 쳐다봤다. 유리의 활약상이 아직도 믿기지 않는다는 듯 멍청히 눈까지 껌뻑이고 있는 이실론의 모습을 보며 유리의 목소리에 한층 더 힘이 들어간 것은 말할 필요도 없었다.

"카시오페아와 상관없이 너 자신도 마법사라면서? 기억은 못 찾아도 마법은 종종 썼잖아."

"그런데?"

유리가 어깨를 으쓱이며 눈짓으로 그녀 뒤에 수북이 쌓여 있는 괴물 쥐 떼의 시체를 가리켰다. 빛의 수ㅎ 검에 긴긴 날들은 눈발 만큼의 핏자국도 없이 썩은 나무처럼 잘려져 있었다. 하지만 그 이전에 죽은 놈들의 몸에서 쏟아진 피는 여전히 바닥을 따라 흐르며 독기를 뿜어내고 있었다.

"저 독 기운을 나보고 제거하라고?"

"아니면 최소한 길이라도 만들어야지."

피를 흘리지 않는 놈이라고 해도 엄청난 독을 품고 있는 걸 아는 이상 그 몸을 밟으며 지나갈 수는 없었다. 자기보고 잘난 척한 다며 모질게 핀잔을 주던 유리였다. 유리의 잘난 체가 보기 싫어서라도 이실론은 그녀 앞에서 실력을 보일 필요가 있었다.

머리 속으로 주문을 중얼거리며 손을 뻗자 터널 안에 가득했던 괴물 쥐 떼들 위로 얼음이 한 겹 쳐졌다.

이실론도 유리만큼이나 자신만만한 표정으로 그 얼음 위로 걸음을 내디뎠다. 가장 뒤에서 불안하게 걸어가는 아더만 아무도 들리지 않을 작은 소리로 중얼거렸다.

"설마…… 그런 건 아니겠지……."

예전엔 온천이었을 작은 호수를 지나 좁고 긴 통로를 지나자 까마득하게 높은 천장에 광장처럼 펼쳐진 동굴이 나왔다.

에라다누스의 비어 있는 레어였다.

드래곤의 열기도, 숨결도, 위압감도 느껴지지 않는 텅 빈 레어에 도착한 일행은 굳게 다문 입술로 떨리는 가슴만 억누르고 있었다. 머리 속이 울렁거리고 입속까지 하얗게 마르는 긴장감 속에 심장 뛰는 소리만 콩닥콩닥 텅 빈 레어 안에 울려 퍼졌다.

눈도 돌리지 못하고 발도 떼지 못하는 초조한 시간이 얼마쯤 지나간 후에야 모기만한 목소리로 유리가 입을 열었다.

"에라다누스… 님은… 벌써 레어 밖으로 나간 걸까요?"

"아마……."

아더가 뭐라고 말하기도 전에 일행을 한꺼번에 그늘 속에 몰아넣는 긴 그림자가 레어에 드리워졌다.

"드래곤이닷!"

유리의 비명이 광장 같은 레어에 메아리쳤다.

레어의 반은 차지한 큰 키와 날카로운 눈매, 거기다 등 뒤에 달린 거대한 날개까지 눈앞에 버티고 서 있는 드래곤의 모습은 상상 속의 그것과 많이 다르지 않았다.

인간이 드래곤을 만나게 되면 가장 먼저 할 수 있는 일이 뭘까? 없었다. 그들을 내려다보는 거대한 생명체를 올려다볼 뿐 그들 모두 아무런 행동도 취하지 못했다.

"에… 에… 에라… 누……."

천하제일의 배짱쟁이 유리조차 그 이름을 끝까지 부르지 못했다. 그러나 이실론은 유리의 공포를 비웃기라도 하듯 싸늘하고 냉정하게 말했다.

"드래곤이 아니야."

던칸이 덧붙여 말했다.

"저건 와이번입니다. 저놈도 확실히 정상은 아니군요. 이렇게 큰 와이번이라니……."

믿을 수 없게 큰 눈앞의 와이번은 이곳이 자신의 공간이라도 되는 듯 여유롭게 어스렁거리며 일행을 살폈다. 그리곤 이들이 침입자임을 확인했는지 귀청이 찢어지는 포효 소리를 터뜨렸다.

끼요오옷—!

레어를 한 바퀴 돌아 밖으로 흘러 나간 소리는 이내 몇 배의 메아리가 되어 돌아왔다. 소리만으론 근처의 숲이 온통 와이번의 천국인 것 같았다.

"어, 어떻게 된 거예요?"

"그건 차차 생각해 보기로 하죠."

당장 심각한 문제는 눈앞의 와이번이 본격적인 공격 자세를 취하고 있다는 점이었다. 집채만한 와이번이 날개를 퍼덕거리며 꼬리로 거세게 바닥을 때려댔다. 순식간에 겁에 질린 유리는 빛의 수호 검을 들고 있는 에스더의 기사라는 사실도 망각한 채 중얼거렸다.

"…저게 드래곤이랑 뭐가 달라요?"

"최소한 브래스를 뿜거나 마법을 쓰지는 않겠죠."

던칸의 말대로 브래스를 뿜거나 마법을 쓰지 않는다고 해도 이 거대한 와이번의 공포가 줄어드는 것은 아니었다. 웬만한 사람의 손가락만한 발톱으로 레어의 벽을 긁어대자 레어 한쪽 벽면이 우수수 무너져 내렸다.

동시에 여섯 명의 일행은 와이번의 다리를 피해 뿔뿔이 흩어졌다. 그러나 레어의 입구에는 또 한 마리의 와이번이 붉은 눈을 번뜩이며 들어서고 있었다.

"우리가 굴러 들어온 식량으로 보이나 봐요."

아무리 엘프의 요정석으로 재련한 빛의 수호 검이라 해도 뽑지 않으면 소용없는 물건이다. 유리는 아직 레이피어를 뽑지도 못한 채 겁먹은 소리만 중얼거렸다. 이실론은 와이번들의 공격이 시작되기 전에 기선을 잡아야 한다는 생각에 마법력을 집중시켰다. 이제는 자연스럽게 마나의 흐름도 느껴지고 자신의 의지로 마나를 컨트롤하는 것도 어렵지 않게 느껴진다.

그러나 이실론이 마법을 사용하려고 하자 던칸이 재빨리 이실론을 막았다.

"잠깐! 좀 더 기다려 보자."

그리곤 불안하게 흩어져 있는 일행들을 향해 외쳤다.

"모두 최대한 벽에 몸을 붙이십시오. 숨소리도 내지 말고 왔던 통로로 되돌아가는 겁니다."

던칸은 유리의 옆에서 그녀부터 통로 쪽으로 이동하도록 조심스럽게 움직임을 거들었다. 던칸의 조심스런 움직임에 유리도 목소리를 낮춰 속삭이듯 물었다.

"왜요?"

"놈들은 우리랑 싸우려는 게 아니라 자기들끼리 싸우려는 겁니다. 이긴 놈이 우릴 차지하겠죠."

"먹이로요?"

"아마도요. 그전에 여기서 벗어나야 합니다."

던칸의 관찰은 정확했다. 와이번은 일정 장소를 근거지로 집단 생활을 하기 때문에 우두머리가 되기 위해 끝없는 투쟁을 벌인다. 감히 드래곤의 레어를 차지하고 앉아 있을 정도면 의심할 필요 없이 놈이 현재의 우두머리고, 그놈을 향해 저렇게 눈을 번들거리며 다가오는 놈이 있다면 당연히 용기있는 도전자일 것이다.

하필이면 자신들이 왔을 때 싸움이 붙었는지 유감스럽기도 하지만, 덕분에 도망칠 기회를 얻었으니 다행일지도 모르겠다. 그러나 던칸의 예측은 빗나갔다. 거대한 두 마리의 와이번이 서로를 향해 발톱을 세우고 날개를 펼치자 일행들에겐 도망은커녕 숨 쉴 공간조차 허락되지 않았다.

"유—"

이실론의 목 앞으로 공격하는 도전자의 꼬리가 아슬하게 스쳐 갔다. 놈의 꼬리가 조금만 길었다면 이실론의 목이 그대로 잘려졌을 수도 있었다. 당장이라도 마법으로 놈들의 꼬리를 잘라 버리고 싶었지만 한꺼번에 두 쌍의 날개와 두 쌍의 앞발과 저 흉폭한 앞니까지 제거하지 못할 바에야 섣불리 건드릴 수도 없었다.

어차피 두 마리의 와이번 중 한 마리는 죽어 넘어질 테고, 그때까지 모두가 무사히 버틸 수 있게 되기만 바랄 뿐이다. 그래야 지쳐 있을 다른 한 마리를 손쉽게(?) 제압할 수 있을 테니 말이다.

　모두들 비슷한 생각을 하는지 벽이나 바닥에 몸을 붙인 채 두 마리 와이번의 처절한 싸움을 지켜보기만 했다. 한 놈이 다른 놈의 목을 물어뜯고, 목이 물린 놈은 상대의 가슴을 향해 맹렬하게 앞발을 내려쳤다. 찢어진 목과 터진 가슴에서 동시에 쏟아진 피로 순식간에 바닥이 붉게 물들었다. 게다가 고통과 신음으로 뒤섞인 끔찍한 포효 소리는 레어 안을 처절한 전투의 현장으로 만들고 있었다.

　지진이라도 일어난 것처럼 위태롭게 흔들리는 레어 안에서 몸을 피한다는 것은 생각할 여지도 없었다. 와이번들의 몸짓이 닿지 않는 곳에 최대한 몸을 붙이고 선 채 이 처절한 싸움이 빨리 끝나기를 기다릴 뿐이었다.

　그래도 이실론은 심리적으로 받고 있는 약간의 위협감만 제외하면 제법 담담히 상황을 관찰하고 있었다. 반면 유리는 아까부터 눈을 감고 귀까지 막은 채 와이번들의 싸움을 외면하려 애썼다.

　결국 목이 물린 와이번이 쓰러지는 것으로 전투는 끝났다. 남아 있는 와이번도 가슴뼈가 드러나도록 깊은 상처를 입었지만 승자의 포효는 잊지 않았다.

　끼요오옷—! 끼이이잇—!

　"새로운 지도자가 탄생했다는 신호입니다. 놈들이 더 많이 몰려오기 전에 여기서 벗어나야 합니다."

　던칸은 재빨리 유리를 자신들이 나왔던 터널 쪽으로 끌고 갔다.

　"모두 어서 피하십시오."

　말과 함께 아더는 포효하는 와이번의 찢어진 가슴을 향해 롱보우를 겨눴다. 그러자 아론도 등 뒤에 숨겨놓았던 배틀엑스를 꺼내 들었다.

"이번엔 내 차례라구!"

아더의 롱보우에서 은빛 화살이 쏘아짐과 동시에 아론도 와이번의 머리를 향해 몸을 날렸다. 아더의 화살이 와이번의 찢어진 가슴에 박혔다. 동시에 깃털처럼 가볍고 바람처럼 날렵한 동작으로 허공에 부상한 아론도 와이번의 목을 내려쳤다.

처절한 비명과 함께 와이번은 날개를 퍼덕거리며 공중으로 솟구쳐 올랐다. 와이번의 날갯짓에 레어 안의 흙먼지가 자욱이 허공으로 뿜어졌다.

와이번은 레어를 통째로 부숴 버릴 작정이라도 한 듯 닥치는 대로 몸을 부딪치고 날개로 찢어댔다. 레어의 일부가 부서지며 쏟아져 흐르는 돌 더미는 산사태를 방불케 하며 일행을 또다시 레어 바깥쪽으로 몰아냈다.

그들의 유일한 탈출구였던 터널은 무너진 돌 더미에 막혀 버리고 말았다.

"이제 어쩌죠?"

여전히 공포에서 벗어나지 못한 듯 유리의 목소리는 떨리고 있었다. 보다 못한 핸슨이 버럭 소리를 질렀다.

"듀리안! 앞을 똑바로 봐! 저건 드래곤이 아니라 와이번이야! 그냥 덩치 큰 몬스터 한 마리일 뿐이란 말이야! 니가 겁에 질려 숨어야 할 이유가 없단 말이다!"

핸슨은 매정하게 유리의 등을 떠밀었다. 겁에 질려 있긴 하지만 괴물 쥐 떼를 상대하던 자신감만 되찾는다면 승산은 와이번이 아니라 그들에게 있었다. 그러나 유리는 드래곤만한 와이번이라는 심리적 압박감을 이기지 못한 채 여전히 주춤거리기만 했다.

"놈의 날개를 노려!"

와이번의 상처 입은 가슴과 목을 집중적으로 공격하던 아론이 유리를 향해 외쳤다.

"내가 어떻게⋯⋯."

유리는 혹시나 하는 마음으로 이실론을 쳐다봤다.

여기는 에라다누스의 레어고, 에라다누스를 상대하기 위해 선택된 사람은 이실론이었다. 자신은 단지 그런 이실론을 지켜주기 위한 호위 기사라고 했었는데⋯⋯ 만약 눈앞의 괴물이 와이번이 아니라 드래곤이었다면? 그런데도 이실론이 이렇게 멍청하게 서 있기만 한다면 자신들은 비명 한번 못 질러보고 시체가 됐을 것이다.

"정신 차려, 이실론! 어떻게 좀 해보란 말이야!"

이실론은 아더와 아론의 협공에도 꿋꿋이 버티고 있는 와이번을 신기한 눈빛으로 쳐다보고 있었다. 두 명의 엘프도 쓰러뜨리지 못하는 와이번이라니⋯⋯ 어디서, 어떻게 저런 괴물이 생겨났을까? 그리고 에라다누스는 정말로⋯⋯.

"이실론, 뭐 햇?"

유리의 앙칼진 고함에 이실론은 화들짝 놀라며 정신을 차렸다.

"뭐, 뭘?"

"니가 어떻게 좀 해보란 말이야!"

"이실론이 어떻게? 이실론, 그냥 가만히 있어. 퐁은 무서워 죽겠어."

이실론의 품에서 머리조차 내밀지 못하며 퐁이 입으로만 중얼거렸다.

"유리, 너야말로 뭐 하는 거야? 날개를 자르라니까!"

아론의 재촉이 있자 유리는 와이번과 이실론을 번갈아 노려보며 마른침을 꿀꺽 삼켰다.

“에라, 모르겠다! 에스더의 기사라는데······!”

유리는 격렬하게 퍼덕거리는 와이번의 날개를 향해 빛의 수호
검을 뽑아 들고 몸을 날렸다. 그러나 의욕과는 달리 유리의 몸은
날개 근처에도 미치지 못하고 바닥에 떨어졌다. 핸슨이 재빨리 유
리를 일으키며 조용히 다독였다.

“너무 긴장할 필요는 없다. 아까처럼만 하면 돼. 니 안에 있는
힘을 느끼기만 하면 된단 말이다.”

“그게··· 잘 안 된단 말이에요.”

“넌 하이오네에게도 당당하게 맞섰었어. 저깟 몬스터 한 마리
야······.”

핸슨의 말을 자르며 유리가 공포에 질린 목소리로 울먹이며 중
얼거렸다.

“하이오네? ···하이오네가 나한테 그랬어요. 난 드래곤 때문에···
죽을 운명이라고······.”

말을 하던 핸슨도, 듣고 있던 이실론과 던칸도 모두 할 말을 잃
고 울먹이는 유리를 내려다보기만 했다. 에라다누스를 만나기 위
해 님쪽 대륙에 와 있는 유리에게 드래곤 때문에 죽을 운명이라
고 말한 것은 저주나 다름없었을 것이다. 에라다누스의 레어에 들
어오자마자 겁에 질려 떨고 있는 것은 어쩌면 당연한지도 모르겠
다. 오히려 아무런 내색 없이 이곳까지 당당하게 쫓아온 오기가
더 놀라울 지경이었다.

혼자 마음속에 담아두었던 말을 뱉고 나자 후련한지 유리는 핸
슨의 품에서 어린아이처럼 엉엉 울어댔다.

언제나 용감한 척, 대담한 척 씩씩하게 버텨왔지만 결국 그녀도
아빠마저 잃은 17세의 마음 여린 소녀일 뿐인 것이다. 에스더의

기사란 호칭도, 빛의 수호 검이란 보물도 그녀가 감당하기엔 벅찬 것들인지 모른다. 이실론 자신이 그렇듯.

유리를 위로하는 핸슨을 뒤로하며 던칸이 롱 소드를 들고 앞으로 나섰다. 그러나 엘프조차 감당 못하는 와이번 앞에서 던칸이 할 역할이란 미미하기 그지없었다. 던칸이 잡았었다는 와이번은 아마 지금 저놈의 날개 한쪽만한 크기였을 것이다. 정상적인 와이번의 크기라면 그래야 할 테니까 말이다.

아더와 아론은 물론 와이번도 지친 기색이 역력하지만, 워낙에 백중세의 대치전이라 어느 쪽이 지쳐 쓰러지기 전까지는 승부가 날 것 같지 않았다.

"물러서십시오."

저 괴물의 정체가 뭐든 지금은 놈을 없애고 여기서 빠져나가는 게 급선무였다. 이실론이 마법을 쓰려고 하자 퐁이 처음으로 머리를 내밀며 말했다.

"조심해. 아더랑 아론이랑 마법을 쓰지 않을 땐 이유가 있어. 이유가 있어서 못 쓰는 거야."

작은 소리였지만 엘프의 예민한 청각에는 또렷이 들렸다.

"뭔가 마나의 흐름을 방해하고 억제하는 힘이 있어 우리는 마법을 쓸 수가 없구나."

아론의 말에 이실론도 조심스럽게 마나의 흐름을 점검해 봤다. 마법에 대한 크루지 핀의 설명과는 달리 자신의 마나는 자연에서 흡수되는 것이 아니라 체내에 쌓여 있는 느낌이다. 크루지 핀처럼 지팡이나 주문이 없어도 마법을 구사할 수 있는 이유도 거기에 있는지 모르겠다. 물론 그 힘이 카시오페아 때문일지도 모르겠지만. 어쨌든 이실론이 마나를 끌어올리려고 하자 그 힘은 어렵지 않게 이실론의 의도대로 응축됐다.

이실론은 한껏 끌어올린 마나를 와이번의 찢어진 가슴을 향해 날렸다. 이실론의 손을 통해 분출되는 마나는 빨간 불덩어리가 되어 와이번의 가슴에 박혔다.

"피하십시오!"

이실론의 외침에 아더와 아론이 유리가 있는 레어의 바깥쪽으로 몸을 날렸다.

퍼펑—!

와이번의 가슴에 박힌 불덩어리가 내부에서 터지며 와이번의 몸을 갈가리 찢었다.

사람의 몸통만한 고기 조각들이 뜯겨져 흩날리는 모습을 눈뜨고 보고 있기란 매우 힘들었다.

게다가 폭발의 진동에 레어의 천장 한쪽이 무너지며 돌 더미가 비처럼 레어 안으로 쏟아졌다. 그래도 다행인 점은 열기에 강한 곳이라 진동 이상의 충격은 전해지지 않았다는 것과 쏟아진 돌 더미가 와이번의 찢어진 몸통을 많이 가려준다는 점이다.

하지만 불행인 것은 레어 안의 폭발이 레어 밖에 모여 있던 와이번들의 호기심을 유발시켰다는 점이었다.

"저놈들이 또 들어오려나 본데?"

핸슨의 말에 던칸도 레어 밖의 동향을 살폈다. 안에 있던 놈만큼 큰 와이번은 없지만 정상이라고는 할 수 없는 크기의 와이번들이 아직도 20여 마리나 더 남아 있었다. 그러나 던칸은 그다지 걱정하지 않는 목소리로 대꾸했다.

"걱정 마십시오. 놈들은 도전의 의사가 있지 않는 한 함부로 우두머리의 영역에 들어오지 않습니다."

그렇다고 모든 문제가 해결되는 것은 아니었다.

"저놈들의 눈을 속이며 밖으로 나갈 수 있을까?"

"힘들 것 같군요."

그러자 모두의 시선이 일제히 이실론을 향했다. 일행들의 눈빛을 담담히 받아들이며 이실론은 한참 동안 고민에 잠겼다. 이윽고 이실론이 입을 여는 순간, 모두 기대에 찬 눈으로 이실론을 바라봤다. 그러나 이실론의 입에서 나온 소리는 전혀 엉뚱한 것이었다.

"에라다누스는 정말로 사라진 걸까요?"

기대를 깨버리는 말이긴 하지만 그냥 외면해 버릴 수도 없는 말이었다.

아더는 예전부터 그렇게 주장해 왔었고 에스더와 아론은 줄기차게 부정해 왔었다. 하지만 이제 더 이상 아더의 말을 부인할 수만은 없었다.

"만약 형이 옳은 거라면… 그럼 어떻게 되는 거지?"

"…에라다누스의 부활보다 더 큰 재앙이 닥칠 수도 있겠지."

"잠깐! 지금 무슨 소릴 하는 거예요? 에라다누스가 벌써 떠났단 말이에요? 이미 왕국을 향해 날아가 버렸단 말인가요?"

유리는 단순함만큼이나 생각도, 결론도 빨리 내리곤 세상의 종말을 본 것 같은 암담한 표정을 지었다.

"에스더님의 말대로라면 차라리 왕국을 향해 날아간 게 다행일지도 모르지."

얼음 동상처럼 차갑게 굳어 있던 이실론의 얼굴이 서서히 일그러졌다.

"모든 게 속임수였어……."

3

"에라다누스의 부활 따위는 처음부터 존재하지도 않는 사
건이었어!"

"무슨 소리야? 알아듣게 얘기해 봐!"

이실론의 얼음장 같은 시선은 유리를 무시하며 핸슨과 던칸을
스쳐 아더에게 멎었다.

"당신은 알고 있었죠? 이 모든 게 누군가의 농간임을 알면서도
왜……!"

감정이 격해진 이실론은 말을 채 끝내지 못하고 입술을 부르르
떨었다.

"짐작일 뿐이었습니다. 눈으로 직접 확인하지 않고선 무엇도 단
정 내릴 수 없는 상황이었습니다. 그건 당신도 마찬가지 아니었습
니까?"

"그게 무슨 소리냐니까? 핸슨, 이실론이 하는 말이 무슨 뜻이에

요? 핸슨! 던칸!"

유리의 아우성에도 아무도 입을 열지 못했다. 에라다누스의 주인 잃은 텅 빈 레어는 어느덧 적막과 침묵에 지배당하고 있었다.

"내 탓이 아니었어……. 카시오페아가 깨지 않는 건 나 때문이 아니라 그럴 필요가 없기 때문이었어."

이실론의 자조적인 읊조림에 아더는 죄인처럼 고개를 돌렸지만 아론은 더 또렷한 눈빛으로 이실론을 응시했다.

"그래, 네 안의 카시오페아는 이미 느끼고 있었던 거야. 에라다누스의 소멸을. 하지만 그건 너도 마찬가지였을걸? 너 역시 에라다누스의 소멸을 짐작하고 있었어. 아더 형과 마찬가지로 인정하기 두려웠을 뿐이지."

"에라다누스의 소멸? 그거였구나. 세상에 숨 쉬지 않는 생명은 없다던 네 말……. 근데 왜 이래? 그럼 우리 모두 팔짝 뛰면서 기뻐해야 되는 일 아니야?"

유리는 누구라도 동조만 해준다면 당장이라도 뛰어오를 만반의 태세를 갖추고 있었다. 주근깨로 덮인 얼굴 근육을 한껏 펴고, 심술로 가득하던 입술도 최대한 크게 벌렸다. 옆구리만 살짝 쳐도 '야홋!' 소리 지르며 자지러져 줄 모든 준비가 끝난 것이다.

"왜들 이래요? 설마 드래곤과 싸울 기회가 없다고 서운해서 이러는 건 아니겠죠? 아니면 밖에 있는 저 몬스터들을 헤치고 여길 빠져나갈 자신이 없어서 그러는 거예요?"

"에스더님을 만나기 전이었다면 우리도 너 같은 심정이었을 게다."

핸슨의 말에도 유리는 아직 상황을 이해하지 못했다.

"에스더님이 왜요?"

"투반과 알나이르의 약속. 드래곤이 없으면 은빛 머리의 엘프들이 알나이르의 대륙을 노릴 게다."

"그럼 어떻게 되는데요?"

신들끼리의 약속과 본 적도 없는 생명이 그들에게 끼칠 영향을 짐작한다는 것은 드래곤을 만난다는 것보다 훨씬 아득하게만 여겨졌다. 유리뿐 아니라 핸슨과 던칸에게도 그것은 마찬가지였다. 유리의 질문에 대한 대답은 아더의 몫으로 돌아왔다.

"모든 게 달라지겠죠."

"어떻게요?"

"저도 모릅니다. 그래서 더 두려운 겁니다."

"……."

에라다누스의 레어 안에 또 다른 의미의 침묵이 흘렀다. 당황과 혼란이 아닌 공포와 경악이 무겁게 짓누르는 침묵이다. 그 침묵 위에서 이실론은 혼자서 겪어야 했던 지난 일들을 꼼꼼히 돌이켜 봤다.

움직이는 늪에서 봤던 드래곤의 헤츨링, 그 헤츨링을 찾고 있던 은빛 머리의 엘프, 그리고 모든 게 뒤틀린 남쪽 대륙…….

카시오페아의 목소리가 들렸던 유일한 장소는 움직이는 늪이었다. 카시오페아가 자신 안에 남아 있는 진짜 이유는 에라다누스와 싸우기 위해서가 아니라 마지막 헤츨링을 지키기 위해서였을 것이다.

그리고 은빛 머리의 엘프 세다르는 에라다누스를 미끼로 자신들을 이곳으로 유인해 놓고, 움직이는 늪에서 진정한 마지막 드래곤이 될지 모르는 그 녀석을 찾고 있었던 것이다.

"제길!"

속았다! 인간도 엘프도 드워프도, 심지어 자신 안의 카시오페아까지.

"돌아가야 합니다. 에스더님을 만나야겠습니다."

차가워진 이실론의 품속에서 겁먹은 퐁의 얼굴이 빼꼼이 솟아났다.

"에스더님은 왜?"

"우리가 틀렸어, 퐁. 세다르를 만난 얘길 숨기는 게 아니었어. 그 얘기만 했어도……."

이곳까지 오는 수고를 하지 않고도 상황을 파악했을지 모를 일이다. 어차피 지나간 일을 후회해 봐야 소용없는 일이고, 지금 해야 할 일은 한시라도 빨리 에스더와 함께 움직이는 늪으로 가는 것이다.

"여기서 엘프의 마을로 가는 가장 빠른 길은 뭡니까?"

"코로나를 곧장 뚫고 가는 길이 제일 빠르긴 하겠지만, 그럴려면 일단 저 앞의 와이번들부터 해결해야겠지."

아론의 말에 이실론과 아더가 동시에 고개를 저었다.

"눈앞의 와이번들만이 문제가 아니라 또 어떤 괴물 같은 몬스터들이 버티고 있을지 모릅니다."

"그럼, 넌 저 괴물들이 어떻게 탄생했는지 알고 있단 얘기냐?"

핸슨이 기다렸다는 듯이 물었다. 탄생의 배경을 짐작할 수 있다면 해결의 방안까지 찾을 수 있지 않을까 하는 기대에서 물어본 소리였다.

"저도 잘은 모르겠습니다. 단지 자르휀과 관련있는 게 아닐까 짐작만 할 뿐… 에라다누스가 쳐놓은 자르휀을 누군가 인위적으로 걷는 과정에서 생겨난 부작용 같은 게 아닐까 싶은데요."

여전히 상황에 갈피를 잡지 못하고 멍하게 있던 유리의 얼굴색
이 놀랄 정도로 빠르고 급격하게 굳어들었다.

"자르흰? 그럼 우리 아빠는? 자르흰의 저주라면서? 자르흰은
걷히고 에라다누스는 존재하지도 않으면 우리 아빠는 어떻게 된
거야? 남쪽 대륙으로 온댔잖아! 에라다누스가 부활하기 전에 아
빠를 구해야 한다면서요!"

이실론의 멱살을 잡고, 핸슨의 팔뚝을 잡으며 유리가 절규하듯
외쳤다.

"아직은 무사하실 거야."

이실론의 자신없는 말에라도 유리는 매달리고 싶었다.

"…그렇겠지?"

"그럴 거야. 내 짐작대로 이 모든 걸 꾸민 게 세다르라면 사람
들을 조종하고 있는 데도 다 이유가 있을 거야. 그의 의도대로 사
람들이 이용당하기 전에 구해내면 괜찮으실 거야."

"에라다누스가 부활하기 전에 구해내야 한다던 말이랑 똑같구
나……."

역시 짐작일 뿐이고 아무런 확신도, 대책도 가질 수 없는 말이
다. 하지만 지금으로썬 이실론의 그 막연한 짐작에라도 기대를 걸
어보는 수밖에 없었다.

"그럼 당장이라도 가자!"

"듀리안 양의 마음은 알겠지만 지금은 우리의 현실을 인정하는
것부터 시작해야 합니다."

"인정해야 할 암담한 현실 따위는 없어요. 몬스터가 두려워 앞
으로 못 나가겠으면 뒤로 나가면 되잖아요. 이 돌만 치우면 되는
데……."

유리는 말릴 틈도 없이 터널을 막고 있던 돌들을 치웠다. 아론이 그런 유리의 손목을 잡아 세웠다.

"소용없어. 드워프의 게이트는 이미 막혔을 거야. 그들은 우리에게 입구를 제공한 것뿐이야. 출구는 아니었어."

얼음장 같은 얼굴을 하고 있던 이실론이 갑자기 키득거리며 기분 나쁜 웃음을 터뜨렸다.

"크크크! 듀리안, 아직도 모르겠니? 우린 갇힌 거야. 제 발로 걸어 들어와 갇힌 거라고!"

"관둬!"

"클클클클클⋯⋯!"

"그만둬! 이실론!"

유리가 발악하듯 외치자 이실론의 웃음은 그쳤다. 그러나 웃음을 그친 이실론의 일굴은 실인을 할 때보다 더 냉혹하게 굳어져 있었다.

"용서하지 않겠어!"

"누굴?"

퐁이 구슬 눈을 굴리며 힘겹게 이실론의 차가운 얼굴을 올려다 봤다.

"우리 모두를 농락한 그 엘프!"

"그냥 엘프 아니야. 은빛 머리카락의 엘프지. 퐁이 그랬잖아. 알나이르의 반쪽짜리 창조물, 분노와 광기의 엘프라고."

"반쪽짜리 창조물의 한계를 반드시 느끼게 해줄 테다!"

이실론의 점점 냉혹해지는 말투에 퐁도 구슬 눈만 힘없이 굴릴 뿐 더 이상 말을 걸지 못했다. 이런 이실론을 상대하기엔 유리가 제격이다.

“폼만 잡지 말고 방법을 찾아봐. 우선 여기를 빠져나갈 방법부터!”

이실론은 레어의 입구를 향해 성큼성큼 걸어갔다. 그대로 걸어나가면 아무 일도 없이 밖으로 나갈 수 있을 것 같은 태세다. 이실론은 조용히 밖을 내다봤다.

자르흰이 걷힌 레어 앞의 초원은 밝은 햇살에 눈부시도록 싱그러운 빛을 내고 있었다. 에라다누스는 흔적도, 자취도 없이 사라져버렸고, 그 빈자리를 차지하고 있는 것은 저 괴물 같은 와이번들이었다.

평화로운 초원 위의 이단자처럼 붉은 눈을 번들거리고 있는 거대한 와이번들을 보며 이실론은 다시 한 번 고개를 저었다.

“놈들 모두를 한꺼번에 상대할 수는 없어.”

그렇다 해도 방법은 있을 것이다. 여기서 빠져나갈 방법이 분명히 있을 것이다. 핸슨과 던칸은 아더와 아론의 도움을 받아 와이번들을 한쪽으로 유인해 길을 뚫어볼 요량으로 작전을 세우고 있었다. 하지만 그들의 방법은 누군가의 희생이 불가피한 데다 성공의 가능성도 매우 희박했다.

여기는 남쪽 대륙이다. 인간의 이성과 상식을 뛰어넘어 무슨 일이든 일어날 수 있는 곳이다. ‘설마’ 하며 고개 젓는 것으론 아무것도 해결되지 않는 땅. 바꾸어 생각하면 ‘혹시’라는 기대는 해도 좋은 건가? 무슨 일이든 일어날 수 있다는 것은 어떤 일이든 기대할 수 있다는 의미일 수도 있다.

“하이오네!”

이실론의 외침에 모두의 시선이 모아졌다.

“그녀에게 부탁해 보는 겁니다. 내 제의를 거절할 만한 입장이 아닐 테니 들어줄 겁니다."

"하이오네?"

가능성이 있는 얘기다. 핸슨은 던칸과 눈빛을 주고받으며 동조의 의사를 표시했다. 그러나 유리는 고개부터 설레설레 저었다. 드래곤을 만나러 가는 사람에게 드래곤 때문에 죽을 거라고 했으니 그런 여자를 다시 보고 싶지 않은 것은 당연했다.

아더와 아론은 어떤 감정도, 의사도 표현하지 않았다. 하이오네와 엘프는 서로 섞일 수 없는 존재라고 했었다. 그래서 하이오네에게 도움을 청하는 것에 찬성할 수 없지만 다른 방법이 없는 이상 반대도 할 수 없는 입장인 것이다.

"모두가 좋다면… 어쩔 수 없지."

유리가 체념한 듯 손을 털자, 이실론이 어이가 없다는 듯 코웃음을 쳤다.

"동의를 구하자고 꺼낸 말이 아니야. 하이오네를 부를 방법을 모색해 보려는 거지."

하이오네의 늪은 엘프의 마을보다 더 멀리 있다. 하이오네의 늪까지 갈 능력이라면 엘프의 마을까지 얼마든지 탈출할 수도 있을 것이다. 그러나 이실론은 처음 말을 꺼낼 때부터 계산에 둔 친구가 있었다.

"퐁!"

"엉? 퐁, 왜?"

"니가 가줬으면 해."

"퐁이 어떻게? 퐁은 하이오네가 싫어. 뱀도 싫고, 늪도 싫고, 여자도 싫어."

"네가 아니면 아무도 못해. 넌 며칠이라도 모습을 숨기고 활동

할 수 있잖아. 그러나 인간의 마법은 그렇지 못해. 길어야 하루? 그나마 냄새를 풍기기 때문에 몬스터의 위협으로부터 자유롭지 못하단 말이야."

걸음이 느리단 단점은 있지만 가장 안전하게 하이오네의 늪까지 다가갈 수 있는 존재는 단연 퐁이었다.

"여기서 하이오네의 늪까지는 너무 멀어. 퐁이 갔다 올 때쯤이면 너네들은 다 굶어 죽을지도 몰라!"

퐁의 발악 같은 변명에 아론이 인심 쓰듯 말했다.

"정령을 불러줄게. 바람의 정령을 부르면 하이오네의 늪 근처까지 데려다 줄 거야."

"여기서 아더랑 아론이랑 마법 못 쓴댔잖아."

"밖에 나가면 괜찮을지도 몰라."

"밖엔 저렇게 몬스터들이 많은데?"

퐁은 정말로 걱정스럽다는 듯이 이실론을 쳐다봤다. 그러나 이실론은 여유롭게 미소를 지었다.

"나도 마법사잖아. 잠깐 동안은 보호막으로 그들을 보호해 줄 수 있어."

혼자 하이오네에게 가기는 죽기보다 싫은 퐁은 마지막 발악으로 최대한 진지하게 말했다.

"하이오네가 과연 브라우니를 만나줄까? 그냥 삼켜 버릴지도 몰라."

"나와 그녀는 통하는 게 있어. 내가 강하게 생각을 보내면 그녀가 들을 거야. 넌 정중하게 그녀를 찾기만 하면 돼."

이렇게 해서 모든 위협 요소는 제거됐고 남은 것은 퐁의 선택뿐이었다.

"퐁, 너는 정말 좋은 친구야."

유리는 쐐기를 박는 한마디로 퐁이 도망갈 마지막 출구마저 막아버렸다.

"친구를 위해 위험을 감수한다는 건 정말 위대한 우정이야. 그치?"

"넌……."

어쩔 수 없이 얄미운 여자애라고 말하려다 관뒀다. 이제야 우정 비슷한 감정이 조금씩 생기고 있는데 벌써 깨고 싶지는 않았다.

"알았어. 퐁이 갔다 올게. 친구들을 위해서… 퐁이 할게."

"잘 생각했어. 너 아니면 할 수 없는 일이야."

이실론은 퐁의 털북숭이 머리를 툭툭 치며 레어의 입구로 데리고 갔다. 아더와 아론이 이실론의 옆에 나란히 섰다. 아론은 여전히 못마땅한 표정으로 뽀로통해 있는 퐁을 이실론의 품에서 넘겨 안았다.

"너무 걱정하지 마, 그렇게 위험하지는 않을 테니까."

"퐁은 걱정 안 해. 퐁은 잘할 수 있어. 얘네들이 걱정이지."

"내가 잘 돌봐줄게."

"아론도 못 믿어. 아더가 해. 아더가 내 친구들을 돌봐줘야 돼."

"니가 돌아올 때까지 잘 돌보고 있을게. 조심해서 잘 다녀와."

아더라도 좀 잡아주면 좋으련만, 눈치없게 잘 다녀오라고 인사만 하고 있다. 이제는 가기 싫다고 발버둥쳐도 어쩔 수 없이 가야 할 처지가 돼버렸다.

"갔다 올게. 기다려……!"

퐁을 품에 안은 아론과 아더가 레어 앞의 초원으로 뛰어내렸다. 초원을 어슬렁거리던 와이번에겐 만찬장으로 뛰어든 신선한(?)

고기로 보인 모양이다. 순서를 찾을 사이도 없고, 서로를 견제할 틈도 없이 와이번들은 일제히 두 명의 엘프를 향해 모여들었다. 그들 사이에 놓여 있는 아더와 아론은 굶주린 야수들 앞에 놓여진 두 마리의 온순한 양같이 보였다.

와이번들이 새로운 먹이를 즐기기 위해 입을 쩍 벌리고 덤벼드는 순간, 이실론의 보호막이 위력을 발휘했다. 보이지 않는 벽에 가로막힌 것처럼 와이번들이 앞으로 더 나가지 못하고 제자리만 맴돌기 시작한 것이다.

"괜찮을까?"

보호막의 위력이 조금만 약해져도 와이번들의 저 단단해 보이는 머리에 뚫려 버릴 것만 같았다. 그럼 천사처럼 아름다운 두 명의 엘프가 와이번들의 한 끼 식사로 생을 마감하게 되는 것이다. 조마조마한 마음에 유리는 마른침을 꿀꺽 삼켰다.

그러나 잠시 후 유리의 눈에도 아더와 아론의 금빛 머리카락을 날리는 바람의 움직임이 보였다.

"실프가 왔나 봐요. 저길 봐요."

"그들이 하겠다고 했으니 하는 거지."

핸슨은 대수롭지 않게 대답했지만 마음속으론 유리만큼이나 상기되어 있었다. 혹시라도 안 되면 어쩌나 하는 마음에 초조하게 지켜보기는 핸슨도 마찬가지였다.

"그런데 왜 저러는 걸까요?"

폭과 함께 하이오네의 늪을 향해 날아가야 할 실프는 여전히 아더와 아론의 머리 위를 맴돌며 바람만 일으키고 있었다.

"보호막이 실프의 접근까지도 차단하고 있어."

"하지만 보호막이 약해지면 와이번들의 공격을 감당 못할지도 모릅니다."

"방법이 있을 게다."

이실론은 보호막을 유지시키며 아론의 품에 있을 퐁과 그들의 머리 위를 맴도는 실프가 만날 수 있는 방법을 생각해 봤다. 보호막이 걷어지면 와이번들이 엘프를 삼키는 데는 5초도 채 필요하지 않을 것 같다. 그럼 실프가 퐁을 실어가는 시간은 그보다 더 짧아야 한다는 얘기다.

정령이라는 것의 실체를 직접 본 기억이 없으니 그 움직임이 어느 정도일지 짐작할 수 없는 이실론으로선 마냥 망설여지기만 했다. 하지만 지금 이 상태로 시간만 길어지면 의도하지 않아도 보호막은 점점 무력해질 것이다.

'어쩔 수 없지.'

아더와 아론의 순발력이라면 어떤 위기에서라도 적절한 대처를 할 것이다. 좀 무모한 감은 있지만 지금으로썬 모험을 감행해 보는 수밖에 없을 것 같다. 이실론은 크게 심호흡을 하며 순식간에 보호막을 걷어버렸다.

바람이 초원을 나지막이 훑고 지나가는 모습이 보였다. 그러나 실프의 움직임만큼이나 와이번들의 본능도 예민했다. 장애물이 없어진 걸 느끼자마자 와이번들은 눈앞의 신선한(?) 고기를 향해 앞다투어 머리를 쑤셔 박았다.

조금 전까지 아더와 아론이 서 있던 자리는 지금 조금이라도 유리한 자리를 차지하기 위한 와이번들의 처절하도록 치열한 머리 싸움의 장소로 변하고 말았다. 핏물이 흐르는 시뻘건 고기를 한 점 뜯어 문 와이번이 머리를 치켜들고 기분 좋게 포효를 터뜨리자 유리는 바닥에 털썩 주저앉았다.

불과 눈 한번 깜빡일 시간밖에 되지 않는다. 에스더를 제외한 마지막 엘프인 아더와 아론이 저 끔찍한 고깃덩어리로 변하기엔 너무나 짧은 시간이고, 슬픔조차 느낄 수 없는 허무한 종말이었다.

"무슨 일이야?"

무슨 일이냐니…… 누가 감히 이 숭고한 희생을 저 경박한 말투로 희석시킨단 말인가? 유리는 눈을 있는 대로 찢어 그를 노려봤다.

"…아론?"

그 옆에 똑같이 천사 같은 미소를 짓고 있는 아더의 모습도 보였다.

"어, 어떻게 된 거예요……?"

"너야말로 왜 그러고 있는 거야?"

이실론도, 핸슨도, 던칸도 모두 의아한 눈빛으로 유리를 내려다보고 있었다.

"훗훗훗, 알겠군. 넌 우리가 뛰어오르는 걸 보지 못한 거야. 그렇지? 쯧쯧, 이거 유감이군. 며칠이나 교육을 시켰는데도 그 정도 순발력도 없단 말이야?"

"그, 그럼 저… 고기는……?"

엘프 고기(?)라고 생각했던 고기는 여전히 와이번들에게 의해 열심히 뜯겨지고, 씹혀지고 있었다.

"마치 그 옛날의 비극이 재현되는 것처럼 지루한 가뭄 속에 모두들 굶주려 있어. 정말 끔찍해. 이 모든 게……."

아더의 씁쓸한 독백이 아니더라도 모두들 최대한 역겨운 표정으로 와이번들의 행동을 지켜보고 있었다. 그제야 유리도 그들이 뜯고 있는 게 와이번임을 알았다. 엘프는 사라졌지만 먹이마저 사라져 버렸다는 사실은 인정하고 싶지 않았던 모양이다.

처참한 고깃덩어리로 변해 버린 와이번은 그들 중 가장 약한 놈이었을 수도 있고, 가장 앞에 있던 놈이었을 수도 있다.

"그래도 이상하군요. 자기들끼리 먹이가 되어야 할 정도로 지독한 가뭄은 아닌데……"

던칸의 말에 이실론이 대답했다.

"저런 놈들이 버티고 있으니 다른 동물들은 이 근처에 얼씬도 하지 못할 테고, 저놈들은 이 밖으로 나가지 못하는 게 아닌가 싶은데요?"

"왜?"

이번엔 유리였다.

"에라다누스의 소멸을 숨기려면 레어를 지키고 있을 누군가가 필요했겠지."

"이를테면 드래곤만한 와이번 따위?"

"보다시피."

드래곤만한 와이번들이 꼼짝도 않고 이 주위에서만 어슬렁거린 이유를 알겠다. 그렇다면 어설픈 탈출을 도모하느니 하이오네에게 도움을 청해보기로 결정한 건 탁월한 선택이었던 것 같다.

"근데 이실론, 아까 그 말……?"

"뭐?"

"너랑 하이오네는 통하는 게 있으니까 강렬히 생각하면 전해질 거라고 했잖아. 정말이니?"

"정말 그렇다면 퐁을 왜 보냈겠니? 내가 직접 부르지."

이실론은 아무렇지도 않게 대답했다.

"그럼 퐁한테 한 소리는 뭐야?"

"그래야 퐁이 겁먹지 않고 하이오네님을 있는 그대로 봐줄 테
니까."

가기 싫다는 친구를 그 먼 곳까지 억지로 보낸 사람—유리 자신
도 일조하긴 했지만—의 태도라고 보기에 이실론은 너무나 당당하
고 뻔뻔했다.

"친구를 속인 거야?!"

"선의의 거짓말이었어!"

더 이상은 얘기하고 싶지 않다는 듯 이실론은 유리에게서 등을
돌렸다. 그러나 유리는 이실론의 차가운 등을 향해 말을 멈추지
않았다.

"이젠 거짓말까지 하는군."

이실론이 절대 무너지지 않을 것 같은 단단한 얼굴로 유리 앞
에 마주 섰다.

"우린 여기서 나가야 돼. 내가 하는 생각은 그것뿐이야."

제
13
장
전쟁의 시작

1

전쟁에 대한 공포는 인간 내부의 광기를 표출시키는 계기가 된다. 전쟁에서 진정 두려운 것은 적이 아니라 인간의 나약함이며, 그 나약함에서 비롯된 두려움을 씻기 위한 광기인 것이다.

승전병이 전쟁의 긴장과 공포를 해소하기 위해 양민을 학살하고 부녀자를 강간함으로 그들의 강인함을 확인한다면, 패산병들은 그들의 억눌린 분노와 수치를 해갈하기 위해 양민을 학살한다.

전쟁에 휘말린 백성들은 죽음을 피해 숨고 도망 다니는 동안 인간에 대한 증오를 배운다. 그들에겐 적군도, 아군도 학살자일 뿐이다. 죽음 속으로 내몰렸던 그들에겐 승리조차 위안이 되지 못한다. 전쟁의 승리란 일부 선택받은 특권 계층만의 환호이며, 그들의 환호에 부응하기 위해 무너진 왕국을 재건하는 것만이 백성에게 돌아오는 전쟁의 결과물이다.

당연히 그들은 전쟁을 원치 않는다.

야심 많은 군주의 야망을 채우기 위한 희생물로 던져지기를 원치 않는 것이다.

하지만 백성들의 호응 없이 전쟁에서 승리하기란 매우 어려운 일이다. 이것이 전쟁이 어려운 이유이며, 아무리 절대 왕권을 자랑하는 철권 통치자라 해도 섣불리 전쟁을 도발하지 못하는 원인이다.

반란 또한 마찬가지다.

민심을 얻지 못한 반란은 또 다른 반란을 유발할 뿐이다.

…(중략)…….

진정한 영웅은 때를 기다릴 줄 알아야 한다.

'정복자의 일기' 라 이름 붙은 미완의 기록에서 발췌.

"퐁이 있었으면……."

그랬으면 저 찢어진 와이번 고기로 어떻게든 먹을 만한 음식을 만들어줬을 것이다. 날은 어두워지고 허기진 배에서는 자꾸만 굶주림의 소음(?)을 발산하는데, 그럼에도 불구하고 와이번 고기는 도저히 먹을 수가 없었다. 겉이 시커멓게 타도록 바싹 구워도 역겨운 냄새는 물론, 고무줄처럼 질긴 고기도 전혀 부드러워질 기미가 보이지 않았다.

그래도 어떻게든 음식을 만들어보겠다는 유리의 집념은 쉽게 꺾이질 않았다. 유리에게 친절한 죄로 던칸까지 가늠없는 유리의 조수 일에 매달려 몇 시간째 시간을 죽이고 있었다.

던칸이 가르쳐 준 명상법에 잠겨 있는 이실론은 유리의 부산스러움에도 아랑곳없이 조용히 눈을 감고 있었다.

에라다누스의 소멸은 자기 자신이 느낀 게 아니다. 그건 누군가에 의해 깨달아진 사실이었다.

그렇다면 카시오페아는 이미 자신 안에서 작지만 영향력을 발휘하고 있다는 얘기고, 자신과 카시오페아와의 거리가 그만큼 줄어들었다는 의미기도 했다.

이실론은 움직이는 늪에서 자신에게 말하던 묵직한 소리를 쫓아 가슴속을 열고 머리 속을 헤집었다. 그러나 카시오페아와의 교류는 좀처럼 이루어지지 않았다. 아직은 카시오페아 스스로 움직이지 않는지도 모르겠다. 움직이는 늪에서 그랬듯 그가 필요로 할 때만 목소리를 낼지도 모를 일이다.

결국 자신은 카시오페아의 영혼을 담고 있는 빈 그릇에 불과하다는 생각이 들자 이실론은 명상을 포기하고 눈을 떴다.

이실론을 지키고 있는 핸슨을 제외한 나머지 일행들은 모두 레어의 입구에서 어둠에 잠긴 밖을 불안하게 내다보고 있었다.

"무슨 일이 있는 겁니까?"

"와이번의 움직임이 심상치 않다는구나."

이실론도 유리의 어깨너머로 밖을 내다봤다. 어둠 속에서 들리는 끔찍한 올음소리와 급하게 날아오르는 날개의 거센 퍼덕거림이 예사롭지 않았다.

"침입자들이 있대. 그래서 저놈들이 화난 거래."

유리는 이실론을 보자마자 던칸에게서 들었을 정보를 전해줬다.

"침입자?"

"저 거대한 와이번들이 열 마리도 넘게 움직일 정도라면 얼마나 대단한 괴물이 쳐들어오고 있다는 얘기야?"

유리의 말이 채 끝나기도 전에 숲 저편에서 와이번들의 처절한 울음소리가 밤을 갈랐다. 레어 앞 초원에 남아 있던 와이번들까지 모두 날개를 펴고 소리가 들리는 곳을 향해 날아올랐다. 드래곤의 영혼들 사이를 날갯짓하며 날아가는 와이번의 모습은 드래곤 없는 하늘의 주인은 그들인 양 도도한 자신감에 차 있었다.

그러나 그들이 적을 향해 내려앉기도 전, 적의 머리가 그들을 향해 솟아올랐다.

"하이오네님이야!"

이실론의 감탄이 아니어도 모두들 봤다. 달빛마저 가르며 밤하늘에 솟구치는 거대한 하얀 머리를.

분수처럼 순식간에 솟구쳐 오른 하이오네의 머리는 와이번의 육중한 날개보다 빨랐다. 하이오네는 번개처럼 와이번 한 마리의 날개를 찢어버렸다. 와이번들도 지지 않고 맹렬히 하이오네를 향해 돌진했다.

하이오네는 와이번과 비교되지 않을 정도로 강하고 무서운 이빨을 가지고 있지만 결국 뱀인 이상 손발이 없다는 치명적인 약점을 가지고 있었다. 와이번들은 앞발과 이빨을 하이오네의 몸에 쑤셔 박은 채 떨어지지 않으려 안간힘을 썼다.

남쪽 하늘을 통째로 흔드는 듯한 하이오네의 거센 몸부림에도 와이번들은 떨어지지 않았다. 그러자 하이오네는 끝도 없이 아득한 몸을 무기로 숲을 후려쳤다. 하이오네의 몸에 달라붙어 있던 와이번들이 바닥에 패대기쳐졌다. 하이오네는 미처 날개를 다시 펴기도 전에 와이번들의 목을 찢고, 날개를 찢고, 심장을 터뜨렸다. 아무리 커봐야 와이번 따위는 그녀의 상대가 되지 못한다는 걸 과시라도 하듯 거침없고 잔인한 동작이었다.

와이번들의 비명이 멎기까지는 오래 걸리지 않았다. 하이오네의 은색 비늘을 따라서 검은 핏물이 흘러내렸다. 와이번들의 발악에 그녀의 몸에도 상처가 생겼다.

와이번들의 위협이 모두 제거되자 하이오네는 조용한 움직임으로 이실론이 있는 에라다누스의 레어 앞으로 스멀거리며 다가왔다.

처음 보는 모습이 아닌데도 핸슨과 던칸은 주춤거리며 뒤로 한 걸음 물러섰다. 유리는 벌써 아론의 뒤에 숨어 보이지도 않았다. 하이오네는 레어의 입구에 머리를 들이대고 입을 쩍 벌렸다. 그녀의 의도와 상관없이 그 자리에 있는 모두가 공포감을 느끼기에 충분한 행동이었다.

이실론도 예외는 아니었다. 하지만 긴장된 마음을 억누르고 태연을 가장하며 하이오네가 하는 행동의 의미를 파악하기 위해 애썼다.

우습게도 이유는 간단했다.

"이실론!"

반가운 목소리와 함께 하이오네의 거대한 목젖을 터널 삼아 퐁이 걸어나오고 있는 것이다. 비에 젖은 생쥐 꼴을 하고 나오면서도 퐁의 조박박한 세모 얼굴은 한껏 상기된 모습이었다.

"퐁, 어떻게 된 거야?"

"하이오네는 너무 빠르니까 실프처럼 퐁을 운반할 수 없대. 그래서 이 안에 숨어 있었어. 하이오네는 늪 떠나면 여자가 될 수 없어. 그래서 하이오네가……."

"나도 알고 있어."

이실론은 끝없이 이어질 것 같은 퐁의 말을 자르며 하이오네에게 한 걸음 더 다가섰다. 그리곤 공손하게 머리를 숙였다.

"감사합니다. 저희 모두의 은인이십니다."

이실론의 말을 들은 하이오네는 더욱 머리를 낮췄다.

"우리보고 타라는 것 같은데?"

퐁은 여전히 신이 나서 외치며 하이오네의 머리 위로 넙죽 뛰어올랐다. 하이오네에게서 아무런 반응이 없자 퐁이 목소리는 더욱 커졌다.

"거봐, 퐁이 맞잖아. 우리보고 타라는 거야. 하이오네는 정말 빨라. 퐁은 너무 무서웠어."

말은 무서웠대지만 얼굴은 재미있어 죽겠다는 표정이었다. 이실론은 잠시 머뭇거리긴 했지만 긴 갈등 없이 퐁과 함께 하이오네의 머리 위에 앉았다. 약간 어리둥절한 모습이긴 했지만 핸슨도 기꺼운 마음으로 하이오네의 머리 위를 걸어갔다.

"잠깐! 뭣들 하는 거예요? 지금 뱀을 타고 간다는 얘기예요?"

유리가 눈을 동그랗게 뜨며 인상을 쓰사 이실론이 짤막히 대꾸했다.

"싫으면 걸어와도 돼."

"걸어오라면 누가 못할 줄 알고?!"

유리는 자신만만한 표정으로 던칸을 쳐다봤다. 다른 사람이라면 몰라도 던칸만은 자신의 편이 되어줄 거란 믿음에서였다. 그러나 던칸의 입에서 나온 소리는 유리의 사기를 꺾기에 충분했다.

"맹세하지만 일생에 두 번은 없을 기회입니다."

던칸의 몸은 벌써 하이오네의 위에 얹혀 있었다.

유리는 최대한 애절함을 섞은 목소리로 마지막 희망인 아더와 아론을 불렀다.

"아더! 아론!"

"우린 물론 하이오네님의 신세를 질 수 없어. 우린 우리의 방법으로 뒤따라갈게."

"나도 아론이랑 같이 갈래요."

"넌 안 돼."

"왜요?"

"넌 짐이니까. 짐까지 챙겨서 하이오네의 속도를 따라잡을 수는
없거든."

"내가 왜 짐이에요? 괴물 쥐 떼들이랑 싸우는 걸 봐놓고서도 그
렇게 얘기한단 말이에요?"

"와이번이랑 싸우는 모습까지 봤으니까."

유리가 입술을 삐죽 내밀며 아더에게로 시선을 돌렸다.

"일행과 함께 가십시오. 그게 안전합니다. 우리 일정은 어떻게
될지 알 수 없거든요. 기회가 된다면 움직이는 늪에서 다시 보게
되겠죠. 알나이르님의 축복이 함께하시길."

"안녕—!"

아더와 아론은 하이오네 옆을 지나쳐 숲으로 뛰어내렸다. 날렵
한 다람쥐처럼 나무와 나무 사이를 건너뛰는 아더와 아론은 순식
간에 시야 밖으로 사라져 버렸다.

"가버렸어……."

"엘프랑 하이오네는 원래 같은 공간에 존재할 수 없어. 그럼 둘
다 힘들단 말이야. 하이오네가 여기까지 온 건 많이 양보한 거야.
그러니까 이제는 아더랑 아론이랑 양보하는 거야."

"왜? 왜 같이 못 있는 거야?"

"자연엔 질서와 규칙이라는 게 있어. 인간들은 그걸 너무 무시
해. 그래서 조화가 무너지는 거야."

"조화 따위가 무슨 소용이람……."

끝까지 투덜거려 보지만 이실론과 핸슨의 얼굴에 조금씩 치미는 짜증은 유리를 서서히 압박하기 시작했다.

"혼자서도 몬스터 숲을 헤치고 올 자신만 있다면 굳이 말리지는 않겠다. 어떻게 할 거냐? 빨리 결정해라."

결국 유리도 못 이기는 척 하이오네의 머리 위로 올라갈 수밖에 없었다. 하이오네의 차가운 머리 위에 앉자, 그녀가 자신을 납치해 가던 때의 느낌이 되살아나 등골이 오싹해졌다. 게다가 하이오네가 그녀에게 한 말 역시 생생하게 되새겨졌다.

주인을 빼앗긴 검사에게 남은 것은 비참한 죽음뿐이지. 그 주인이 드래곤이라고 해서 죽음이 덜 비참하진 않을 텐데…… 가엾게 됐군.

그러나 하이오네가 움직이기 시작하자 그런 상념에 젖어 있을 여유도 없었다. 유리는 던칸의 등에 꼭 붙어 그의 허리를 힘껏 안았다.

하이오네는 은색의 파도처럼 밤을 가르며 달렸다.

귓전이 얼얼할 정도의 바람 소리만 아니면 그들이 달리고 있는지도 못 느낄 정도로 하이오네는 빨랐다. 온 숲이 그들을 경배하며 뒤로 물러서는 것 같은 착각이 들 정도였다.

퐁은 이 즐거움을 나누지 않고는 못 배기겠다는 듯 이실론을 향해 물었다.

"대단하지?"

"으… 응."

살짝만 입을 벌려도 폐 안까지 후끈한 바람이 확 밀려 들어왔다. 마땅히 잡을 만한 것도 없는 데다 몸이 실려 있는 하이오네의 피부는 매끄럽기만 하다. 조금이라도 균형을 잃으면 미끄러져 떨어질세라 이실론은 엉덩이에 힘을 꽉 줬다. 승마 경험이 많은 핸슨과 던칸의 자세도 그리 편치는 못했다.

신이 나서 떠드는 것은 퐁 혼자였다.

"이실론의 라리사처럼 하이오네도 퐁의 말이었으면 좋겠어. 멀미도 안 나고, 훨씬 빠르고 재밌어. 퐁은 날마다 하이오네를 타고 대륙 곳곳을 누빌 수도 있을 거야."

하이오네를 타고 대륙 곳곳을 누비면 온 대륙이 공포에 질려 남아 있는 것이 없을 거란 얘기는 그냥 입속에 담아두기로 했다. 하이오네에게 실례가 될 수도 있을 뿐더러 지금은 속도에 밀려 입도 열기 어려웠다.

실프에 실려 낮에 떠난 퐁이 밤이 되어 하이오네와 돌아올 수 있었던 이유도 분명하게 느낄 수 있었다. 바람에 실려가 바람보다 빨리 달려왔으니 반나절이면 대륙의 어디라도 갈 수 있었던 시간인 것이다.

"너… 아… 무… 서… 니?"

던칸의 등에 너무 바짝 붙어 있어 유리가 하는 말의 반은 던칸의 등에 묻혀 버렸다.

"뭐라고?"

"안 무… 서… 냐고."

"뭐? 아, 안 무섭냐고? 뭐가 무서워? 퐁은 하나도 안 무서워."

퐁은 자리에서 벌떡 일어나기까지 했다. 오히려 퐁의 뒤에 있던 이실론이 깜짝 놀라 퐁을 잡았다.

"퐁은 괜찮아. 매직 트라이던트가 있잖아."

이실론도 마법으로 자신들의 몸을 고정시켜 놓을 수 있다는 생

각은 미처 못했었다. 물론 하이오네가 이렇게 무자비한 속도를 낼
것이란 예상도 미처 못했지만.

그러나 퐁이 말한 매직 트라이던트의 용도는 이실론이 생각하
고 있는 방법과 전혀 달랐다. 퐁은 대담하게도 매직 트라이던트를
하이오네의 등 깊숙이 꽂아 손잡이로 사용하고 있었던 것이다.

"너, 미… 쳐… 냐?"

"퐁도 어쩔 수 없었어. 하이오네는 너무 빠르니까 잡을 게 있어
야 돼. 아까 입 안에 숨어 있을 때도 그렇게 했어. 아니면 와이번
들이랑 싸울 때 퐁은 튕겨져 나왔을걸?"

무식하면 용감하다더니. 누가 감히 하이오네의 등에 쇠 막대기(?)
를 꽂아 손잡이로 쓸 생각을 할 수 있냔 말이다. 천하제일의 배짱쟁
이 유리도 차마 상상 못하는 일인데.

하이오네의 등에서 떨어지지 않기 위해 안간힘을 쓰고 있는 동
안 하이오네는 어느덧 그녀의 늪에 다가가고 있었다. 어둠에 덮인
채 고요히 달빛만 반사시키고 있는 하이오네의 늪은 여전히 고적
에 싸여 있었다.

일행을 늪 옆에 내려놓은 하이오네는 순식간에 눈부시게 아름
답지만 더없이 쓸쓸해 보이는 여인의 모습으로 돌아와 있었다. 얼
굴에 살짝 긁힌 상처가 남긴 했지만 하이오네의 아름다움을 훼손
할 정도는 아니었다.

"무사하셔서 다행입니다."

"모두 하이오네님 덕분입니다."

"설마 진짜 그곳까지 가실 줄은 몰랐습니다."

"하이오네님은 알고 계셨군요."

"에스더도 알고 있을 거라고 생각했습니다. 미련하게 아직까지

고집을 부리다니……"

하이오네는 에스더의 이름을 언급하며 잠깐 유리를 쳐다봤지만 더 이상의 관심은 보이지 않았다. 하이오네가 자신의 대화 상대로 격이 맞다고 생각하는 사람은 이실론뿐이었다. 그녀는 처음부터 이실론만 보며 이실론에게만 말했다.

"설마… 당신도 모르고 그곳까지 가셨던 건 아니겠죠?"

"확신하질 못했습니다."

하이오네는 잠시 묘한 눈빛으로 이실론을 바라봤지만, 이내 이해하겠다는 듯 온화한 미소를 지었다.

"그럴 수도 있었겠군요. 눈으로 확인하지 않고서는 믿지 않으려 한다는 점에서는 인간이나 드워프나, 심지어 엘프까지도 마찬가지죠. 이제 눈으로 직접 확인하셨으니까 제가 했던 말을 이해하시겠군요?"

자신 외에는 그녀를 풀어줄 수 있는 사람이 없다고 했었다. 에라다누스가 소멸됐으니 그녀가 기대할 곳은 카시오페아밖에 없었던 것이다.

"하지만 여전히 영문을 알 수 없군요. 에라다누스는… 어떻게 된 겁니까?"

"그분은… 스스로 소멸의 길을 걸었죠. 그분이 선택할 수 있는 신에 대한 유일한 저항의 방법이었습니다. 알나이르의 대륙을 지켜야 할 마지막 파수꾼이 선택한 자멸의 길……. 알나이르님도 막지 못했습니다."

"세페우스 때문이었습니까?"

이실론은 사심없이 한 질문이었지만 하이오네의 얼굴은 무섭도록 차갑고, 냉랭하게 굳어들었다.

"나는 당신에게 할 수 있는 최선을 다했습니다. 이제는 당신 차례입니다."

"하지만 전 아직……."

"이제 그만 돌아가십시오. 다음에 다시 올 때는 당신의 진짜 얼굴로 오셔야 할 겁니다."

"잠깐만요! 누구였습니까? 누군가 에라다누스의 부활을 흉내 내고 있었습니다. 그것만 말씀해 주십시오. 은빛 머리의 세다르 맞습니까?"

그러나 하이오네의 몸은 이미 늪 안으로 가라앉고 있었다.

"하이오네님!"

"눈에 보이는 것만이 진실은 아닙니다."

그것이 마지막이었다. 하이오네는 영원한 침묵 속에 잠기듯 자신의 늪 안으로 자취를 감추어 버렸다.

"이실론이 실수했어. 하이오네한테 세페우스 얘기 하면 안 돼. 하이오네가 가장 싫어하는 얘기야. 하이오네가 이실론 잡아먹을 수도 있었어."

퐁의 우울한 야단에 유리가 도끼눈을 뜨고 덤볐다.

"웃기지 마! 이실론 안에 카시오페아가 잠들어 있다는 얘기 못 들었니? 아무리 하이오네라도 드래곤을 두 마리나 삼키고 온전할 수 있을 것 같아?"

고요하던 늪이 갑자기 부글부글 끓기 시작했다. 주먹만한 기포들이 끓으며 늪 주위로 흙더미를 튕겨냈다.

"앗, 뜨거!"

유리가 화들짝 놀라며 뒤로 물러섰다. 그러나 기포들은 점점 커지며 흙더미를 튕겨내는 반경도 점점 넓어졌다.

"화난 거야. 가자."

핸슨은 이실론과 유리를 데리고 빠르게 늪에서 멀어졌다. 그들이 늪에서 조금 벗어나자 뒤에서 커다란 폭발음이 들렸다.

파팡—!

그들의 바로 뒤에서 하이오네의 늪이 시커먼 진흙들을 앞세워 화산처럼 분출하고 있었다.

"뛰어!"

하이오네의 저주 같은 진흙을 피하기 위해서 일행들은 죽을힘을 다해 뛰어야 했다.

"엘프의 숲으로 가야 해!"

"그럴 시간이 없어! 우린 그의 계략에 걸린 거야. 셰다르는 벌써 움직이는 늪 안에서 그 녀석을 찾았을지도 몰라."

"그 녀석이라니?"

"…그런 녀석이 있어. 어쨌든 지체할 시간이 없어. 우린 한시라도 빨리 움직이는 늪으로 가야 해."

"에스더님은?"

"아마 떠나셨을 거야. 셰다르와 만날 시간을 얻기 위해 아더와 아론까지 다 떠나보내신 거였어. 에스더님은 아직도 셰다르를 설득할 수 있을 거라고 생각하고 계신가 봐."

아더와 아론은 에스더 앞에서 셰다르 얘기를 하지 않길 바랬지만 아마도 에스더는 모든 걸 알고 있었을 것이다. 하이오네의 말처럼 혹시나 하는 기대로 고집을 부리고 있었을 뿐이지.

"니가 에스더님에 대해서 어떻게 그렇게 잘 아니?"

"난 셰다르를 만났고, 그가 뭘 원하는지도 분명하게 알고 있으니까!"

"그가 뭘 원하는지는 우리 모두 알고 있어. 투반 대륙에서 건너올 은빛 머리의 엘프들을 기다리고 있는 거잖아. 그들이 올 때까지 드래곤의 소멸을 숨기고 있었던 거고. 내 말 틀려?"

유리는 으스대며 소리쳤지만 이실론은 한마디로 잘라 대답했다.

"틀려!"

"뭐가?"

"셰다르에게 시간이 필요한 건 은빛 머리의 엘프들을 기다리기 위해서가 아니라 마지막 드래곤을 없애기 위해서야."

"마지막 드래곤이라니? 카시오페아? 그럼…… 너?"

"아니, 그는 처음부터 나 따위는 안중에도 없었어. 그가 원한 건 그 녀석이었어. 마지막 드래곤……."

유리는 멍한 표정이지만 핸슨과 던칸은 경악에 가까운 표정이었다.

"마지막 드래곤이라니? 그게 무슨 소리냐?"

"움직이는 늪에서 봤습니다. 알에서 깨어나는 드래곤의 헤츨링을……."

"그런데 왜 이제야 얘기하는 거냐?"

"아무에게도 말하지 않는 게 그 녀석을 보호하는 거라고 생각했습니다. 그 녀석의 의미를 몰랐으니까요."

동료들조차 믿지 않았다는 게 서운하긴 하지만 이실론의 선택은 틀린 것이 아니었다. 비밀을 지키기 위해서는 말하지 않는 방법밖에 없다.

"그런데 헤츨링이라면……?"

이실론은 분명하게 느끼고 있었다.

"카시오페아의 헤츨링입니다. 카시오페아가 별이 되길 포기하고 인간 안에 남은 건 인간을 지키기 위해서가 아니라 마지막 남은 드래곤인 그의 헤츨링을 지키기 위해서였습니다. 절 움직이는 늪 안으로 불러들였고, 헤츨링이 깨어나는 순간을 보게 한 겁니다. 처음이자 마지막으로 그의 목소리를 들은 곳도 그곳에서였습니다."

카시오페아의 힘을 받아들이지 못한 것도 아직 그럴 필요가 없었기 때문일 것이다. 카시오페아는 진정으로 그의 힘이 필요한 순간이면 원하지 않아도 나타날 것이다.

에스더는 틀렸다. 자신의 의지로 카시오페아와 하나가 돼야 한다던 에스더의 말은 분명 틀린 것이다.

카시오페아는 자신의 몸을 빌려 잠자고 있는 것이다. 그가 필요한 순간이 될 때까지. 에스더의 말처럼 대륙을 구하기 위해, 인간을 돕기 위해 위대한 희생을 자처한 것 또한 아니다. 죽지 못한 카시오페아의 영혼은 자식을 지키기 위한 어미의 본능일 뿐이다.

위대한 존재인 드래곤답게 사랑조차 위대하게 한다는 차이가 있을 뿐.

"이를 어째……."

갑자기 퐁이 발을 동동거리며 구슬 눈을 정신없이 돌려댔다.

"셰다르는 벌써 알고 있잖아."

"뭘?"

"카시오페아의 헤츨링이 움직이는 늪 안에 있다는 거. 그때 퐁이 봤어. 이실론도 봤잖아. 셰다르가 물었어. '그'는 어디 있냐고!"

"젠장!"

진정한 희생자는 카시오페아가 아니라 이실론인 모양이다. 핸슨은 자신도 모르게 붉게 달아오른 얼굴로 욕설을 내뱉었다. 이실론은 본능적으로 카시오페아를 느끼기 때문에, 그래서 그렇게 강렬히 카시오페아의 존재를 부정하고 싶어했는지도 모르겠다.

"미안하구나……."

핸슨의 뼈아픈 독백에 이실론이 의아한 얼굴로 핸슨을 물끄러미 바라봤다. 핸슨은 이실론의 시선을 애써 외면하며 던칸에게 물었다.

"이제 자네는 어쩔 텐가? 자네의 임무는 이것으로 끝 아닌가?"

"그런 셈입니다."

"……?"

"에라다누스의 문제가 종결되면 자우라크 산맥을 넘어 몰던으로 갈 예정이었지만 경로야 상관없겠죠. 움직이는 늪까지 함께 가겠습니다. 남쪽 대륙의 길잡이로 몬스터 레인져보다 유용한 존재는 없을 테니까 말입니다."

"자네도 애국자는 못 되는군."

던칸을 바라보는 핸슨의 눈빛엔 우정과 신뢰가 가득 담겨 있었다.

"동료는 필요에 의해 모인 사람들이지만, 친구는 필요할 때면 언제든 모일 수 있는 사람 아닙니까?"

"맞아! 던칸의 말은 너무 멋있어! 그래서 퐁은 친구가 좋아."

"그래서 지금 우린 움직이는 늪으로 다시 갈 건가요? 우리 아빠도… 거기 있겠군요."

크로싱 족의 마을을 지날 때 자르휜의 저주에 걸린 사람이 지나갔다고 했었다. 처음부터 그들의 목적지 또한 움직이는 늪이었을지 모른다. 그렇다면 자신들은 필요없이 너무나 먼 길을, 너무나 어렵게 온 것이다. 동료마저 잃어가며.

"크루지 핀 할아버지는 어떻게 됐을까?"

"모든 걸 뒤틀어놓은 원인이 제거되면 혹시 제자리로 돌아오게 될지도 모르지. 물론 그때까지 살아만 있어준다면."

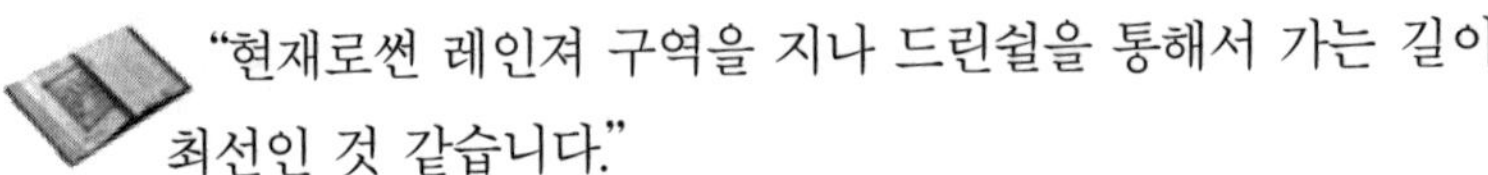

2

"현재로썬 레인져 구역을 지나 드린쉴을 통해서 가는 길이 최선인 것 같습니다."

"피요드 랜드는 무리겠지?"

"지금처럼 혼란스런 상황에서 피요드 랜드는 치명적일 수도 있습니다. 한번 무사히 지나온 걸로 방심해서는 안 됩니다. 이미 많은 몬스터들이 들어가 있을 가능성이 크니까요."

"그렇겠지……. 가뜩이나 난폭해져 있는 놈들이 피요드 랜드에서 어떻게 돌변할지도 알 수 없는 노릇이니……."

아무리 지도를 들여다봐도 던칸이 말한 것보다 더 빠른 길은 보이지 않았다.

"레인져 구역에 아직도 헬리오 기병대가 버티고 있으면 어쩌려구요?"

아직도 노부원 대장이 있다면 자신들을 보자마자 이를 갈며 덤벼들 게 뻔한데 거길 다시 가자니… 생각만 해도 싫다.

"레인져 구역을 피해서 가려면 카오스 산맥을 거쳐서 가야 되는데 레인져 구역을 지나는 것보다 더 위험할 수도 있습니다."

"엘프의 마을에 두고 온 말들은 어쩌구요?"

"엘프의 마을까지 돌아갔다 가기엔 시간이 너무 촉박합니다."

어떻게든 엘프의 마을에 들러 아더와 아론을 여행에 합류시키고 싶은 유리의 바램은 던칸에 의해 번번이 막혀 버렸다. 평소 같으면 자신의 뜻이 관철될 때까지 떼라도 써보겠지만, 그런 억지 때문에 아빠를 구할 시기를 놓칠 수도 있다. 아쉽긴 하지만 던칸의 말대로 최선의 방법을 찾아 최대한 빨리 '움직이는 늪'에 가는 게 급선무였다.

"더 좋은 생각이라도 있는 거야? 왜 꿀 먹은 벙어리처럼 아무 말도 안 해?"

그리움의 대상은 유리와 다르지만 이실론도 엘프의 마을을 생각하고 있었다. 이실론의 마음을 무겁게 하는 것은 엘프가 아니라 엘프의 숲에 두고 온 그의 말, 라리사였다.

'내가 좋지 못한 이름을 준 건가……?'

원하지 않는 이별을 거듭하고 있는 라리사와의 관계가 자꾸만 예사롭지 않은 느낌으로 다가왔다.

"더 좋은 생각이 있냐구!"

유리가 이실론의 귀에 대고 소리를 버럭 질렀다. 라리사라면 절대 이런 행동은 하지 않는다. 이실론은 귀찮다는 듯 눈살을 찌푸리며 대충 대답했다.

"없어."

이실론의 짜증 섞인 태도에 유리도 인상을 확 구겼다.

"무슨 저런 변덕쟁이가 다 있어!"

"그런 식으로 얘기하지 마. 이실론도 마음이 복잡하니까 그러지. 퐁은 이해하는데 넌 왜 이해 못하니?"

"무조건 이해만 한다고 친구가 아니야. 잘못된 게 있으면 잘못됐다고 말해 줄 수 있는 친구가 진짜 좋은 친구지."

"이실론은 잘못된 게 없어."

"어유~ 너한테 말해 봐야 입만 아프지."

유리가 인상을 쓰며 혀를 쭉 내밀자, 퐁도 보란 듯이 화살표 꼬리를 삐죽 세워 올렸다.

"갈 길이 바쁘군요. 서두르죠."

이실론의 재촉에 핸슨이 지도를 접으며 벌떡 일어났다.

"이젠 숨 쉴 시간도 없다. 모두 각오는 됐겠지?"

"이실론만 버티면 문제없어요."

유리의 빈정거림이 무색해지게 이실론은 반나절 동안의 강행군을 묵묵히 견뎌냈다. 남쪽 대륙의 뜨거운 태양 아래 어느 정도 단련된 건강한 피부에는 땀방울이 빗방울처럼 송골송골 맺혀 흘렀다.

핸슨의 눈에 보이는 이실론은 여전히 여리고 약하기만 한 소년이었다. 그래서 이를 악다물고 더위와 피로에 맞서고 있는 이실론의 모습이 대견하긴 하지만 안타까운 마음이 더 컸다.

"힘들면 얘기해라. 너무 무리할 필요는 없어."

"버틸 만합니다. 신경 쓰지 마세요."

이실론은 고집스럽게 던칸의 뒤에 있는 자신의 위치를 고수했다. 이 정도 행군이야 산책이라고 생각해도 그만인 던칸은 뒤에

이실론이 따라오고 있다는 사실도 잊은 채 성큼성큼 바쁘게 걸어
갔다.

"바빠도 밥은 먹고 가요!"

결국 이실론보다 유리가 먼저 백기를 들었다. 뭔가 마음에 걸리
는 게 있는지 긴장된 얼굴로 목을 쭉 빼던 던칸은 잠시 고민한 후
에야 결정을 내렸다.

"좋습니다. 여기서 잠깐 쉬면서 점심을 먹도록 하지요."

던칸이 사냥을 나간 동안 핸슨은 불을 피우기 위해 땅을 팠다.
요즘처럼 건조한 날씨에는 작은 불씨만으로 큰불이 날 수도 있다.
핸슨은 깊숙한 웅덩이를 판 후에야 조심스럽게 불을 지폈다.

"아론이랑 아더가 있었으면 좋아했겠다."

퐁도 헤어진 엘프들이 그립긴 한 모양이다.

던칸이 잡아온 사슴 고기로 모두 배불리 식사를 마치는 동안에
도 던칸의 긴장된 얼굴은 펴지지 않았다.

"뭔가?"

핸슨은 단도직입적으로 물었다. 던칸이 이렇게 긴장해 있을 때
는 그의 예민한 청각이 뭔가를 감지했다는 의미였다.

"뭔가 심상치 않은 일이 있는 것 같은데, 아직은 잘 모르겠습니
다."

"심상치 않은 일이라니?"

"미세하지만 지축이 흔들리며 작게 흙먼지를 피워 올렸습니다.
네발 달린 짐승이 대규모로 이동한다는 뜻이죠. 처음엔 헬리오 기
병대가 아닌가 생각했습니다만……."

"그런데?"

"갑자기 소리가 멎었습니다."

"정말 기병대였다면 그들의 이동을 멎게 할 만한 뭔가가 있다는 얘기겠군."

핸슨의 얼굴이 심각해지자 유리가 냉큼 끼어들었다.

"그 사람들도 점심 먹으려고 쉬는 거 아닐까요?"

"점심을 먹기엔 이른 시간이지."

핸슨은 온 신경을 모아 소리를 쫓고 있는 던칸을 쳐다봤다.

"어느 정도 거린지 짐작할 수 있겠나?"

"걸어서 3시간 정도요."

"그럼, 그들이 1구역을 떠난 지 이제 겨우 하루 정도 지났단 얘기군."

그건 곧 수도 헬리오 포트리스에서 떠나온 지원군이 이제야 도착했다는 것이고, 에라다누스의 부활이란 중대사를 앞에 둔 군인치고는 한심할 정도로 느린 움직임이었다.

"운이 좋으면 우리가 1구역에 도착했을 때는 기병대가 보이지 않을 수도 있겠다."

겉으론 이렇게 말하면서도 핸슨의 속마음은 기병대의 전진을 멈추게 한 이유가 무엇일지에 대한 호기심과 염려로 가득했다.

달리듯 한 시간 정도를 걷던 던칸이 손짓으로 일행을 멈추게 했다.

"이 쿵쾅거리는 느낌이 전해지십니까?"

던칸이 지적해 주고 나자 바람의 흔들림과는 구분되는 마른풀의 작은 흔들림이 보였다. 던칸처럼 집중해서 풀을 노려보자 작게 진동했다가 멈추고, 다시 살짝 떨렸다가 멈추기를 반복하는 모습까지 알아챌 수 있었다.

"덩치 큰 동물들이 조심스럽게 움직이고 있는 겁니다."

"여기까지 움직임이 전해질 정도라면?"

"발록이나 트롤 정도는 되겠죠. 기병대의 앞길을 막고 있는 원인이 밝혀진 것 같군요."

던칸의 말에 이실론은 실소를 금할 수 없었다. 드래곤을 막겠다고 남쪽 대륙까지 달려온 기병대가 고작 발록이나 트롤을 없애지 못해 몇 시간째 걸음이 묶여 있다니……. 그들이 코로나까지 무사히 간다 해도 와이번을 보고 드래곤을 봤다며 혼비백산할 게 뻔했다. 한마디로 그들은 드래곤이란 존재가 갖는 공포감을 현실적으로 전혀 인식하지 못하고 있는 것이다.

"일단 좀 더 다가가 보세."

"곧장 1구역으로 가려면 여기서 방향을 틀어야 합니다. 저들이 길을 비켜주지 않으면 이만큼을 되돌아와야 할지도 모릅니다."

"그들이 남쪽 대륙에서 헛고생하고 있는 걸 방관할 수만은 없잖은가?"

"핸슨, 잊었어요? 우린 반역자예요! 그들이 우리를 반갑게 맞아주지도 않을 뿐더러, 우리 말을 믿어주지도 않을 거라구요."

"그렇다고 죄없는 일반 병사들까지 몬스터의 희생물이 되게 할 수는 없다."

"핸슨이 뭔데요? 핸슨이야말로 자신이 구원자라도 된다고 착각하고 있는 거 아니에요?"

유리의 앙칼지고 뼈있는 항변에도 핸슨은 쉽게 마음을 접지 않았다.

"그들이 우리에게 등을 돌렸다고 우리 역시 그들을 외면한다면 뭐가 다르겠니? 거기다 지금은 사사로운 감정을 앞세울 때가 아니잖냐. 서로가 돕지 못하면 모두 멸망하는 거다."

"그래도……."

유리의 말을 막으며 핸슨은 이어서 던칸에게 말했다.

"난 자네가 몰던에 가는 걸 막지 않을 걸세. 자네에겐 주어진 임무가 있고, 자넨 그 임무를 완수해야 할 의무가 있으니까. 나 또한 마찬가지일세. 비록 반역자가 되어 쫓기는 처지지만 내 동포들이 여기서 무의미하게 희생당하는 걸 방관할 수만은 없네."

"이해합니다."

핸슨은 마지막으로 이실론을 쳐다봤다. 다소 지친 표정으로 거친 숨을 몰아쉬면서도 이실론은 싸늘하게 웃고 있었다.

"기병대가 어떤 꼴을 하고 있을지 궁금하긴 하군요."

"뻔해. 몬스터 보고 놀라서 벌벌 떨고 있을 거야. 퐁이 장담해."

"상황이 어떤가?"

"사상자가 2백여 명은 되는 것 같습니다."

"놈들은?"

"저희가 확인한 시체로는 50여 마리도 되지 않습니다. 목이 잘리지 않으면 스스로 상처를 회복시키니까요."

"젠장!"

노부원 대장이 600여 명 남짓한 인원만으로 코로나를 향해 출발한 건 누가 봐도 성급한 결정이었다. 하지만 다 잡은 해롤드 밀러를 놓쳤다는 압박감은 언제 도착할지 모르는 지원군을 마냥 기다리도록 그를 내버려 두지 않았다.

남쪽 대륙에 근접했던 4백의 병력이 드린쉴 근처에서 몬스터 떼를 만나 발이 묶였고, 그 뒤를 따르던 5백여 명의 병사는 카테나치오에서 카멜 후작에게 억류당해 버렸다. 카멜 후작이 마수를 드러내며 길목을 막기 시작한 이상, 더 이상의 지원 병력을 기대하기 어렵다는 게 노부원 대장의 판단이었다.

게다가 나흘 전부터 시작된 몬스터들의 공격은 1구역도 안전지대로 방치해 두지 않았다. 결국 노부원 대장은 오늘 새벽 코로나를 향한 진격을 명령했고, 하루도 못 돼 이렇게 난감한 상황에 직면한 것이다.

"남아 있는 놈들의 동태는 어떤가?"

"일단은 흩어져 숲 속으로 숨었지만 도망갔다곤 생각할 수 없는 상황입니다. 잠시 쉬었다 다시 오겠죠."

"뒤따른다던 오크 무리는?"

"속도는 느리지만 여전히 접근 중이라고 합니다."

"이대로 있다간 몬스터에게 포위당하는 꼴이 되겠군."

어이가 없었다. 고작 몬스터에게, 고작 몬스터 때문에 옴짝달싹 할 수 없는 처지라니.

비록 600여 명에 불과하지만 중장기로 중무장한 정예 부대다. 트롤 무리 따위에 이렇게 무기력히게 무너진다는 것은 있을 수 없는 일이었다.

그러나 고작 3시간의 전투에 2백여 명의 병사를 잃었고, 부상병들을 후송하기 위해서는 또다시 백여 명의 병사를 포기해야 한다.

그럼 3백여 명 남은 병사들로 남쪽 대륙의 몬스터들과 싸우며 코로나까지 가야 한다는 결론이다. 그것도 오크 떼에겐 아무런 손실도 입지 않는다는 전제 하의 계산이다. 이 상태로라면 코로나까지는 접근해 보지도 못할지 모르겠다.

"귀관들의 의견을 듣고 싶군. 트롤들이 숲 속에 처박혀 있는 이상, 무조건 진격할 수는 없는 노릇 아닌가?”

노부윈 대장은 단장들의 얼굴을 하나하나 일일이 훑어보았지만 아무도 입을 열지 못했다. 하긴 몬스터와의 싸움을 겪어보지 않긴 그들도 자신과 마찬가진데 무슨 뾰족한 방법이 있을 리 없었다.

노부윈 대장의 시선은 마지막으로 콜즈러드 단장에게 멎었다.

콜즈러드는 만약을 대비해 유능한 몬스터 레인져와 마법사 몇 명을 선발하자고 했었다. 하지만 자신을 포함한 단장단 모두가 반대했었다. 그들이 남아 1구역이라도 사수해 준다면 만약의 경우 피난처는 될 수 있을 것이란 명분이었지만, 사실은 제멋대로인 몬스터 레인져와 함께 움직이는 게 병사들의 사기를 떨어뜨릴 수도 있다는 판단 때문이었다.

게다가 마법사는 왕국에서 지정한 범법자다. 왕국의 정예 부대인 헬리오 기병대가 마법사 따위의 도움을 받는다는 것은 절대 용납할 수 없는 일이었다.

“불을 질러서 트롤들을 숲 밖으로 끌어내는 건 어떨까요?”

단장단 중의 누군가가 조심스럽게 제안했다. 그러나 노부윈 대장이 말하기도 전에 콜즈러드 단장이 반대하고 나섰다.

“너무 위험합니다. 이렇게 숲이 말라 있는 상태에서 불을 낸다면 걷잡을 수 없이 크게 번질 수도 있습니다.”

“그래 봤자 사람은 살지도 않는 남쪽 대륙의 숲 아닌가? 만에 하나 불길이 커져 드래곤의 레어까지 덮친다면 차라리 잘된 일일 수도 있지.”

“해리스 단장님께선 드래곤의 그림을 보지 못하신 모양이지만, 드래곤에겐 날개가 있습니다. 한낱 인간들 불장난에 타 죽을 존재가 아니란 말이지요. 덧붙여 말씀드리자면 에라다누스는 레드 드래곤입니다. 그가 곧 불을 다루는 존재란 말입니다."

콜즈러드 단장의 젊은 패기는 싸움이 시작되기도 전에 도망갈 궁리부터 하는 늙은 단장들의 비겁함을 용납하기 어려웠다.

"그래서 하는 소리요. 우린 아직 드래곤에겐 근처에도 미치지 못했소. 그런데도 벌써 병사의 삼 분의 일이나 잃었단 말이오. 이건 전쟁이나 다름없소. 당신은 아직 전쟁의 경험이 없어서 모르겠지만, 승산없는 싸움에의 무모한 도전이 남기는 건 전멸이 될 수도 있소."

"해리스 단장님 말씀대로 이건 전쟁입니다. 이미 우리에 앞서 죽어간 전우들이 존재하는 엄연한 전쟁이란 말입니다. 싸워보기도 전에 패배를 시인하는 건 전쟁에 임하는 군인의 자세라고 할 수 없는 거 아닙니까?"

양쪽 모두 옳았다. 싸워보지도 않고 패배를 인정할 수도, 승산없을 전투에 투지만으로 무조건 매달릴 수도 없는 상황이었다. 더욱이 황량한 평원에 노출돼 있는 그들로선 마땅한 작전을 세우기조차 어려운 처지였다.

낭이 꺼실 듯한 무서운 침묵과 함께 속절없이 시간만 흘러가자, 참다못한 노부원 대장이 말했다.

"우리가 선택할 수 있는 방법은 두 가지뿐일세. 숲 속에 숨어 있는 트롤과 싸우며 앞으로 나가느냐, 뒤에 쫓아오는 오크 떼를 해치우고 1구역으로 돌아가느냐."

앞으로 나간다는 건 승산없는 싸움이다. 트롤들을 모두 없앤다 해도 그들이 끝이 아닐 것이라는 건 이제 모두가 깨닫고 있는 현실이었다. 그러나 하루도 지나지 않아 후퇴한다는 것은 헬리오 기병대의 자존심이 용납치 않았다.

결론을 내리지 못한 채 초조하게 시간만 보내는 사이, 작전 회의를 위해 세워놓은 임시 막사 밖에서 병사의 다급한 목소리가 들렸다.

"단장님, 트롤들이 숲 밖으로 나오고 있습니다."

노부윈 대장을 비롯해 모두가 자리에서 벌떡 일어났다.

"우리가 후퇴한다 해도 놈들은 쫓아올 것일세. 오히려 이렇게 사기가 꺾인 채 오크 떼를 만나게 된다면 그것조차 승리를 장담할 수 없는 상황이 되겠지."

노부윈 대장은 마음으로 결심을 굳히며 얼굴 가득 결연한 의지를 실어 힘있는 어조로 말했다.

"어차피 트롤과 오크 사이에 놓이게 될 처지라면 차라리 공격자의 입장을 고수한다. 우린 헬리오 기병대다. 저 무식한 몬스터들에게 인간의 위대함을 보여주자!"

"어리석긴! 평원으로 유인하지 못할 바엔 공격하지 말았어야지!"

패기라도 좋고, 오기라도 좋고, 어쨌든 싸워보겠다는 투지는 좋았지만 결과가 죽음뿐이라면 어리석은 선택이다. 덩치 큰 트롤은 숲에 숨어 게릴라전을 펼치고, 수에만 의존한 기병대들이 그 사이를 휘젓고 다니며 힘없이 쓰러지고 있었다.

"트롤이 이렇게 조직적으로 움직인다는 것도 놀라운 일이군요."

그저 조금 놀라울 뿐이지 새삼 신기할 것은 없었다. 와이번이 드래곤의 레어를 차지하고 있는 모습도 봤는데 트롤이 좀 영리하게 군다고 해서 특별히 놀라울 것은 없는 것이다.

"이실론, 마법을 쓸 수 있겠냐?"

“예.”

“좋다. 유리, 앞장서서 검을 크게 휘둘러라. 그럼 이실론이 최대한 빛을 반사시켜 주고. 퐁, 우리가 지르는 소리를 크게 확대시켜 줄 수 있지?”

“그럼. 잃어버린 아이 찾으려면 작은 목소리도 크게 만들어야 돼. 브라우니라면 누구나 다 할 수 있는 일이야.”

“우리의 인원이 많은 것처럼 가장하자는 거군요? 좋습니다.”

이실론의 말에 핸슨이 싱긋 웃었다. 이제 이실론은 스스로 상황을 인식하고 해결할 능력이 충분히 되는 것이다. 그건 카시오페아와 상관없는 이실론 스스로의 힘이자 능력이었다.

“그래, 우린 인원이 많은 것처럼 가장해 트롤들을 숲 밖으로 몰아내야 한다. 모두 준비됐겠지?”

“옙!”

유리가 제일 씩씩하게 대답했다.

빛의 수호 검을 번쩍 치켜든 유리는 숲의 한가운데를 향해 자신만만하게 뛰어들었다. 빛의 수호 검은 그 자체만으로도 그늘진 숲을 환하게 할 징도로 밝은 빛을 빈사시켰다. 기기다 이실론의 마법이 더해지자 숲 한쪽이 온통 검기에 뒤덮여 보였다.

“우리도 가자!”

“이얍—!”

핸슨과 던칸이 기합성을 내지르며 쇄도해 들어가자 숲은 순식간에 빛과 함성으로 가득했다.

예상치도 않았던 지원군에 힘을 입은 헬리오 기병대의 공격까지 덩달아 활기를 띠어갔다.

기병대와 함께 숲 속의 전투에 친히 참가했던 노부윈 대장은 뒤에서 돌격해 오는 사람들의 의도를 쉽게 알아챘다.

"모두 후퇴해라! 평원으로 나가서 진영을 다시 구축한다!"

노부윈 대장의 목소리가 숲에 울려 퍼지자 병사들은 공격을 중단하며 몸을 빼기 시작했다.

"듀리안, 이때다! 트롤들을 몰아붙여!"

갑자기 목표를 잃고 허둥대는 트롤을 향해 빛의 수호 검이 번개처럼 스쳐 지나갔다.

"빠르게 움직여라!"

유리는 곧장 또 다른 트롤을 향해 몸을 날렸다. 은빛 찬란한 빛을 뿜어대는 빛의 수호 검 앞에서는 트롤의 재생력도 소용없었다. 유리는 트롤을 향해 빛의 수호 검을 들이대기만 하면 됐다.

유리를 보호하고, 숨어 있는 목표물을 끌어내는 것은 핸슨과 던칸의 몫이있다.

식은땀이 나도록 빠르게 뛰어다니는 동안 상처 입은 트롤의 숫자도 늘어났다.

기병대를 상대로 게릴라 작전을 펴던 트롤들이 역으로 핸슨의 게릴라 작전에 말려들며 조금씩 뒤로 물러나기 시작했다. 하지만 핸슨의 예상보다는 훨씬 느린 반응이었다.

"우리가 속이고 있는 걸 깨닫기 전에 숲 밖으로 몰아내야 된다!"

그들이 점점 지쳐 가는 데 반해 트롤들은 빛과 소음에 점차 익숙해져 가고 있었다. 뿔뿔이 흩어져 숲 밖으로 조금씩 이동해 가던 트롤들이 태도를 바꾸며 다시 공격적인 자세를 취하기 시작했다. 놈들은 벌써 자신들을 다치게 하는 검이 한 자루뿐임을 깨달은 것이다.

"유리, 너무 깊숙한 곳까지 들어가지 마라! 놈들이 눈치 채기 시작했어!"

느닷없는 공격에 당황해 있던 트롤들이 조금씩 상황에 적응하기 시작하자, 물 만난 고기처럼 숲을 휘젓던 유리의 움직임에도 제약이 많아졌다. 트롤들이 두 마리, 세 마리씩 연합하며 유리를 쫓기 시작한 것이다.

이실론도 더 이상 빛의 반사만으로 놈들을 속이는 데 한계가 있음을 깨달았다. 이실론은 잠깐 마법을 거두며 몸을 점검해 봤다. 유리를 따라다니며 마법을 쓴 피로감이 느껴지긴 했지만 여전히 체내에 흐르는 마나의 기운은 강렬했다.

유리에 이어 핸슨과 던칸이 뒤쪽으로 물러서는 것을 확인하자 이실론은 트롤들이 숨어 있는 숲을 향해 불덩어리를 날렸다. 건조한 숲에 던져진 불은 무서운 속도로 숲을 태우기 시작했다.

"아더랑 아론이 있었으면 화냈을 거야."

"시간을 아끼기 위해선 어쩔 수 없어."

이실론은 바람을 일으켜 불길을 밀었다. 불길을 피해 우왕좌왕 뛰어다니던 트롤들이 결국은 평원을 향해 달려나갔다.

불길 너머에서 기병대의 서센 고함 소리가 들렸다. 불길을 피해 뛰어나오는 트롤들과 일대 결전이 벌어진 모양이다.

"우리도 나가서 도와야 하지 않을까요?"

트롤과의 싸움엔 자신있는지 유리가 의욕에 찬 목소리로 물었다.

"글쎄… 크게 걱정할 필요는 없을 것 같다. 숲 속에서야 트롤들이 우세했지만 평원에서는 기병대가 유리할 테니까. 헬리오 기병대를 너무 무시하지 마라. 자만심만 아니면 괜찮은 부대다."

"실력보다 자만심이 앞서니까 문제죠."

유리 자신에게도 해당되는 일일 텐데 참 자신있게도 말한다.

"이제 트롤들은 거의 숲 밖으로 나간 것 같은데?"

던칸은 계속 커지는 불길을 불안하게 바라보며 이실론에게 말했다. 퐁도 근심이 가득한 얼굴로 우울하게 중얼거렸다.

"아더랑 아론이 이 모습을 보면 정말 화내겠지? 말리지 않았다고 퐁을 나무랄지도 몰라."

"불은 끄면 돼."

이실론은 대수롭지 않게 말하며 어렵지 않게 비를 불렀다. 불길 위로 쏟아지는 물줄기 소리가 시원하게 숲을 적셨다.

"크루지 핀 할아버지가 이 모습을 봤으면 이실론에게 무릎을 꿇고라도 스승으로 모셨을 거야."

"그 사람도 200년 정도 열심히 연구한다면 제대로 된 마법을 쓸 수 있을지 모르지."

"그렇게 얘기하면 지금 니 마법은 200년씩이나 연구한 결과라는 거야?"

빈정대는 유리의 말에 이실론은 입술을 살짝 비틀며 미소 지었다.

"지금 그 표정은 뭐야? '알고 보면 내 나이가 200이오. 위대한 마법사라 티가 안 날 뿐이지' 뭐, 그 따위 소리라도 하려는 거야?"

"내가 너라면 트롤들이 어떻게 됐는지부터 궁금해하겠어."

이실론은 검은 잿물이 흐르는 불 꺼진 숲을 가로질러 평원을 향해 걸어갔다.

"우리는 헬리오 기병대다! 더 이상 몬스터 따위에 밀리는 일은 없을 것이다!"

승리를 알리는 노부윈 대장의 힘찬 목소리에 기병대는 평원을 달구는 함성으로 대답했다.

우와—! 와아—!

기세만으론 코로나까지 단숨에 달려나갈 수도 있을 것 같았다. 그러나 불 꺼진 숲에서 걸어나오는 네 명의 사람을 보는 순간, 평원 위엔 함성 대신 적막만이 감돌았다.

"설마 저 네 명이……?"

600여 명의 병력으로도 쫓지 못한 트롤들을 단지 저 네 명이서 숲 밖으로 몰아냈다고 믿고 싶지는 않았다. 거기다 일행의 선두에 서 있는 사람은 해롤드 밀러였다.

"해롤드 밀러! 제 발로 여기를 다시 찾아온 그 배짱만은 높이 사주겠다. 하지만 두 번의 행운은 기대하지 않는 게 좋을 것이다!"

노부윈 대장이 꺾이지 않을 눈빛으로 핸슨과 대치하고 있는 동안 콜즈러드는 기병대를 분산시켜 그들을 포위하게 했다.

"노부윈 대장, 당신과 할 말이 있어서 왔소."

"나는 포트리몬의 충성스런 국민으로 반역자 따위와 말을 나누진 않는다!"

"반역자의 도움은 받아도 말은 하지 않겠다? 그것 참 편리한 논리로군."

"자신감은 좋지만 자신들의 처지도 고려해 봐야 하지 않겠나?"

콜즈러드의 지휘 아래 기병대는 어느새 일행을 완벽히 포위하고 있었다.

하지만 핸슨은 물론이고, 일행 중 누구도 자신들을 에워싼 기병대를 의식하지 않았다. 오히려 유리는 노부윈 대장보다 더 당당하게 어깨를 세우며 대꾸했다.

"대장님은 방금 우리가 숲에서 트롤들을 몰아낸 사실을 잊으신 모양이군요. 물론 그걸로 생색을 내겠다는 건 아니에요. 단지 우리는 그 일을 어렵지 않게 해냈다는 것 정도만 기억해 달라는 거지."

분노와 수치에 노부원 대장의 얼굴이 붉게 달아올랐다.

"반역자와 스파이도 모자라 이젠 마법사가 있다는 것까지 자랑으로 삼다니……."

유리는 이실론이 한마디 해주길 기대했지만 이실론은 관심없다는 듯 하늘만 쳐다보고 있었다. 오히려 던칸이 다급하게 말했다.

"오크 떼군요. 그리 먼 거리는 아닌 것 같습니다만……?"

노부원 대장도 방금에야 정찰대로부터 한 시간 이내에 오크 떼들이 들이닥칠 것이라는 보고를 받았나.

"당신이 그걸 어떻게 알지?"

"이렇게 요란한 발소리를 내며 몰려다니는 건 오크밖에 없으니까요."

"벌써 소리가… 들린단 말인가?"

"목숨을 담보로 일하는 사람들은 감각이 발달하기 마련입니다. 몬스터 레인져는 특히 청각에 예민합니다. 몬스터가 나타난 이후면 이미 늦어버리는 경우가 대부분이니까요."

정중한 말이었지만 기병대 모두를 긴장시키기에는 충분했다.

"부상자까지 데리고 숲에 숨을 수도 없고, 평원에서 전면전을 펼치기엔 놈들의 수가 너무 많군요."

"퀸츠 놈 따위가 상관할 일이 아니다! 대장님, 저 녀석의 말은 들을 필요도 없습니다. 괜히 우리를 혼란스럽게 만들려는 수작입니다. 트롤 떼랑도 싸워 이겼는데 오크 정도야 문제될 것도 없습니다."

헬리오 기병대에서 격앙된 소리가 터져 나오자 유리가 보란 듯이 코웃음을 쳤다.

"흥! 거봐요! 말이 안 통할 거라고 했잖아요. 괜히 시간 낭비하면서 힘만 쓴 거라구요."

핸슨과 노부원 대장은 여전히 냉랭하게 서로를 응시하고 있었다.

"우린 이미 코로나에 들어갔었소. 에라다누스는 없소. 누군가 의도적으로 에라다누스의 소멸을 숨기고 그의 부활을 조작하고 있는 거요. 우린 모두 속고 있소. 지금이라도 늦지 않았으니 당신의 자리로 돌아가시오. 더 이상 무의미한 희생을 만들지 마시오."

"설마 지금 그 얘길 믿으라고 하는 소리는 아니겠지?"

"내 말을 믿고 안 믿고는 당신 뜻이오. 지휘관으로서 현명하게 판단하고 선택하길 바랄 뿐이오."

핸슨은 절실한 심정으로 말했지만 아무도 믿는 표정이 아니었다. 딘징돌 중에는 오히려 노골적인 불쾌감과 모욕감을 나타내는 이도 있었다.

"놈의 의도야 뻔합니다. 놈의 뜻대로 에라다누스가 다시 왕국을 짓밟게 놔둘 수는 없습니다."

"코로나까지 길을 열어두고 지원군이 올 때까지만 버티면 됩니다. 여기서 물러설 이유가 없습니다."

"헬리오 기병대가 그깟 반역자 한 명의 말에 좌지우지된다는 건 말도 안 됩니다."

"훗훗훗훗……!"

느닷없는 이실론의 냉소에 목청을 높이던 기병대 단장들의 시선이 일제히 이실론에게로 향했다.

"코로나까지만 가면 된다? 홋홋…… 당신들이 코로나에서 할 수 있는 일이 있을 거라고 생각하나? 그깟 트롤 몇 마리에 부대의 반을 잃어놓고도 자신감이 남아 있다니… 어쨌든 용기만은 대단하군."

"저, 저런 애송이 같은 녀석이 여기가 감히 어디라고!"

"당신이야말로 여기가 어딘지 아직도 눈치 채지 못한 모양이군. 바로 당신들의 무덤이 될 자리다!"

이실론은 여유만만한 눈빛으로 그들의 등 뒤를 가리켰다. 그곳에서는 지평선을 까맣게 물들이며 오크 떼가 달려오고 있었다. 예상을 뛰어넘는 놈들의 수에 기병대에서도 술렁이는 소리가 들렸다.

"동요할 필요 없다! 오크 따위야 아무리 수가 많아도 우리 헬리오 기병대의 상대가 되지는 못한다!"

콜즈러드 단장의 외침에도 기병대의 술렁임은 쉽게 진정되지 않았다.

"홋! 우린 느긋하게 앉아서 실력이나 감상하면 되겠군."

이실론은 타다 만 나뭇등걸에 편안한 자세로 기대앉았다. 유리도 생글생글 웃으며 이실론의 옆에 털썩 주저앉았다.

"건방진 것도 때론 쓸모가 있네."

핸슨은 안타까운 표정으로 노부윈 대장을 쳐다봤다.

"이번만은 날 믿으시오. 당신들 힘만으로 코로나까지 간다는 건 무리요. 차라리 카테나치오로 돌아가서……."

"남쪽 대륙에만 있다 보니 정보에 늦는 모양이군. 카멜 후작이 기병대를 억류하지만 않았어도 이 정도 병력으로 코로나로 향하진 않았을 거요."

"설마……"

핸슨은 말을 잇지 못했다. 그가 만나본 카멜 후작은 반란을 꾀할 정도로 야욕에 넘치는 사람은 아니었다. 하지만 노부윈 대장의 말이 사실이라면 자신의 판단은 틀렸던 것이다.

노부윈 대장은 매몰차게 돌아서서 단장들에게 지시를 내리기 시작했다.

"콜즈러드 단장은 부상자들을 후퇴시키고 보호한다. 해리스 단장과 민셸 단장은 좌우로 공간을 넓혀라! 놈들이 사정권 안으로 들어오면 포위 공격한다!"

"만약!"

핸슨은 노부윈 대장의 등을 향해 외쳤다.

"카멜 후작이 헬리오 기병대를 억류하고 있다면 목적이야 어찌 됐든 그는 알고 있는 것이오. 에라다누스의 부활이 거짓이었음을!"

노부윈 대장의 등이 움찔했나. 그러나 딕 잎까지 다가온 적을 둔 사령관에게 망설이고 주저할 시간은 허락되지 않았다.

"모두 전투 자세로!"

"차라리 잘된 일이야. 지금이라도 자신들의 한계를 깨닫고 돌아설 수 있을 테니까."

이실론은 평원 위의 혈투를 보면서도 감정적인 동요 없이 싸늘하게 말했다.

"나도 저 사람들이 좋은 건 아니지만 그래도 같은 사람이야. 이대로 계속 죽어가는 걸 보고만 있을 수는 없어."

"그럼 너도 핸슨이나 던칸처럼 함께 싸우면 되겠구나."

"안 그래도 그럴 작정이야! 너에게 도움을 청한 내가 바보지."

더 이상 참지 못하고 유리는 평원의 전투 속으로 뛰어들었다.

오크의 수는 200여 마리. 수적으로도 기병대가 우세했고, 그들에겐 말과 좋은 무기도 있었다. 트롤 무리를 꺾은 사기에다, 오크 따위에게 지지 않겠다는 오기도 충만했다. 다만 문제는 그럼에도 불구하고 오크 역시 전혀 물러설 기미가 보이지 않는다는 점이었다.

최후의 한 마리까지 남아 투쟁을 하겠다는 듯 발악을 하는 오크 때문에 기병대의 희생도 자꾸만 커져 갔고, 결국 유리마저 평원 위로 뛰어든 것이다.

기병대와 오크가 흘려대는 피로 평원이 붉게 물들며 강렬한 피비린내를 풍겼다. 이대로라면 피 냄새를 맡은 또 다른 몬스터가 몰려올 수도 있었다.

"피곤해지겠군."

그렇다고 어리석은 싸움에 자신까지 끼어들기는 싫었다. 이실론은 양손으로 머리를 받치며 아예 바닥에 몸을 눕혔다. 지치지 않는 따가운 햇살이 눈을 찔렀다. 이실론은 지그시 눈을 감았다. 평원에서 들리는 비명 소리만 외면하면 제법 괜찮은 오후의 휴식이었다.

"이실론, 정말 이렇게 누워만 있을 거야?"

"응."

"핸슨이랑 유리랑 던칸이랑 다 힘들게 싸우고 있어. 이실론은 친구니까 도와줘야 되잖아."

"내 도움이 없어도 싸움은 이겨."

“그래서 구경만 하겠다고?”

“응.”

이실론의 나른한 목소리에 퐁의 구슬 눈만 빙글빙글 돌아갔다.

“이실론이 마법사라는 걸 기억하지 못할 때 핸슨이 이실론 지켜줬잖아. 이제 이실론이 강해졌으니까 저 사람들을 도와줘야지.”

“진짜 강해지려면 사소한 일에는 흔들리지 말아야 돼.”

“이실론이 하는 말 퐁은 이해하지 못하겠어.”

“마법을 동원할 정도로 심각한 싸움이 아니란 얘기야. 그리고 너무 쉽게 이기면 오히려 승리의 쾌감을 느끼지 못하는 법이거든.”

“근데 사람들이 자꾸 죽잖아.”

“희생이 없는 승리는 있을 수 없어. 저 사람들도 그걸 깨달아야 해.”

이실론의 단호함에 퐁은 설득을 포기하고 힘없이 구슬 눈을 떨어뜨렸다.

“이실론 자꾸 이상해져. 착한 이실론 아니야.”

퐁은 뽀로통한 표정으로 이실론에게 등을 돌렸다.

“핸슨의 목적은 저 사람들을 다시 왕국으로 돌아가게 하는 거야. 하지만 저 사람들은 핸슨 말을 쉽게 믿으려고 하지 않아. 그럼 돌아갈 수밖에 없는 상황을 만드는 게 저 사람들을 위해서도 좋을 수 있어. 핸슨처럼 동정심만 앞세워서 저들을 돕다간 자칫하면 걷잡을 수 없는 사태를 만들 수도 있단 말이야.”

“걷잡을 수 없는 사태라니?”

“저들이 끝끝내 코로나까지 가겠다고 우기면? 그럼 더 많은 희생을 치르게 될걸? 차라리 이쯤에서 돌아서도록 만드는 게 그들을 위해서도 좋은 일이야.”

“그럼 이실론은 저 사람들을 위해서 일부러 안 싸우는 거야?”

“꼭 그런 건 아니지만 결과적으론 그렇단 얘기지.”

평원의 싸움은 막바지로 치닫고 있었다. 얼마 남지 않은 오크들은 기병대에 의해 겹겹이 에워싸여 있었다.

“거봐, 벌써 끝났잖아.”

“죽은 사람이 너무 많아. 퐁은 보기 싫어.”

퐁은 이실론의 품 안에 몸을 묻어버렸다.

마지막 한 마리의 오크마저 베어 넘겼을 때, 남아 있는 기병대의 수는 150여 명도 채 되지 않았다.

격렬한 전투의 후유증이 가라앉기도 전에 핸슨은 노부원 대장을 찾았다.

“이제 어쩌시겠소?”

노부원 대장은 오크와 뒤섞여 평원을 적시고 있는 기병대의 시체를 보며 깊은 한숨을 쉬었다.

“이렇게 된 마당에 뭘 어쩐단 말인가? 그깟 몬스터 무리에……!”

노부원 대장의 얼굴이 절망과 고통으로 처참하게 일그러졌다.

“그깟 몬스터가 아닙니다. 트롤도, 오크도 믿기지 않을 만큼 치밀하고 끈질기게 공격했습니다. 놈들의 공격 패턴은 오히려 인간과 흡사했습니다.”

숲 속의 게릴라전도, 평원의 전면전도 몬스터들의 행동 양식과는 전혀 달랐다. 단지 자르훤이 걸히며 생긴 변화라고 여기기엔 놈들의 움직임은 너무나 조직적이었다. 던칸은 의혹에 물든 시선으로 주변을 두리번거렸다.

"누군가 그들을 훈련시켰거나 조종한다고밖에 생각할 수 없습니다."

"말도 안 되는 소리! 어떻게 몬스터들을 훈련시키고 조종한다는 건가?"

"그렇지 않고서는 이 상황들을 이해하기 힘듭니다. 트롤이나 오크뿐만 아니라 코로나의 와이번도 마찬가지였습니다. 아무리 덩치가 커도 와이번이 하이오네에게 덤비는 것은 이해할 수 없는 일이었죠. 그때 놈들은 숲 밖으로 도망갈 수 없었던 겁니다. 어쩔 수 없이 맞서 싸울 수밖에 없었던 거죠. 무언가 놈들을 그 공간 안에 묶어두고 있었던 겁니다."

"나도 느꼈어요!"

얼굴까지 핏방울을 묻힌 유리가 지친 숨을 몰아쉬며 다가왔다.

"뭔지는 모르지만 나도 느껴지는 게 있었어요. 뭐라고 표현해야 하지?"

혀를 씹으며 입술을 우물거리던 유리가 조심스럽게 머리 속의 단어들을 조합해 봤다.

"자연의… 섭리에 어긋나는 존재들……? 이건… 인위적인 변화예요!"

"너에게 그렇게 분명하게 느껴지는 힘이라면 역시…… 세다르?"

핸슨은 본능적으로 이실론이 있던 자리를 돌아봤다. 만약 세다르가 근처에 있다면 이실론이 위험할 수도 있었다.

이실론이 있어야 할 자리에 보이지 않았다.

"이실론……!"

"싸움도 끝났고 이젠 떠나야 하는 거 아닙니까?"

핸슨이 깜짝 놀라며 뒤돌아보자, 어느새 이실론은 그의 등 뒤에 다가와 있었다. 여유롭게 웃고 있는 이실론의 미소에 핸슨은 불현 듯 등골이 오싹한 기분을 느꼈다.

'긴장해서 그렇겠지.'

이실론에게 이런 기분을 느낀다는 것은 있을 수 없는 일이다. 혹시라도 이실론에게 마음을 들킬까 핸슨은 흥분을 억누르며 미소를 지었다.

"무사했구나. 난 또……."

"아직도 제 걱정을 하십니까? 이젠 그럴 필요가 없다는 걸 아실 텐데요?"

"그래, 그랬었지."

핸슨은 쓸쓸히 미소를 거두며 노부윈 대장에게로 시선을 옮겼다.

노부윈 대장은 콜즈러드 단장에게 사상자를 점검하고 남아 있는 병력을 추스르라고 명한 뒤 말에서 내렸다.

"난 아직도 당신들이 무슨 말을 하는지 모르겠소."

"지금 듣고 있는 그대로요. 내가 확실히 말해 줄 수 있는 건 우리를 위협하는 존재가 에라다누스는 아니라는 것뿐이오."

노부윈 대장의 얼굴에 다시는 지워지지 않을 것 같은 깊은 주름이 패였다.

"휴우~ 그래서 당신들은 이제 어디로 가려는 거요?"

핸슨이 입을 열기도 전에 이실론이 단호하게 말을 잘랐다.

"말할 수 없습니다."

"좋소. 말할 수 없다면 나도 굳이 묻지 않겠소. 대신, 내가 도와

줄 일이 있다면 돕겠소.”

“대장님 때문에 일정이 많이 지연됐으니까 말이라도 있으면 도움이 될 것 같네요.”

기다렸다는 듯이 유리가 냉큼 말했다.

노부윈 대장은 부하들에게 건강한 말로 네 필을 골라오도록 시켰다.

“지금 당신들을 보내준다고 당신들을 용서한 건 아니오. 어차피 반역에 대한 죄과는 내가 아니라 국왕 폐하께서 물으실 테니, 그때까지 시간을 주는 것뿐이오.”

“믿어줘서 고맙소.”

말에 올라앉아 고삐를 당기던 유리가 갑자기 노부윈 대장을 보며 큰 소리로 외쳤다.

“대장님, 술은 끊으셨나요?”

못 말리겠다는 듯 어깨를 털며 노부윈 대장은 어색한 미소를 지었다.

“덕분에. 그런데 오늘 밤은 장담 못하겠군.”

노부윈 대장은 평원에 즐비한 시체들을 씁쓸한 눈으로 훑었다. 유리도 더 이상 장난으로 그의 심기를 불편하게 하고 싶지는 않았다.

돌아서는 그들의 등 뒤로 시체를 태우는 매캐한 연기가 피어오르기 시작했다.

“인간이 살고 죽는 거… 정말 허무하군요.”

유리는 평원을 뒤덮은 시체 더미가 뇌리에서 쉽게 지워지지 않았다.

“비록 죽었지만 그래도 동료들인데 저렇게 태워 버린다는 거…

너무 잔인한 거 아니에요?”

“전쟁을 보지 못해서 하는 소리지. 동족을 향해서도 창검을 겨누는 게 전쟁이다. 아직은 시작에 불과해.”

유리도 언젠가 아빠에게서 들은 말이 생각났다. 전쟁이 진짜 두려운 건 적 때문이 아니라 모든 게 변하기 때문이라고. 그때는 무슨 소린지 몰랐지만 지금은 어렴풋이 알 것도 같다.

“은빛 머리의 엘프들이 알나이르의 대륙을 차지하면 더하겠죠?”

“정말 두려운 건 어떤 일이 벌어질지 아무도 짐작조차 할 수 없다는 것이지.”

3

신의 권능과 권위가 존재하던 시절의 드린쉴은 중립적인 종교 도시로 명성을 떨치던 곳이었다. 카오스 산맥의 어떤 야수도, 남쪽 대륙의 어떤 몬스터도 감히 접근하지 못했다는 성지로 안정과 번영을 누리던 곳이 드린쉴이었다.

그러나 신의 존재가 부정되면서부터 드린쉴은 왕국의 양대 세도가인 카멜 후작과 워쇼스키 백작 사이에, 그리고 왕국의 양대 험지인 남쪽 대륙과 카오스 산맥 사이에 끼어 있는 불행한 도시로 전락하고 말았다.

남쪽 대륙의 혼돈이 가장 먼저 들이닥친 도시 역시 드린쉴이었다.

레인져 구역을 떠나 사흘 밤낮을 달려 도착한 드린쉴에서 그들을 기다리는 것은 시체가 썩어가는 악취뿐이었다.

"맙소사……!"

"몬스터들이 한바탕 휘젓고 지나간 모양이군."

지금은 쇠락한 도시지만 옛 영광의 흔적처럼 남아 있는 대리석 길에도 까맣게 말라붙은 핏자국이 가득했다.

"설마 살아 있는 사람이 하나도 없는 건 아니겠죠?"

황량한 흙먼지를 피워 올리는 길을 걷자니 유리의 걱정이 기우만은 아닌 듯했다.

"살아남은 사람도 대부분 떠났겠지. 자르휜이 걷힌 마당에 언제까지 여기서 버틸 수야 없을 테니까."

핏자국으로 얼룩진 대리석 길엔 네 필의 말이 찍어대는 따각거리는 소리만 처량하게 울려 퍼졌다.

"사람이 있어. 퐁은 느낄 수 있어."

"어디?"

퐁의 매직 트라이던트가 도시의 중심에 반만 남아 있는 커다란 건물을 가리켰다.

"저 안이야."

급하게 달려나가는 핸슨을 이실론이 제지했다.

"혹시 모르니까 제가 앞장서죠."

원형의 지붕이 반쯤 내려앉고, 하얀 대리석 벽에도 검은 그을음이 가득했지만 건물은 비교적 온전한 형태를 갖추고 있었다.

"신전이었던 모양이죠?"

"지금은 시청으로 쓰고 있었지."

"신에게서 인간에게로의 권력 이양이군요."

"권력과 야망보다 인간을 용감하게 만드는 건 없지."

용감한 게 나쁜 건 아니다. 다만 용감한 도전을 뒷받침해 줄 실력이 없다면 용맹함은 이미 무모함으로 전락해 있는 것이다. 지금 눈앞에 무너져 있는 신전처럼 말이다.

이실론은 가볍게 어깨를 털며 말에서 내렸다.

"먼저 들어가 보겠습니다."

"웃기지 마! 같이 갈 거야!"

유리의 발은 이실론보다 먼저 바닥에 닿아 있었다. 핸슨 역시 이실론 혼자 움직이게 할 마음은 전혀 없었다.

"누가 불을 질렀던 것 같은데?"

도시의 대부분은 전투가 아니라 화재로 무너져 있었다. 그들이 걸어가는 시청 건물 또한 예외는 아니었다. 대리석으로 단단하게 지어졌던 건물이라 피해가 적을 뿐이지.

"아무것도 모르고 봤다면 에라다누스가 지나간 흔적이라고 생각했겠습니다."

"그러게……."

핸슨과 던칸은 이 도시의 화재가 에라다누스의 부활을 조장하기 위한 눈속임의 연장이라고 생각했다.

"생존자를 찾으면 확인할 수 있겠지."

그러나 2층짜리 건물을 샅샅이 뒤져 봐도 사람의 흔적은 찾을 수 없었다.

"퐁, 어디야? 정말로 사람이 있는 걸 느끼긴 한 거야?"

"브라우니는 느끼는데 사람들은 느끼지 못한다는 걸 퐁은 이해할 수 없어."

"그치만 던칸도 아무런 소리가 들리지 않는대잖아."

"소리가 아니라 느낌이라니까!"

유리의 빈정거림에도 퐁의 확신은 꺾이지 않았다.

"혹시 지하가 있는 게 아닐까요? 신전이었다면 사제들의 수행

실 같은 깊숙한 장소가 있을 법도 한데……."

"그거야. 이실론 말이 맞아. 지하가 있을 거야."

퐁은 이실론의 품에서 내려와 매직 트라이던트로 바닥을 훑기 시작했다.

"그렇게 해서 찾을 수 있어?"

"조용히 해. 방해되잖아."

"찾기도 전에 생색은……."

뾰로통하게 돌아선 유리는 뒤에 서 있던 던칸을 보며 히죽 웃었다. 느닷없는 유리의 미소에 괜히 무안해진 던칸은 헛기침을 삼키며 몸을 돌렸다.

영문 모를 유리의 미소에 그녀를 빤히 쳐다보고 있기는 이실론도 마찬가지였다.

"남자들이란 하여간… 여자의 미소 한 번에 이렇게 정신들을 못 차리니 원……."

폐허든, 흉가든 남쪽 대륙을 떠나 사람들이 사는 마을에 돌아왔다는 사실이 유리의 본성(?)을 자극한 모양이다.

유리는 새침하게 눈꼬리를 내리며 시간이 지날수록 점점 더 엉망이 돼가고 있는 빨간 머리를 유혹적으로(?) 빗어 넘겼다. 물론 전혀 유혹적으로 보이진 않았다. 남쪽 대륙의 뜨거운 태양 아래 더욱 짙어진 주근깨만 도드라져 보일 뿐.

"여긴가 봐. 퐁이 찾은 것 같애!"

무너진 기둥이 겹겹이 쌓여진 거실의 모서리를 가리키며 퐁이 구슬 눈을 데굴데굴 굴렸다.

던칸은 천장과 벽과 무너진 기둥 사이의 거리를 가늠하더니 고개를 끄덕였다.

“다른 곳보다 벽과 기둥 사이는 가까우면서 기둥의 두께는 더 넓군요. 비밀 통로가 있을 가능성이 있습니다.”

“가능성이 있는 게 아니라 있어! 퐁이 느끼잖아!”

“알았어. 비켜봐.”

이실론은 모두 물러서게 한 후, 조용한 손짓으로 돌 더미들을 치웠다. 돌 더미들이 치워진 자리에는 구멍난 바닥처럼 지하로 내려가는 계단이 나타났다.

“우와~ 마법이 좋긴 좋네. 세상에 어려운 일이 없잖아.”

“마법을 배우는 게 세상에서 가장 어려운 일이야.”

유리의 말에 일침을 놓으며 이실론은 계단을 따라 밑으로 내려갔다. 계단을 통해 흘러 들어오는 희미한 빛이 전부인 지하는 어둠과 적막에 휩싸여 있었다.

“퐁, 불을 밝혀봐.”

작지만 불이 켜지자 어둠 속에 숨죽이고 있던 겁먹은 눈동자들이 희미하게 보였다.

“해치러 온 게 아닙니다. 겁먹지 마십시오.”

핸슨은 조용히 말하며 사람들을 향해 조심스럽게 다가갔다. 그러나 이미 겁에 질릴 대로 질려 있는 사람들은 더욱 몸을 움츠리며 벽 쪽으로 몰려갔다.

“걱정할 필요 없다니까요. 우린 생존자를 찾아온 거예요. 여러분을 돕고 싶다구요.”

유리의 호소가 효과가 있었는지 앞에 있는 몇몇 사람들의 눈빛이 조금 달라졌다.

“도대체 어떻게 된 거예요? 그동안 이 어둠 속에 숨어서 굶고 있었던 거예요?”

무리 중의 한 명이 간신히 용기를 내어 말했다.

"…돌아가시오."

말을 꺼냈던 핸슨과 유리는 물론, 이실론과 던칸의 말문조차 막는 말이었다.

"폐허가 된 도시에 우리가 찾아낸 유일한 생존자가 여러분입니다. 돌아가더라도 무슨 일이 있었던 건지는 알고 가야겠습니다."

"무슨 일이 있었는지 안다고 해서 달라지는 게 뭐요?"

핸슨은 답답하다는 듯이 가슴을 치며 소리쳤다.

"여기에 두더지처럼 웅크리고 있어도 달라지는 게 없긴 마찬가지입니다."

"……."

"괜한 수고를 했군요. 도움이 필요없다면 돌아가면 그만 아닙니까?"

지하에 들어왔던 대로 이실론은 가장 먼저 돌아서서 계단을 올라갔다.

"잠깐!"

이실론을 따라 등을 돌리던 핸슨의 걸음이 멎었다.

"당신들은 어느 편이오?"

"어느 편이라뇨?"

"헬리오 기병대와 카멜 후작… 당신들은 어느 쪽이오?"

"우린 그냥 떠돌이 여행객일 뿐 누구의 편도 아닙니다."

"그 말을 어떻게 믿소?"

"믿지 못하시면 관두십시오."

"휴우……."

돌아서는 그들의 등 뒤로 깊은 한숨 소리가 들렸다.

"불을 켜라."

그러자 지하의 꺾어진 벽 뒷면에서 횃불이 밝혀졌다. 고개를 돌려보니 앞쪽에 있던 남자들 외에 꺾어진 벽 뒤에 숨어 있던 여자와 아이까지 지하에 있는 사람은 50여 명에 달했다.

"나는 드린쉴의 시장인 빌리어드 에릭슨이요."

백발이 성성한 60대 노인이 핸슨에게 손을 내밀었다.

"핸슨입니다. 도대체… 무슨 일이 있었던 겁니까?"

공포와 굶주림에 지친 사람들의 고단한 얼굴은 무너진 도시만큼이나 황폐해 보였다.

"보신 대로요. 도시는 불타 버렸고, 남아 있는 사람은 우리뿐이오. 사람들의 발소리가 들리길래 정체를 알 수 없어 숨죽이고 있었던 거요."

그래서 던칸조차 아무런 소리도 찾을 수 없었던 모양이다.

유리는 풀 죽은 모습으로 눈치만 보고 있는 꼬마에게 다가가 장난스럽게 볼을 잡아당겼다.

"여기서 뭐 해? 엄마는?"

"엄마는 죽었어. 그래도 난… 여기서 나가고 싶어……. 배고파……."

한마디만 더 시키면 금방이라도 울음보를 터뜨릴 것 같았다. 유리는 더 이상 말을 걸지 못하고 꼬마에게서 떨어졌다.

그들의 뒤에서는 썩어가는 야채와 곰팡이 핀 마른고기가 소중하게 쌓여 있었다.

"설마 저걸 식량으로 그동안……."

"저거라도 있었기 때문에 그동안 버틸 수 있었소."

전쟁이 따로 없었다. 마을은 무너지고 엄마 잃은 아이도 슬픔보다 굶주림을 앞서 생각하며 썩어가는 야채조차 아껴 먹어야 하는 처지라니…….

"두려움의 대상이 뭔지는 모르겠지만 지금 마을은 텅 비어 있습니다. 필요하다면 식량 정도는 옮겨 오셔도 될 것 같습니다만……."

식량이라는 말에 사람들의 창백한 얼굴에 화색이 돌았다.

에릭슨 시장은 여전히 마음이 놓이지 않는지 조심스럽게 물어 왔다.

"헬리오 기병대는……?"

안타까운 마음에 촉촉이 젖어 있던 핸슨의 눈동자가 갑자기 얼음장처럼 차갑게 굳었다.

"헬리오 기병대라뇨? 설마 마을에 불을 지른 게 헬리오 기병대라고 말씀하시는 건 아니겠죠?"

갑자기 높아진 핸슨의 목청에 오히려 당황하는 쪽은 에릭슨 시장이었다.

"나갑시다."

에릭슨 시장이 앞장서 밖으로 나가려 하자, 뒤에 조용히 앉아 있던 청년이 벌떡 일어섰다.

"안 됩니다! 저 사람들도 결국은 기병대와 같은 편입니다. 생존자가 남아 있는 걸 알면……!"

"트럼프, 그만 해라!"

에릭슨 시장은 흥분한 청년을 남겨두고 핸슨에게 위로 올라가자고 손짓했다.

시청 밖으로 나온 에릭슨 시장은 폐허가 된 도시에 한동안 말을 잇지 못했다. 에릭슨 시장의 처참한 표정에 핸슨 또한 아무것도 묻지 못했다.

"아주 재밌는 얘기를 하시다 말았는데… 도시에 불을 지른 게 헬리오 기병대였다고요?"

차가운 미소를 짓고 있는 이실론의 눈동자는 정말 빛나고 있었다. 흥미있는 사냥감을 찾은 맹수의 눈빛처럼.

"처음엔 몬스터의 습격이 있었소. 헬리오 기병대가 올 때만 해도 몬스터를 몰아내 줄 거란 기대에 차 있었지. 그러나 몬스터들을 쫓아 카오스 산맥으로 들어갔던 기병대는 절반밖에 돌아오지 못했소. 그들도 겁에 질렸는지 몬스터를 쫓는 대신 지원군만 기다리더군."

"그런데 지원군은 오지 않았군요?"

"아시는구려. 지원군이 카테나치오에 억류돼 있다는 보고가 들어오던 날 밤, 다시 몬스터들의 습격이 있었소. 마을 사람들은 물론 기병대의 피해도 이만저만이 아니었지. 궁지에 몰리자 그들은 거의 이성을 잃은 사람들처럼 행동했소이다."

"마을에 불을 지를 정도로요?"

"처음엔 우리가 카멜 후작과 작당을 했다고 몰아붙였소. 나중엔 그들을 이곳에 묶어두기 위해 몬스터들을 불러냈다는 억지까지 부렸소. 이 도시를 그냥 두면 몬스터들의 전진 기지가 될 거라면서 마을에 불을 지른 거요. 자신들의 만행을 숨기려면 당연히 목격자도 남기지 말아야 했겠지……"

에릭슨 시장의 주름진 얼굴이 애끓는 한숨을 토했다. 기병대의 만행을 막지 못한 자책감과 자신을 믿고 따르던 시민들을 지켜주지 못한 자괴감이 담긴 힘없는 자의 아픈 한숨이었다.

"말도 안 돼요! 몬스터와의 싸움에서 졌다고 이 사람들에게 화풀이를 한 셈이잖아요? 왕국의 정식 기병대가 어떻게 그런 짓을 할 수 있어요!"

"그게 전쟁입니다. 평소엔 상상조차 할 수 없었던 폭력과 광기가 아무렇지도 않게 자행되는 거."

"던칸의 말이 맞다. 그들은 이미 전쟁의 광기에 휘말린 거야. 대상이 누군지도 모르면서."

오로지 생존만을 걱정하던 남쪽 대륙보다 왕국의 상황은 더 급격하게 악화되고 있는지도 모르겠다. 노부원 대장이 코로나를 향해 무모한 진군을 감행한 것도, 이곳의 기병대가 이유없는 만행을 저지른 것도, 카멜 후작이 왕국의 정식 기병대를 억류한 것도 모두 초조함에서 비롯된 행동일 것이다.

불안이 제거되지 않는 한 그들의 광기는 쉽게 가라앉지 않을 것이다.

"몬스터들은 계속 올라올 겁니다. 몬스터 레인져들과 헬리오 기병대의 잔존 세력들도 곧 후퇴할 거구요. 더 늦기 전에 카테나치오로 피하십시오."

핸슨은 이 선량해 보이는 노인의 얼굴에 더 이상 아픈 주름이 패이는 것을 원치 않았다.

"물론 의논은 해보겠지만… 글쎄……."

에릭슨 시장은 고개를 저었다.

"카테나치오의 상황이 여기보다 낫다고는 생각되지 않는군. 카멜 후작과 억류된 기병대 간의 국지전이 끊이지 않는다니까. 거기다 우리들은 이미 몬스터보다 사람이 더 무섭다는 걸 경험한 사람들이오. 위험한 사람들이 있는 곳으론 아무도 가고 싶어하지 않을 게야."

에릭슨 시장은 미련없이 뒤돌아 섰다.

"내려가서 사람들에게 얘기해 줘야겠소. 조용할 때 식량이라도 모아야 할 테니까."

시청 안으로 들어가는 에릭슨 시장의 축 처진 어깨를 담담히 바라보던 이실론이 여전히 미소 띤 얼굴로 말했다.

"이게 과연 세다르의 짓일까요?"

"또 무슨 생각을 하는 거야?"

유리의 판단으로 지금 해야 할 생각은 이 건물의 지하에 숨어 있는 불쌍한 사람들을 도울 수 있는 방법이었다. 눈곱만큼의 동정심도 찾아볼 수 없는 이실론의 미소에 유리는 짜증이 났다. 그러나 이실론은 유리의 감정 따윈 아랑곳없이 말을 이었다.

"만약 이 모든 상황의 조종자가 세다르라면 우린 결코 그를 이기지 못할 거야. 그는 인간에 대해 너무나 잘 알고 있거든."

핸슨은 문득 자신이 이실론에게 느낀 섬뜩함이 지금의 말과 상관이 있을지도 모른다는 생각을 했다.

"무슨 뜻이냐?"

"그는 인간이 위기 앞에 얼마나 허무하고 무능력하게 부너지는가를 알고 있습니다. 자신이 나서지 않아도 인간들 스스로 찢고 할퀴며 무너지도록 만들고 있는 겁니다. 벌써 절반은 성공한 셈이죠. 분란은 이미 시작되었으니까요."

"설사 우리가 세다르를 처치한다고 해도 상황이 종결되진 않을 거다, 이 말이냐?"

"또 다른 시작이 될 수도 있죠. 어차피 어느 정도는 각오했던 일 아닙니까?"

이실론은 던칸을 쳐다보고 있었다.

퀸츠의 도발, 카멜 후작의 반란, 여전히 베일에 싸인 워쇼스키 백작……. 포트리몬을 진짜 위험에 빠뜨릴 세력이 누가 될지는 여전히 알 수 없다. 어쩌면 모두일 수도, 아니면 모두 다 아닐 수도 있다.

"재밌군요."

확실한 것은 이제부터가 진짜 시작이라는 것이었다.

제 14 장

은빛 머리의 엘프

1

인간의 나약한 육체에 드높은 야망만이 깃들어 있는 것은 신의 장난이었다.

가질 수 없는 장난감을 달라고 떼쓰는 어린아이처럼, 오를 수 없는 산을 정복하기 위해 수없이 도전해 가는 청년처럼 인간의 도전은 무모하지만 그치지 않았다.

인간은 나약한 육체 대신 강인한 정신과 지혜를 지녔고, 짧은 수명 대신 치열한 번식의 욕망을 가졌다. 인간은 드래곤의 지배에서 벗어나 대륙의 주인이 되기 위한 도전을 멈추지 않았다.

드래곤이 잠들어 있다 생각하는 그 잠깐의 시간조차도.

그리고 드래곤이란 거대한 장애물이 사라진 지금, 인간의 도전은 드디어 결실을 보게 되었다. 오랜 세월 정성스럽게 가꾸어온 대륙을 인간들의 터전으로 자리매김할 수 있는 기회가 온 것이다.

하지만 신의 장난은 끝나지 않았다.

알나이르는 드래곤이 사라진 후에도 그의 대륙을 인간에게 넘겨줄 생각이 없었던 모양이다. 드래곤의 빈자리를 노리는 은빛 머리의 엘프는 인간의 힘으로 감당하기에 너무 벅찬 존재다.

그래서 이실론이 필요했다.

그러나 카시오페아는 끝끝내 눈뜨지 않았다.

내 힘으로도, 이실론의 의지로도 카시오페아를 깨우는 데는 실패했다.

그것이 내가 이실론을 해롤드 밀러에게 돌려보낸 이유였다. 해롤드 밀러의 고집스런 의협심과 희생 정신이야말로 이실론 안에 잠든 카시오페아를 깨우는 원동력이 될지 모를 일이다.

…(중략)…….

이실론이 해롤드 밀러의 보호 아래 길들여지고 안주하는 건 아닐까 걱정했던 적도 있었다. 하지만 라리사는 이실론을 언제나 내 곁으로 불러들이는 암호 같은 존재였다. 이실론의 기억 안에 라리사가 지워지지 않는 한 이실론은 누구에게도 안주할 수 없다.

사랑보다 강렬하게 영혼을 지배하는 힘은 없으니 말이다.

'정복자의 일기' 라 이름 붙은 미완의 기록에서 발췌.

오랜 여행으로 다져진 팀워크는 드린쉴에서 움직이는 늪까지의 여행을 일사천리로 이어줬다.

끼니 때가 되면 던칸의 귀는 물을 찾았고, 핸슨은 사냥을 했다. 퐁은 즐겁게 음식을 장만했고, 유리는 신나게 그 음식을 먹었다.

이따금 몬스터들의 공격도 있었지만 갈수록 익숙해지고, 능숙해지는 이실론의 마법 앞에선 더 이상 위협이 되지 않았다.

그렇게 사흘을 막힘없이 달려 움직이는 늪에 도착했다.

이실론이 움직이는 늪을 벗어나며 셰다르를 만난 날로부터는 보름 가량이 지나 있었다.

"설마 그동안 무슨 일이 벌어진 건 아니겠지?"

막상 움직이는 늪을 덮고 있는 갈대를 보자 온갖 걱정부터 앞서는 유리였다.

"셰다르가 벌써 찾았으면 어떡해?"

"아니길 바래야지."

이실론이 너무 담담하게 말하자 핸슨은 오히려 불안한 마음이 들었다.

"만약 그 헤츨링에게 무슨 일이 생겼다면 너한테 느낌이 있었겠지?"

"그랬겠죠. 확신은 할 수 없지만……."

이실론은 원망과 증오에 찬 눈으로 자신을 떠나보내던 녀석의 마지막 모습을 떠올렸다.

인간이 모두 너 같지 않길 바래. 만약 그렇다면 내가 이곳에서 나가는 순간, 인간들은 진정한 드래곤의 두려움을 겪게 될 테니까!

핸슨은 이실론의 얼굴에 내려앉는 그늘을 놓치지 않았다.

"이실론, 만약 무슨 일이 있었다면 지금이라도 말해 줬으면 좋겠다. 혹시 우리가 도움이 될지도 모르잖냐."

에라다누스의 레어에 가면서도 이실론은 헤츨링의 존재에 대해 함구하고 있었다. 단지 헤츨링을 보호하기 위해서였다고 믿기엔 이실론의 침묵이 너무나 길었다.

핸슨에게조차 하지 못하고 마음에 묻어두었던 말이지만 녀석을 다시 찾아온 이상 언제까지 숨길 수도 없다는 생각에 이실론은 입을 열었다.

"녀석은 저에게 움직이는 늪 밖으로 나올 수 있는 길을 안내해 줬습니다. 물론 그 녀석도 저와 함께 세상으로 나오고 싶어했구요. 하지만 그 녀석은 무언가에 잡힌 듯 늪 밖으로 나올 수 없었습니다. 제 발목을 잡고 있던 녀석의 손목을… 뿌리치고 저 혼자만 도망치듯 나왔습니다. 원망과 증오로 가득했던 녀석의 마지막 눈빛이 지금도 잘 지워지지 않는군요."

"맙소사! 아무리 헤츨링이라도 드래곤인데… 드래곤의 원한을 샀단 말이잖아?!"

유리의 반응은 경악에 가까웠다.

당황스럽긴 핸슨도 마찬가지지만 핸슨의 관심은 유리와는 좀 달랐다.

"그럼, 그 헤츨링은 네 안의 카시오페아를 느끼지 못했다는 거냐?"

"글쎄요… 그때는 우연이라고 생각했지만 지금 와 생각해 보면 뭔가 거부할 수 없는 힘이 저를 녀석에게 인도했던 것 같습니다. 하지만 녀석은……"

이실론은 말꼬리를 흐렸다. 그 녀석이 자신에게 느낀 감정이 어떤 건지는 잘 모르겠다. 처음부터 낯설지 않은 느낌에 친구가 되긴 했지만 갇혀 있는 공간에서 유일하게 만난 생명체라는 공감 때문이지, 카시오페아의 존재를 느꼈기 때문은 아닌 것 같다. 그러나 처음 알에서 깨어났을 때 자신에게 보낸 다정한 눈길을 상기하면 아니라고 단정 지을 수만도 없었다.

"우리를 반가워하지 않을 수도 있겠구나."

"그렇더라도 당장 걱정해야 할 문제는 아닐 겁니다."

"……?"

"그 녀석이 아직도 무사하다면 셰다르가 아직도 그 녀석을 찾지 못했기 때문일 겁니다. 움직이는 늪 안에서 그 녀석을 찾는다는 건 바다 속에 빠진 바늘을 찾는 것과 마찬가지거든요."

처음 움직이는 늪에 던져졌을 때의 막막함은 지금도 생생했다. 경험해 보지 않은 사람은 절대 이해하지 못할 그 무존재의 공간 속에서 작은(?) 드래곤 한 마리를 찾아야 한다는 것은 벌써부터 숨이 막힐 정도로 아득한 일이었다.

"그럼 전에는 어떻게 만났냐?"

괜히 생색내지 말라는 투의 유리의 말에 이실론도 발끈하며 대답했다.

"내가 찾아간 게 아니라 끌려간 거라고 했잖아."

"니가 말하는 그 녀석이 카시오페아의 헤츨링이라면 너희 둘은 본능적인 이끌림 같은 게 있어야 하는 거 아니야?"

"그렇다면 다행이고."

이실론의 성의없는 대답에 이번엔 유리가 발끈했다.

"진지하게 생각하고 대답해 줬으면 좋겠어! 저 안에는 빌어먹을 드래곤의 헤츨링뿐만 아니라 우리 아빠도 있을지 모른단 말이야!"

묵묵히 움직이는 늪을 덮고 있는 갈대들만 쳐다보던 던칸이 처음으로 입을 열었다.

"왜일까요?"

"뭘 말인가?"

"자르휀의 저주라는 것이 셰다르에 의한 세뇌였다면 무슨 목적으로 그런 짓을 한 걸까요? 그리고 이곳으로 모이게 한 이유는 또 뭘까요?"

"정말로 이 안에 있다면 드래곤의 헤츨링을 찾기 위한 하수인 노릇을 하는지도 모를 일이지. 혼자서 바다 속에 빠진 바늘을 찾자고 덤빌 수야 없을 테니까."

"처음 웨이트 가드에서 저랑 만났을 때 기억하십니까? 맥 브라이드 백작이라고 했었나요? 그분은 처음부터 듀리안 양을 목표로 공격했었습니다. 듀리안 양의 아버님이나 루나의 밤에 있었던 공격 또한 마찬가지였습니다. 공격의 중심은 항상 듀리안 양이었습니다."

여전히 가시지 않는 말 멀미(?)에 지쳐 늘어져 있던 퐁이 이제는 자기도 나서야 할 때라는 듯 이실론의 품에서 어깨 위로 폴짝 뛰어올랐다.

"에스더님은 셰다르 미워 안 했어. 퐁이 알아. 그건 확실해. 에스더님은 셰다르 도와주지 못하는 거 오히려 마음 아파했거든. 그런데 셰다르는 자기한테 친구 없는 거 에스더님 때문이라고 생각했어. 그래서 에스더님 미워하는 거야."

"에스더님을 향한 셰다르의 원망이 자르휀의 저주에 걸린 사람을 통해 유리에게 표출된다?"

핸슨은 고개를 갸웃했다. 지금이야 빛의 수호 검에 엘프의 돌까지 가지고 있는 유리지만 그때만 해도 평범한 여자애에 불과했다. 에스더를 미워하기 때문에 유리를 공격했을 거라는 퐁의 단순한 말에는 동조하기 힘들었다. 던칸은 아예 믿을 생각도 없었다.

"그때 듀리안 양에게서 에스더님의 기운을 읽기란 쉽지 않았을 겁니다. 퐁도 몰랐을 정도니까요."

"맞아. 퐁은 쟤가 에스더님이랑 상관있는 줄 몰랐어. 에스더님은 친절하고 상냥한데 쟨 심술 맞고 사나운 데다 거짓말까지 했거든. 퐁은 상상도 하지 못했지."

퐁은 구슬 눈을 껌뻑이며 잘난 체했지만 유리의 빈축만 샀다.

"니 말은 지금 앞뒤가 전혀 안 맞아!"

"그래도 퐁이 하는 말은 다 사실이야."

"사실이든 아니든 지금 문제는……."

"관둬!"

유리와 퐁의 소모적 언쟁이 또 시작되기 전에 이실론은 재빨리 말을 잘랐다.

"지금 너네 둘이 말씨름할 때가 아니잖아. 말로 해결할 수 있는 건 아무것도 없어. 저 안에 들어가 눈으로 확인하기 전까지 알 수 있는 건 아무것도 없다고!"

이실론은 움직이는 늪을 덮고 있는 갈대밭을 향해 성큼성큼 걸어갔다.

"이실론, 기다려. 아더랑 아론이랑 곧 올 거잖아. 둘이 오면 같이 가자."

"에스더님이 왔다면 아더랑 아론도 이미 와 있을 거야."

이실론이 멈출 기미를 보이지 않자 뒤에 있던 핸슨도 움직이는 늪의 갈대 안으로 들어왔다. 던칸은 나무에 묶어둔 말의 고삐를 풀었다.

"그동안 수고했다. 이젠 가고 싶은 곳으로 가거라."

던칸은 말들이 숲을 향해 다시 달려가는 모습을 확인하고서 갈대를 향해 몸을 돌렸다. 던칸까지 갈대 숲에 들어가자 유리도 마지못해 어기적거리며 걸어 들어갔다.

"셰다르도 저 안에 있겠지?"

유리의 목소리에는 긴장감이 팽배했다.

"어쩌면 날 기다리고 있을지도 몰라. 그 녀석을 찾기 위한 길잡이로 날 기다리고 있을지도 모르지. 그게 날 살려둔 이유일 테니까."

"설마 클레이 몬스터부터 몰려오진 않겠지?"

세상에 무서울 게 없는 사람처럼 당당하기만 한 핸슨도 클레이 몬스터에 당한 악몽 같은 기억은 고스란히 남아 있었다. 퐁의 헌신적인 치료가 없었으면 지금도 흉측한 흉터를 얼굴 가득 담고 있었을 것이다. 외모가 중요한 건 아니지만 그때의 몰골로 평생을 산다는 건 지금 돌이켜 생각해 봐도 끔찍했다.

"무슨 상관이에요? 이번엔 도망갈 필요 없이 놈들을 따라가면 되지 뭐."

"클레이 몬스터를 따라 움직이는 늪에 가겠다고? 그때쯤이면 썩은 치즈처럼 변해 있을 텐데?"

유리는 자신의 얼굴이 끔찍하게 찌그러진 것도 의식하지 못한 채 핸슨이 클레이 몬스터에게서 벗어났을 때의 몰골을 상기했다.

"퐁, 뭐 하니? 얼른 움직이는 늪을 찾아!"

"우리가 움직이는 늪을 찾는 게 아니야. 움직이는 늪이 우릴 찾아와야지."

"또 잘난 척……."

이실론의 말에 유리는 입술을 씰룩이며 인상을 찡그렸다.

움직이는 늪에서 벗어나기 위해 필사적이었던 때도 있는데 이젠 움직이는 늪이 다가오기를 기다려야 하다니……. 목숨을 걸고 이 갈대 숲을 지나기 위해 바동대던 그때의 일이 갑자기 우습게 느껴졌다.

"만약 그때 우리가 이실론이랑 다 같이 움직이는 늪에 빠졌더라면 어떻게 됐을까요? 그럼 다 같이 드래곤의 헤츨링을 만나고, 셰다른가 뭔가 하는 엘프를 만나고, 모든 게 끝날 수도 있지 않았을까요?"

"아무것도 모르고, 아무 준비도 없이 셰다르를 만나서 우리가 뭘 어쩔 수 있었겠냐? 얌전히 죽어나 줬겠지."

"지금은 뭐 다른가?"

유리가 궁시렁거리는 소리에 핸슨은 움직이는 늪을 향해 당당하게 걸어가는 이실론의 뒷모습과 유리의 손에 들려 있는 빛의 수호 검을 번갈아 쳐다봤다.

"헬리오 기병대 1개 대대가 온대도 너희들이랑 안 바꾸겠다."

"뭐예요? 핸슨! 감히 우리를 헬리오 기병대 따위와 비교하다니! 욱… 내 평생 최고의 모욕이야."

포트리아 기사단만큼은 아니지만 헬리오 기병대가 되는 것도 영광과 자부심이던 시절이 있었다. 하지만 며칠 전 드린쉘에서 본 헬리오 기병대의 만행은 그동안 쌓아온 헬리오 기병대의 명성을 모두 무너뜨리고도 남았다.

그들의 만행은 드래곤의 영혼이 깨어나면서부터 시작된 잠재된 불안이 폭발한 것일지도 모른다. 그들뿐만 아니라 왕국의 모두가 불안과 혼란에 빠져 아우성치고 있을지도 모를 노릇이다.

에라다누스의 소멸 소식이 전해지면 잠잠해질까? 하긴 소용없는 일이다. 그때면 퀸츠 왕국의 도발이 시작될 테니까.

핸슨은 그림자처럼 유리의 뒤를 지키고 있는 던칸의 듬직한 어깨를 말없이 쳐다봤다. 적이 되어 만난다면 감당하기 힘든 위험으로 다가올 사람이다. 친구로선 이렇게 듬직하고 믿음직스럽지만.

"오고 있어!"

이번엔 던칸보다 이실론이 먼저 알았다.

"어디?"

유리는 이실론의 시선을 따라 주변을 두리번거렸지만 아무런 조짐도 보이지 않았다. 보이지 않는 건지, 찾지 못하는 건지 긴장된 마음으로 한참을 더 집중하고 있자 아득하게 멀어지는 갈대가 느껴졌다. 유리는 하얗게 마르고 있는 입술에 마른침만 계속 발랐다.

이실론이 유리의 손을 꼭 잡았다.

"내 손을 놓지 마. 그 안에서 헤어지면 영영 못 찾을 수도 있어."

이어서 이실론은 핸슨과 던칸에게도 모두 떨어지지 않게 손을 꼭 잡으라고 말했다. 동그랗게 둘러서서 손을 꼭 잡고 있자 갈대들이 우수수 쓰러지는 소리가 들리기 시작했다.

갈대를 삼키며 공간을 넘어 다가오는 움직이는 늪의 소리였다.

"으악—!"

"헙!"

끝없는 심연 속에 빨려 들어가듯 그들 모두 움직이는 늪의 거센 소용돌이 안에 휘말렸다.

"핸슨! 던칸! 퐁—!"

유리는 이실론의 손에 잡힌 채 의식을 잃고 떠 있지만 핸슨과 던칸의 모습은 보이지 않았다.

"유리, 일어나 봐! 눈 좀 뜨라고!"

하지만 이실론 자신도 처음 이곳에 왔을 때는 얼마인지 모를 시간 동안 의식을 잃은 채 놓여 있었다.

핸슨과 던칸도 그런 거라면 더 멀리 흘러가기 전에 찾아야 했다. 물론 근처에 있을 거라는 전제 하의 생각이지만.

"유리, 일어나! 일어나—!"

이실론의 손끝에 매달린 유리는 바람에 흔들리는 낙엽처럼 힘없이 찰랑거렸다. 이실론은 유리의 손을 살짝 놔봤다. 유리의 몸은 절벽에서 떨어지는 사람처럼 순식간에 저 아래로 끝없이 끌려 내려갔다. 이실론은 다이빙하는 사람처럼 재빨리 몸에 힘을 주어 수직으로 하강해 간신히 유리를 잡았다.

"휴우……."

하지만 다시 생긴 근심 하나. 그렇다면 핸슨과 던칸과 퐁은 저 아득한 아래까지 떨어졌을 가능성이 컸다.

'여기서 어떻게 찾지?'

일단은 움직여 보는 수밖에 없었다.

이실론은 유리의 손목을 꼭 잡고 유영하듯 움직이는 늪 속을 헤매기 시작했다. 빛도, 소리도, 심지어 어둠조차 존재하지 않는 공간 속에서 사람을 찾아야 한다는 것은 암담하기만 했다. 바다에 빠진 바늘을 찾는 것과 마찬가지라고 했던 이실론의 말이 고스란히 자신에게 되돌아온 것이다.

시간이 계속 흘러가고 있다는 것뿐 얼마만큼의 시간이 흘렀는지, 얼마만큼의 공간을 이동해 왔는지도 느끼지 못할 즈음 이실론이 잡고 있던 유리의 손목이 흔들렸다.

"유리, 이제 의식이 드는 거야?"

휘둥그렇게 떠진 파란 눈만 껌벅일 뿐 유리의 입은 열리지 않았다. 하지만 창백할 정도로 하얗게 질려 있는 얼굴로 놀람과 혼란을 짐작할 수 있었다.

숨까지 헐떡이며 주변을 두리번거리던 유리가 그제야 상황을 인식했는지 이실론의 얼굴을 똑바로 응시했다.

"여기가 움직이는 늪 안이야?"

"응, 그냥 아무것도 존재하지 않는 공간이라고 생각하면 돼."

"핸슨이랑 던칸은? 그리고 퐁은?"

"늪 안에 빠지면서 떨어진 모양이야. 그러지 않아도 지금 찾는 중이야."

"뭐야? 도대체 어떻게 된 거야?"

"뭐가?"

"말이 나오질 않잖아. 그런데 넌 나랑 대화하고 있어. 니가 왜 내 생각을 다 읽는 거야?"

"……!"

말을 하고 있었다. 움직이는 늪 안에서 말을 하고 있었던 것이다. 그리고 예전에 그 녀석이 그랬듯 자신은 유리의 생각을 읽으며 그녀와 대화하고 있었다.

"카시오페아……!"

"뭐? 카시오페아? 카시오페아가 왜?"

소리가 나오지 않아도 유리의 생각은 그녀의 목청만큼이나 또렷이 이실론의 머리 속에 스며들었다. 그러나 지금은 유리의 경악이나 혼돈 따위에 신경 쓸 때가 아니다.

"카시오페아! 드디어 깨어난 거군."

"어리석은 인간이여, 나는 언제나 깨어 있었다. 단지 그대가 나의 목소리를 느끼지 못했을 뿐."

"웃기는 소리. 당신은 내 몸을 빌려 쓰고 있을 뿐이야. 당신의 필요와 목적에 의해!"

"그것은 거래였다. 난 꺼져 가는 내 영혼을 담아둘 육신이, 그대들은 사라져 가는 내 힘이 필요했을 뿐이었다."

"그래, 드래곤의 힘… 카시오페아의 힘……! 사람들이 내게 기대하는 건 그것뿐이지. 그렇다면 당신도 날 점령한 대가 정도는 치러줬어야 하는 거 아닌가?"

"오만한 인간이군. 하나, 그댈 원망하거나 모욕하지는 않겠다. 어차피 필요에 의해 맺어진 사이, 이제 준비가 됐다면 그대 차례다!"

"나야말로 당신이 무슨 얘길 하고 있는지 전혀 모르겠군. 당신은 날 원망하거나 모욕할 자격도 없을 뿐더러 난 당신을 위해 무엇을 해야 할 아무런 의무도 없는 사람이다!"

이실론의 몸이 벼락이라도 맞은 사람처럼 격렬하게 떨렸다. 심장 깊은 곳에서부터 시작된 용트림 같은 것이 온몸을 점령하며 이실론의 머리 속까지 치달아 올라갔다. 이실론의 몸은 순식간에 자신의 통제로부터 벗어나고 있었다.

"무, 무슨 짓이야……?"

"그대와 내가 어쩔 수 없이 한 몸이라는 것을 일깨워 주는 것이다. 계약이 깨지면 우린 함께 소멸하는 것이다."

"이실론에게 무슨 짓을 하는 거야? 내버려 둬! 그 아이를 내버려 두란 말이얏!"

말이 되어 나오지도 않는 소리를 앙칼지게 외쳐 대느라 유리는 양 주먹을 꽉 쥔 채 입술을 악다물었다. 입을 벌려봐야 아무런 소용이 없다는 것을 이제는 그녀도 아는 것이다. 오히려 꽉 다문 입술과 어둠 속에서도 또렷이 빛나는 파란 눈동자가 그녀의 의지를 더 강렬하게 대변했다.

그러나 이실론은 무표정하게 그녀를 바라봤다. 정답지도, 차갑지도 않은 이실론의 낯선 모습은 유리로 하여금 한없는 거리감을 느끼게 했다. 자신이 감히 상대할 수 없는 위압감으로 이실론이 자신을 쳐다보는 것이다.

당당하게 윽박지르던 유리의 기세도 힘없이 꺾여 버렸다. 그렇다고 아무 말 없이 물러설 유리는 아니었다.

"자기는 이실론한테 아무것도 안 줘놓고서……."

마음속으로 중얼거린 무의식적인 투덜거림이었지만 이실론에겐 들렸다.

"내가 그대에게 준 것을 아직도 모른단 말인가?"

"난 끝없이 당신을 부르기 위해, 당신과 대화하기 위해 노력했어. 하지만 당신은 대답하지 않았지. 난 당신의 존재조차 확신할 수 없었어."

"내가 인간의 일에 개입할 이유는 없었다. 그것이야말로 그대에 대한 나의 정복이 될 테니까. 그걸 원하는가?"

"인간의 일에 개입하지 않겠다면 당신이 내게 줄 수 있는 게 뭐지? 내가 당신에게 얻을 수 있는 게 뭐냐고?"

"그대는 이미 가지고 있다. 아직도 모르겠나?"

"도대체 뭘?"

"마나. 내가 그대에게 준 것은 마나의 힘이다. 아직도 깨닫지 못하는가?"

"마나……."

"한낱 인간의 몸으로 아무런 노력 없이 마나를 다루는 것이 당연하다고 생각했단 말인가? 인간에게 마나는 감당하기 힘든 힘이다. 그들은 단지 느끼며 흉내 낼 뿐이다. 그대는 진정으로 마나를 다룬 몇 안 되는 인간 중 하나가 될 것이다. 그것이 내가 그대에게 준 힘이다.

"나의 마법이 결국은…… 드래곤의 것이었어."

그래서 어떠한 노력도 없이, 주문 한마디 필요없이 자신의 뜻대로, 의지대로 마법을 사용할 수 있었던 모양이다. 순수하게 자신에게 주어진 능력이며 과거 속의 노력의 대가라고 생각했던 이실론에겐 여간 실망스러운 일이 아니었다.

"그대의 마법은 그대의 것이다. 인간의 것이지. 하지만 그대의 마법을 가능하게 한 것은 나의 힘이다. 드래곤의 마나를 바탕으로 한 인간의 마법, 이것이 그대 마법의 실체다."

이실론의 머리 속으로 시체처럼 핏기없이 하얀 얼굴에 긴 수염을 늘어뜨린 채 웃고 있는 남자의 영상이 스쳤다. 그의 손에 들려 있는 마법의 지팡이도 함께 웃고 있는 것 같다. 아마도 자신에게 마법을 가르쳐 준 사람일 테고, 자신의 과거에 대한 열쇠 또한 쥐고 있을 사람일 것이다.

이실론은 그의 영상을 놓치지 않으려 신경을 곤두세웠지만 영상은 이내 연기처럼 사라져 버렸다.

"내 잃어버린 과거도 당신과 관련이 있는 겁니까?"

카시오페아의 힘이 자신 안에 분명하게 존재하고 있다는 것을 확인한 이상, 그를 함부로 대할 수는 없었다. 카시오페아에게 말을 거는 이실론의 태도는 한결 공손해져 있었다.

"인간들의 일이다. 난 인간들의 일에는 관여하지 않는다."

"그럼 제게 원하는 건 뭡니까?"

"해답은 이미 그대 안에 있다. 이미 오래전부터 그랬듯이."

카시오페아의 헤츨링. 이실론의 예상대로 카시오페아가 원하는 것은 오직 그의 헤츨링을 지키는 것뿐이었다. 그의 헤츨링을 지키는 것은 곧 은빛 머리의 엘프로부터 알나이르 대륙을 지키는 것이기도 했다.

"가거라. 이제 시간이 없다."

"하지만 제 일행들은……?"

"그들의 운명 또한 그대에게 달려 있다. 그대를 선택한 나의 결정을 믿어라. 그대 자신을 믿어라."

"어디로 가야 하죠? 도대체 뭘 해야 하죠?"

기다려도 대답이 없었다. 카시오페아는 존재감도 느껴지지 않을 정도로 깊은 곳으로 스스로를 묻어버린 것이다.

"이실론, 왜 그래? 사라진 거야? 둘이 무슨 얘기 했어? 가시오페아가 너한테 뭐란 거야? 이제부터 둘이 하나가 되는 거야? 이제 니가 드래곤의 힘을 펑펑 쓰게 되는 거야? 드래곤의 힘을 쓰게 되면 옛날에 카시오페아가 그랬던 것처럼 대륙을 날려 버릴 수도 있고, 살려낼 수도 있고 그런 거야? 아휴~ 답답해. 왜 대답도 안 하는 거야?"

유리가 마음속으로 뭐라고 중얼거려도 이실론은 상관하지 않았다. 이실론은 카시오페아가 돌연 떠나 버린 이유에 대해서만 생각하고 고민했다.

'더 이상은 그가 관여할 필요가 없다는 건가? 그렇다면 나의 힘만으로 이 상황을 헤쳐 나갈 능력이 된다는 거겠지?'

이실론은 카시오페아의 마지막 말대로 자신을 선택한 그의 결정을 믿어보기로 했다.

"어디로 가는 거야? 뭘 어쩌려는 거야? 이런 줄 알았으면 여길 따라오지도 않았을 거야. 정말 속 터져 죽겠네."

말 못하는 답답함은 유리를 거의 광란 직전의 상태로까지 몰고 갔다.

말을 못하는 것도 속 터지고 억울해 죽겠는데 자신의 생각을 이실론이 고스란히 읽고 있다는 것은 더 억울하고 속 터지는 일이었다.

"지가 뭔데?! 카시오페아랑 얘기하면 다야? 나도 이래 봬도 엘프의 힘이 담긴 여자라고! 도대체 드래곤보다 엘프가 못한 게 뭐야? 왜 재가 하는 걸 난 못하냔 말이야!"

"잔말 말고 따라오기나 해."

"젠장!"

말이야 입을 다물면 그칠 수 있지만, 생각은 숨기고 싶다고 해서 멈추어지는 것이 아니다. 이실론이 자신의 생각을 읽고 있다는 것을 알면서도 유리의 생각은 마부 잃은 마차처럼 대책없이 굴러 갔다.

"잘생긴 얼굴에 반해서 덥석 친구하자고 했을 때부터 모든 게 꼬인 거야. 저게 어디 잘생긴 얼굴이야? 남자다운 구석이라곤 눈곱만큼도 없는 병자 얼굴이지. 거기다 변덕은…… 적어도 남자라면 던칸처럼 듬직하고 묵직한 맛이 있어야지."

"너무 걱정 마. 던칸도 곧 만나게 될 테니까."

"그만 좀 해. 그만 좀 해. 제발 그만 좀 해!"

"미안하지만 나도 어쩔 수 없어. 그냥 니가 생각하는 대로 내 머리 속에도 다 떠오르는 걸 나보고 어쩌란 말이야?"

"모른 척이라도 하면 되잖아!"

“알았어.”

“지금도!”

“알았다니까.”

“정말 돌아버리겠네.”

“조금만 참아.”

“난 돌아갈 거야. 돌아가야겠어. 여기 더 있다간 정말 미쳐 버리겠어!”

이실론의 뒤를 따라가던 유리는 갑자기 방향을 바꿔 반대 방향으로 움직였다. 이실론은 재빨리 몸을 돌려 유리의 뒷덜미를 잡았다.

“셰다르를 만나서 아빠 소식을 물어봐야 하잖아.”

“아빠 따윈 어떻게 돼도 상관없어!”

허우적대던 유리의 몸이 갑자기 멎었다. 유리를 잡고 있던 이실론의 손에도 힘이 풀렸다. 벽도, 바닥도 없이 허공에 떠 있는 유리의 몸이 먼지처럼 가볍게 보였다.

아빠에 대한 애정을, 아빠에 대한 그리움을, 그리고 아빠를 구해야 한다는 유리의 절박감을 걷어낸 유리의 무게였다.

“네 진심이 아니야.”

“잊고 있었어. 잊고 있을 때가 더 많았어. 난 즐기고 있었던 거야. 우리의 모험과 여행을. 그리고 에스더님의 힘이 실린 강해진 나의 모습을……. 그래서 종종 아빠의 존재는 잊고 있었어……. 아빠가 어떤 모습으로 어디에서 헤매고 있을지도 모르는데 난 우리의 여행에 취해 아빠를 찾을 생각도 안 했어. 그랬어. 난 그동안 그랬던 거야.”

“너뿐이 아니야. 우리 모두 그랬어. 마치 뭣에 홀린 사람들처럼 우린 앞으로만 나갔어. 뒤는 돌아볼 틈도 여유도 없이. 나도… 만약 과거를 찾고 싶었으면 기회는 있었어……"

카멜 후작의 집을 떠나며 보았던 라리사의 영상, 그리고 지나쳐 버린 위쇼스키 영지. 기회가 없었던 것이 아니라 오히려 피했던 것인지도 모르겠다.

과거를 피하고 싶다면 무엇인가 자신을 도망치게 만드는 이유가 있었을 것이다.

과거의 모습에 취해 건방지고 오만한 행동을 일삼는 편의는 누렸으면서 막상 그 과거를 온전히 되찾기는 두려웠다.

'무엇이 날 막고 있는 것일까?'

생각이 분산되자 가야 할 방향도 잃어버렸다. 이실론은 날개 접힌 새처럼 허공을 부유했다.

"너까지 왜 그래? 정말 뭐에 홀리긴 홀렸나 봐. 과거 얘기만 나오면 왜 딴사람이 되는 거야? 어휴, 정말~"

영혼의 떨림처럼 자신을 부르던 작은 파장을 놓쳐 버린 이실론은 목적없이 이리저리 떠다녔고, 그 뒤를 따르는 유리의 불만은 당연히 점점 높아져 갔다.

'그래, 내가 잘못했다. 내가 잘못했어. 괜한 감상에 젖어 너까지 헷갈리게 만든 내 책임이다. 이제 됐냐? 그만 하고 갈 길이나 가잔 말이야! 변덕쟁이랑 다니려니 비위 맞추기 힘들어서 원.'

유리처럼 매사가 단순하고 명쾌할 수만 있다면. 유리는 아빠를 종종 잊고 있었다는 사실에 자책했지만 그렇지 못했다면 지금까지 오지 못했을지도 모른다. 슬픔과 그리움에 젖어 있는 사람에게 내일이란 언제나 아득하고 멀게만 느껴진다. 하루하루를 고통과 고뇌에 싸여 보내는 사람에게 내일을 위한 준비란 얼마나 무의미

했을까? 다행히도 유리는 그런 절망의 함정에 빠지지 않고 여기까지 와준 것이다. 누구보다 밝고, 건강하고, 강하게.

거기다 남의 걱정(?)까지 할 여유도 있었다.

"누군가 쟤 기억을 봉인시켰을 거야. 그래서 과거의 기억에 다가가면 고통스럽고 심란해지는 거야. 감추고 싶은 심각한 비밀이 있는 거겠지? 잔인하고 오만한 성품으로 봐서 분명히 신분은 높았을 텐데? 그런데도 혼자서 기억을 잃고 떠도는 걸 보면 버림받았을 가능성이 높지. 아암~ 혹시 마법 때문에 버린 건가? 그랬을 거야. 듬직한 돈주머니를 쥐어준 건 마지막 배려였겠지? 그나마 다행이지 뭐. 세상 물정이라곤 모르던 저 어리숙한 애가 돈까지 없었으면 날 만나기 전에 벌써 어디서 굶어 죽었을지도 모르니까."

"난 버림받은 게 아니야."

"엉?"

"버림받은 게 아니라고! 니 멋대로 생각하지 마."

"아차! 내 생각을 모조리 읽고 있었지. 조심해야지."

"제발 좀 그래줬으면 좋겠어."

"너야말로 제발 좀 모른 척해 줄 수 없냐?"

"나도 싫어! 너의 그 산만한 생각 때문에 나까지 영향을 받고 있다는 게."

"그럼 모른 척하면 될 거 아냐! 뭐가 문제야?"

이실론은 성난 눈으로 유리를 돌아봤다. 마법으로 아예 잠재워버릴 작정이었다. 그러나 막상 유리의 파란 눈을 보고 나니 차마 그런 일은 할 수 없었다. 더욱이 이 공간 안에서 느껴지는 강렬한 마나의 기운은 섣부른 마법의 사용을 주저하게 만들었다.

자신조차 통제할 수 없는 심각한 상황을 초래할 수도 있는 것이다.

"뭘 봐? 한판 붙을 기세네? 그놈의 마법 좀 다룰 줄 안다고 세상에 무서운 게 없군."

유리도 항의의 표시로 허리에 차고 있는 레이피어를 만지작거렸다.

"이건 빛의 수호 검이고, 이 손잡이는 바로 엘프의 요정석으로 만들어진 거야. 너 따윈 안 무섭다고!"

"그러면서 와이번은 무서웠니?"

'뭐야? 치사하게! 그 얘긴 관둬. 그건 무서워한 게 아니라 당황한 거였어. 그렇게 큰 와이번을 보고 당황하지 않을 사람이 어딨어? 너야말로 무서운 거랑 당황한 것도 구분 못하냐?'

소리 높여 항변하지 못하는 게 억울하고 분한지 유리는 주먹으로 가슴을 쿵쿵 쳐댔다.

"내가 다시 쟬 따라가면 여자가 아니다! 지가 하는 걸 나는 못할 줄 알고? 나도 에스더님의 기운을 찾아 나서면 돼. 두고 봐. 내가 하나 못하나!"

이실론은 만족스러운 미소를 지으며 몸을 뱅그르 돌렸다.

다시 느껴진다. 자신이 어디로 가야 할지.

될 대로 되라는 생각인지 유리의 수다는 끝없이 이실론의 꽁지를 쫓았다. 유리가 따라오고 있다는 신호였다. 어차피 그녀를 여자라고 생각해 본 적도 없으니 여자가 아니라는 그녀의 다짐이 깨지는 것도 별로 안타깝지 않았다.

2

"어디 갈 데는 정해놓고 움직이는 거야?"

어느 정도 시간이 흐르자 유리도 마음속으로 대화하는 요령을 터득해 가고 있었다. 불평은 많이 삼키고 해야 할 말만 정확하게 전달했다.

"우리가 움직이고 있기는 한 거야?"

조금의 변화도 느낄 수 없는 암흑의 공간은 어느덧 움직임조차 느끼지 못하게 할 지경이었다. 마치 헤어 날 수 없는 물에 빠져 허우적거리는 사람처럼 절망감만 커졌다.

"나도 처음엔 그랬어."

이실론도 처음엔 똑같은 장소를 끝없이 맴돌고 있는 것 같은 불안감에 초조해했었다. 하지만 지금은 마나의 흐름으로 공간과 방향을 구분할 수 있었다. 움직이는 늪 안의 충만한 마나 에너지를 느끼지 못한다고 한심해하던 '그 녀석'의 기분을 지금은 이실론이 느끼고 있었다.

이 충만한 마나의 에너지를 느끼지 못하는 유리가 안타깝게 느껴졌다. 이곳에 오지 못한 크루지 핀 생각도 잠시 났다. 움직이는 늪의 마나 에너지를 느끼기만 해도 그의 마법은 한 단계 올라설 수 있을 거란 아쉬움이 들었다.

"핸슨이랑 던칸은 어떻게 됐을까? 너처럼 방향을 잡아 움직일 수 있을까?"

"퐁이 있으니까 할 수 있을 거야. 퐁도 마나 에너지를 느낄 수 있으니까."

"쬐그만한 게 여기저기 제법 쓸모가 많네."

"쬐그만하다니? 살아온 경력으로 치면 너보다 몇 배는 더 될 걸?"

"그게 무슨 상관이야? 철없이 수다 떠는 거 보면 한참 동생 같은데."

철없이 수다 떠는 걸로 치면 유리도 퐁의 수준과 막상막하인 줄 몰라서 하는 소리다. 가르쳐 준다고 해서 인정할 것도 아닌 유리라 이실론은 그냥 넘어가기로 했다.

유리의 수다에 일일이 대꾸할 정도로 여유로운 상황이 아니었다. 이실론은 주변에 느껴지는 마나의 에너지와는 좀 다른 마나의 파장을 느끼곤 그 힘을 쫓아 지금까지 이동해 왔다.

주변에서 겉도는 마나의 파장이 점점 강해지자 그 녀석에게 근접한 거라고 생각했었다. 그러나 막상 가까이 다가와서 느끼는 것은 이질감이었다.

자신의 마나 역시 드래곤의 것임을 감안하면 그 녀석과 자신이 이질감을 느껴야 할 이유는 없다. 더욱이 그 녀석은 카시오페아의 헤즐링이다.

　이실론은 수평으로 떠오던 몸을 수직으로 곧추세웠다. 이실론의 뒤를 바짝 따르던 유리는 이실론의 엉덩이 바로 앞에서 아슬하게 몸을 멈췄다.

　"뭐야? 부딪칠 뻔했잖아! 왜 갑자기 멈추고 그래?"

　"이상해."

　"뭐가?"

　"주변에 누가 있긴 한데 그 녀석은 아니야."

　"그 녀석이 아니라니? 그 헤즐링이 아니라 다른 누가 있다는 거야? 누구? 어, 혹시 에스더님 아니야? 아더랑 아론일 수도 있고. 그랬으면 좋겠다. 여기서 엘프들을 만나면 너무 반갑고 든든할 거야."

　유리는 주책없이 수다를 떨었지만 이실론의 얼굴은 심각했다.

　"너는 아무것도 안 느껴지니? 만약 에스더님이나 누구라면 너한테도 어떤 느낌이 있어야 되는 거 아니야?"

　"느낌? 그런 거 없었는데……."

　유리도 이실론처럼 진지한 얼굴을 하면서 지그시 눈을 내리감았다.

　특별한 느낌은커녕 균형 잃은 몸이 밑으로 쑥 꺼져 버렸다.

　"어, 억―!"

　이실론이 재빨리 뒷덜미를 잡아 균형을 잡아주었다.

　"아휴~ 씨이, 정말 적성에 안 맞는 곳이네. 발 디딜 땅 한 조각이라도 보이면 거기다 대고 절을 하겠다, 절을 하겠어!"

　"지금 그런 소리나 할 때는 아닌 것 같은데?"

　"여기서도 급한 일이란 게 있나?"

　유리의 얼굴에 갑자기 생기가 돌았다.

"뭐야? 드디어 뭔가를 찾은 거야? 아론이었으면 좋겠다!"

"뭔가를 찾기는 했는데 별로 반가워할 일은 아니야."

드래곤이라고 착각할 정도로 강한 마나의 파장을 일으키며 다가오는 적이라면 당연히 반갑지 않은 존재였다.

"은빛 머리의 엘프야."

"뭐라고?"

이실론의 어깨에 몸을 바짝 붙이며 유리가 눈을 동그랗게 떴다. 그러나 유리의 눈에는 아직 아무것도 보이지 않았다.

"어딘데? 어디야?"

당장이라도 도망갈 태세를 취하고는 이실론을 채근했다.

"아직도 모르겠니? 도망갈 곳 따위는 없어."

"이길 자신은 있어서 하는 소리야? 셰다르는 엘프의 마법의 돌을 가지고 있다잖아. 아무리 카시오페아의 힘이라도 네 불완전한 힘으론 상대하기 힘들 거야. 일단 피하고 에스더님을 찾아보는 게 낫지 않을까?"

낯선 공간에 대한 심리적 부담감일까, 아니면 은빛 머리의 엘프에 대한 본능적인 경계심일까? 유리다운 배짱과 호기는 사라진 채 유리는 도망갈 궁리만 하고 있었다.

"이미 늦었어."

이젠 유리의 눈에도 암흑의 공간 저편에서 다가오는 하얀 그림자가 보였다.

"젠장! 죽었다."

"셰다르가 아니야."

"엉?"

"…하지만 은빛 머리의 엘프야."

알나이르 대륙의 드래곤이 그렇듯 투반 대륙의 은빛 머리의 엘프 또한 움직이는 늪을 통로로 활용할 능력을 가진 자들인 것이다. 이실론이 길을 느꼈듯 그들 또한 길을 느끼며 이실론을 찾아왔을 것이다.

숲 속의 엘프는 결코 할 수 없는 일. 에스더는 유리와 마찬가지로 막막하게 공간을 부유하고 있을지 모른다. 그녀를 찾는 아더와 아론 역시 그럴 것이다. 그것도 운이 좋아 아직 은빛 머리의 엘프를 만나지 않았을 때의 일이다.

"도움을 기대할 사람은 없어. 어차피 우리 힘으로 헤쳐 가야 할 일이야."

"무서우니까 그렇지… 두려워……."

하지만 유리는 레이피어를 뽑아 들고 점차 뚜렷한 모습으로 다가오는 은빛 머리의 엘프를 응시하고 있었다. 자기의 속마음을 이실론이 읽고 있다는 사실을 의식하지 않는 그녀의 얼굴은 비장하고 당당하기만 했다.

'그랬었구나. 겉으로는 언제나 태연한 척했지만 유리도 언제나 속으로는 두려웠구나.'

이제야 그녀의 실체를 조금은 본 것 같다. 그녀가 말하는 의리도, 배짱도 결국은 주어진 상황에 최선을 다하려는 그녀 자신의 다짐이자 각오였던 모양이다. 최소한 멋모르고 설치는 철부지 검사의 객기가 아님은 분명했다. 이실론은 새삼 유리와 함께 있다는 사실이 믿음직스럽게 여겨졌다.

이실론의 눈빛을 느낀 유리가 입술을 씰룩이며 어깨를 으쓱했다.

"이판사판이지 뭐. 어차피 여기가 천당 가는 지름길이라며? 거, 신 이름이 뭐랬더라?"

"평화와 안식의 신 엘타니……."

그리고 어둠과 고통의 신 베르티고. 움직이는 늪은 그들의 세상과도 통하는 곳이었다.

"설마 죽기야 하겠어? 난 안 죽어. 내가 왜 죽어? 난데!"

사람들은 언제나 죽음이 자신만은 피해 갈 것이라고 생각한다. 유리도 예외는 아니었다. 이실론 역시 자신을 향해 다가오는 저 은빛 그림자가 죽음의 신과 함께 오는 사자가 아니기를 바랐다.

"그래, 벌써 죽기엔 억울하지."

그동안 은빛 머리의 엘프는 얼굴이 보일 정도로 가까이 다가와 있었다.

빛도, 어둠도 존재하지 않는 공간 속에서도 반짝이는 은빛 머리카락과 투명한 피부는 한낮의 빙정(氷晶)처럼 맑은 빛을 내며 아름다움을 자랑했다. 그의 몸에 걸쳐진 채 나풀거리는 하얀 옷은 은빛 머리 엘프에 대한 신비감을 더욱 부추겼다.

"숲 속의 엘프보다 더 아름다워……!"

유리는 본능적으로 그의 아름다움에 감탄했다. 하지만 이내 고개를 저으며 눈살을 찌푸렸다.

"그런데 너무 차……. 아무런 감정도 느껴지지 않잖아. 꼭 얼음으로 빚어놓은 조각 같아."

살아 있는 생명이라고 보여지지 않을 정도로 차고 무표정한 얼굴로 다가온 은빛 머리의 엘프는 그들에게 근접하자 오른손을 들어 올렸다.

"뭐, 뭐야?"

유리는 반사적으로 레이피어를 치켜들었다.

"먼저 공격하지 마!"

이실론의 외침보다 먼저 빛의 수호 검이 은빛 머리 엘프의 안면을 날카롭게 긋고 지나갔다. 은빛 머리의 엘프는 미끄러지듯 뒤로 쭉 물러서며 아슬하게 유리의 공격을 피했다. 약간의 거리를 두고 유리를 쳐다보고 있는 은빛 머리 엘프의 얼굴에 처음으로 감정 비슷한 표정이 스쳤다. 분노 같기도 하고 묘한 흥미 같기도 했다.

"당신은 누구고, 우리에게 무슨 볼일인가?"

대답이 있을 리 없었다.

"그 따위 말이 무슨 소용이야? 보면 몰라? 우릴 없애려고 왔잖아! 저 차갑고 매서운 눈빛…… 마치 우리를 비웃고 있는 것 같아. 우리와는 싸울 가치도 없다는 걸까? 내가 저 엘프랑… 정말 싸울 수 있을까?'

속으로는 잔뜩 주눅이 들어 자신없이 중얼거리지만 겉으로 보이는 유리는 언제나처럼 당당하고 씩씩했다. 아마 말을 할 수 있다면 '덤벼!', '어디 한번 붙어보자!' 따위의 말을 주문처럼 외치며 기세를 높이고 있었을 것이다.

이실론은 몸속의 마나를 갈무리하며 은빛 머리 엘프의 행동을 주시했다. 그가 공격해 온다면 어쩔 수 없겠지만, 굳이 공격할 의사가 없다면 자신도 피하고 싶었다.

이렇게 마나 에너지가 충만한 곳에서의 싸움이 어떤 결과를 불러올지 도저히 예측할 수 없는 것이다. 하지만 은빛 머리 엘프와 눈이 마주치는 순간, 이실론은 그와의 싸움을 피할 수 없다는 것을 깨달았다.

그는 자신이 마나를 갈무리하고 있다는 사실을 알고 있었다. 그리고 자신 역시 그가 싸움을 준비하고 있다는 것을 느낄 수 있었다.

은빛 머리 엘프가 다시 오른손을 들어 올렸다.

"역시 악수를 하자는 건 아니었군."

유리는 침을 꼴깍 삼키며 그의 오른손을 빤히 쳐다봤다. 덕분에 하얗고 길쭉한 그의 손가락이 투명한 검으로 변하는 모습을 똑똑히 목격했다.

"저게 뭐야? 손이… 손이 검으로 변했잖아……!"

멀리서 보면 그가 바스타드 소드를 들고 있다고 착각했겠지만 이실론과 유리 두 사람 모두가 목격자였다. 그들의 눈에 보이는 투명하게 날이 선 바스타드 소드는 조금 전까지만 해도 그의 팔뚝에 붙어 있던 손이었다. 틀림없이!

자신의 무기를 자랑스럽게 내보였으니 이제는 위력을 자랑할 차례였다. 은빛 머리의 엘프는 눈부시게 날을 세운 손(?)을 앞세워 유리를 향해 쇄도해 왔다.

"내 검도 빛의 수호 검이야. 상대할 수 있어…… 상대할 수 있어! 피할 필요 없어! 그래, 피하지 말자. 힘에서만 밀리지 않으면 돼! 에라이~!"

은빛 머리 엘프의 손과 전력을 다한 유리의 레이피어가 부딪쳤다.

그러나 힘에서 밀리지 않으면 된다는 유리의 예상을 간단히 뒤집으며 유리의 레이피어는 그의 손을 통과해 버렸다. 분명 부딪치기는 했지만 밀린 것도, 민 것도, 자른 것도 아니고 그냥 통과한 것이다. 마치 물속에 비친 검의 그림자와 부딪친 것처럼.

"형체가 있는 게 아니었어……."

당황한 유리를 향해 은빛 머리 엘프의 투명 검이 길게 빛꼬리를 남기며 다가왔다. 형체도, 실체도 없는 검이지만 전신을 얼어붙

게 만드는 냉기와 오싹한 공포감은 유리를 꼼짝없이 묶어버렸다.

"안 돼! 안 돼—!"

마음속으론 발버둥 치면서도 유리는 움직이지 못했다. 유리에겐 은빛 머리 엘프의 힘에 대항할 의지도, 여력도 존재하지 못했다.

"드래곤을 대신해 선택당한 존재……."

멍하니 서 있는 유리는 그 말이 주는 위력만을 가슴 시리게 절감했다. 한낱 인간의 힘으로 그에게 맞선다는 것 자체가 얼마나 무모한 도전이었는지를 단 한 번의 공격에 깨달아 버린 것이다.

"내 상대가 아니야……!"

투명한 검이 되어 있는 그의 손은 가차없이 유리의 심장을 향해 다가왔다.

"비켜—!"

이실론은 재빨리 유리와 은빛 머리 엘프 사이에 빛의 장막을 만들었다.

위이잉—

이실론이 방출한 마나가 주변에 흐르던 마나 에너지 속으로 흡수되면서 빛의 장막은 일파만파로 퍼져 나갔다. 그들의 시야가 닿는 공간 전체가 빛의 장막으로 양단된 느낌이었다. 은빛 머리의 엘프도 빛의 장막 너머에서 거울 속에 들어 있는 사람처럼 일렁거리며 서 있었다.

"드래곤의 마법… 이런 건가?"

유리는 반쯤 넋이 나간 상태였다. 빛의 수호 검을 가진 에스더의 기사라고 한껏 우쭐해 있던 자신의 모습이 이들 앞에서는 한없이 나약하고 평범한 인간에 불과함을 뼈저리게 깨달은 것이다.

거기다 유리를 더 두렵게 만드는 것은 은빛 머리의 엘프는 자신과는 달리 이실론이 만든 빛의 장막에도 그다지 위협감을 느끼지 않는다는 사실이었다. 그저 귀찮은 장애물이 생긴 것처럼 은빛 머리의 엘프는 장막을 향해 손을 휘둘렀다. 바스타드 소드 모양을 하고 있던 그의 손은 어느새 해머처럼 묵직하게 변해 있었다.

쿵―!

빛(?)과 물(?)이 부딪쳤는데 견고한 돌담을 때리는 쇠망치 소리가 났다.

짙고 어두운 하늘을 가르는 번개처럼 한줄기 파동이 빛의 장막을 따라 퍼져 나갔다. 마치 폭발 직전의 불붙은 화약고에 갇혀 있는 기분이었다.

이실론의 손이 유리의 손목을 덥석 잡았다.

"무슨 일이 있어도 내 손을 놓지 마!"

백지처럼 하얗게 질려 있는 유리의 머리에는 아무런 생각도 없었다. 그저 자신의 손에 쥐어 있는 이실론의 손목을 힘주어 잡을 뿐이었다.

그리고 아찔한 폭발이 있었다.

움직이는 늪을 통째로 흔들어 버릴 듯한 거대한 폭발의 힘에 이실론과 유리의 몸은 볼품없이 뒤로 튕겨졌다. 폭발의 진동에 온몸의 살갗이 찢어져 나가는 것만 같았다. 게다가 공기의 파동에 힘없이 흔들리는 몸은 멀미가 날 지경이었다.

그런데 멈출 수가 없었다.

움직이는 늪이 격랑을 일으키는 바다라면, 그들은 그 위에 떠 있는 작은 고깃배에 불과했다. 너무나 작기 때문에 어떠한 저항도 할 수 없는 위태로운 존재인 것이다.

만약 대지 위에 이런 충격이 가해졌다면 대륙의 지형을 일시에 바꿔 버릴 대지진이었을 것이다.

드래곤과 은빛 머리의 엘프가 같은 대륙에 존재할 수 없었던 것도 이런 이유 때문인지 모르겠다. 두 힘이 부딪쳤을 때의 충격은 대륙 전체를 위험에 빠뜨릴 수도 있는 것이다. 드래곤의 전쟁과도 비교되지 않을 거대함으로 말이다.

"차라리 이대로 늪 밖으로 튀어 나갔으면……"

유리는 그 둘이 같은 공간에 있다는 것도, 그 안에 자신이 함께 있다는 것도 모두 감당하기 어려웠다.

"멈추고 싶어. 제발!"

이대로 어둠과 고통의 신이라는 베르티고를 향해 날아가는 건 아닐까 하는 두려움마저 생겼다. 온몸의 힘도, 의지도 모두 이실론을 잡고 있는 손에만 쏠렸다. 이 손마저 놓는다면 영영 이 안에 갇혀 버릴 것 같은 위기감을 느낀 것이다.

점점 멀어져 가는 의식이 언제까지나 이실론과 자신을 묶고 있을지도 장담할 수 없는 상황이었다.

"이대로 끝내긴 싫어… 그럴 순 없어……!"

의식의 끈을 놓지 않으려는 유리의 격렬한 저항에도 불구하고 의식은 그녀에게서 점점 멀어지고 있었다.

'듀리안……'

가슴속에 스며드는 따뜻한 목소리다. 자신의 등을 받치고 있는 아늑한 느낌 또한 온몸의 긴장과 피로를 일시에 풀어주는 것 같다. 엄마의 목소리가 이런 걸까?

"엄마……?"

유리는 마지막 온 힘을 모아 힘겹게 눈을 떴다.

격랑에 지친 돛단배를 따사롭게 맞아주는 고요한 호수 같은 눈동자가 그녀를 내려다보고 있었다.

"…에스더님? 어떻게……?"

"우린 서로 운이 좋았네요. 그렇죠?"

"유리답지 못하게 그렇게 약한 모습이라니… 정말 실망인걸?"

"아론! 아더! 모두 어떻게 된 거예요? 어떻게 여기서 만나게 된 거죠?"

에스더와 나란히 서 있는 아더와 아론이 벽을 만들어 튕겨지는 그들의 몸을 막은 모양이다.

"어떻게 되다니? 그럼, 우리 숲 속의 엘프가 너희보다 늦게 도착할 줄 알았단 말이야?"

변함없이 명랑한 모습으로 아론은 유리의 볼 살을 살짝 꼬집었다.

"꿈이 아니구나. 정말로 만난 거구나."

"물론이지."

마음으로 하는 대화도 너무나 편하고 자연스럽게 느껴졌다.

"난 역시 엘프괴야!"

유리는 이실론을 쳐다보며 흐뭇한 미소를 지어 보였다. 엘프들을 만났으니 이제 두려울 것이 없다는 듯이.

"언제부터 여기 계셨던 겁니까? 그리고 어떻게 저희들을 찾으셨습니까?"

"듀리안이 있으니까요. 엘프의 돌은 움직이는 늪 안에서 오히려 더 또렷하게 자기만의 향기를 풍기죠."

"살았다. 정말 죽는 줄 알았는데……."

유리는 자랑스럽게 빛의 수호 검을 만지작거렸다. 이 보배 같은 검이 엘프들을 자신에게로 인도했던 것이다.

그러나 엘프들을 만났다는 것에 무조건 안도하고 있는 유리와
는 달리 에스더를 응시하는 이실론의 눈빛은 날카롭기만 했다.

"그 말씀은 셰다르도 어디 있는지 느낄 수 있다는 말씀이군
요?"

"그런데 너무 약하군요. 셰다르는 이미 움직이는 늪을 이해하고
있는 것 같아요. 그도 절반은 은빛 머리의 엘프니까요. 그래서 자신
의 기를 어떻게 숨겨야 하는지도 깨닫고 있는 것 같네요."

'우리가 오기도 전에 에스더님 혼자 들어왔으면 큰일 날 뻔했
지.'

그들을 떠나보냈던 에스더에 대한 불만이 여전히 남아 있는 아
론의 볼멘 말에도 에스더는 살풋 웃기만 했다.

"우린 방금 은빛 머리의 엘프를 만났습니다. 물론 셰다르는 아
니구요."

짐작은 했었지만 이실론의 입을 통해 확인하는 것은 짐작만 하
던 것과는 확연히 달랐다.

"그렇다면 그들은 이미 움직이기 시작했군요."

에스더의 온화한 얼굴에도 잠시 그림자가 드리워졌다.

"드래곤과 은빛 머리의 엘프는 움직이는 늪을 이용할 수 있는 종
족입니다. 그들이 움직이는 늪 안에 있다는 건…… 정말 위험한 일
이군요. 빨리 카시오페아님의 헤츨링을 찾지 못하면 정말 심각한
상황이 될 수도 있습니다."

"말도 마세요. 이실론이랑 그 은빛 머리의 엘프랑 붙었는데요…
난 정말 죽는 줄 알았다니까요. 못 느꼈어요? 움직이는 늪이 통째
로 찢어지는 것 같았는데……"

"물론 느꼈습니다. 그래서 얼마나 위험한지도 깨달았습니다. 우

리가 상상하고 있던 것 이상이더군요. 아무런 피해가 없어 정말 다행입니다."

"우리가 멀리 떨어져 있었으니까 망정이지, 만약 가까이 있었다면…… 형, 버틸 수 있었을까?"

"아론, 좀 더 점잖은 말을 쓸 수는 없겠니?"

"죽다 살아나서도 점잖은 말 타령이야?"

"죽다 살아난 건 여기 있는 두 분이지 우리가 아니잖아."

"킬킬킬, 둘이 쌍둥이로 태어나지 않았으면 심심해서 어떻게 살았을까? 이렇게 근엄한 엘프와 수다쟁이 엘프를 한 쌍으로 탄생시켰으니까 조화의 돌이 정말 신통하긴 한가 봐."

"유리—!"

아론이 엘프의 상징인 커다란 귀를 바짝 세우며 으르렁거렸다.

"죄송! 근데 생각조차 하지 말라는 건 너무 가혹해요. 생각은 자유잖아요. 맘속에서야 무슨 말이든 할 수 있는 거 아녜요?"

언제나 그렇지만 어떤 잘못과 실수에도 할 말이 있는 유리다. 쿠밀 씨의 잘못된(?) 교육이 낳은 부산물이라고 할 수 있겠다.

"혹시 핸슨 씨나 던칸은 보지 못하셨습니까? 퐁은요?"

"보지는 못했지만 너무 걱정하진 않아도 될 겁니다. 퐁이 함께 있다면 우릴 찾아올 테니까요."

"저도 그렇게 생각은 합니다만, 은빛 머리의 엘프를 보고 나니 마음이 편치 않군요. 그들이 셰다르와 합류하기라도 한다면 정말 큰일 아닙니까?"

"그들이 움직이기 시작했다는 것 자체가 벌써 큰일이죠. 우리가 할 일은 그들보다 빨리 마지막 드래곤을 찾는 일입니다. 열쇠는 당신에게 있을 겁니다."

"만난 적이 있다고 했었죠? 그때를 떠올려 보면 다시 찾을 수 있을 겁니다."

에스더와 아더는 간절한 마음으로 이실론을 쳐다봤다.

"제가 그 녀석을 찾은 게 아니라 그 녀석이 절 불렀던 걸 겁니다."

"아직도 그 소리야? 넌 카시오페아님이랑 얘기도 했잖아. 그리곤 날보고 잠자코 따라오라고 했잖아! 아직 어디로 가야 할지도 모르면서 무작정 날 끌고 다녔단 말이야? 그런 거라면 최소한 큰소리는 치지 말았어야지!"

유리의 궁시렁거리는 소리는 당연히 에스더와 아더, 아론의 호기심을 끌었다.

"움직이는 늪 안에 들어오니까 카시오페아의 목소리가 들리더군요. 전에도 그랬으니까요."

"또 잘난 체하는 것 봐. 그게 그렇게 아무렇지도 않게 말할 일이냐? 자기 혼자 말할 수 있다고 거짓말까지 하네. 자기도 속으론 깜짝 놀랐으면서. 말은 안 해도 속으론 펄쩍펄쩍 뛰었을 거야. 그게 어디 흥분하지 않을 수 있는 일이야?"

기다렸던 일이긴 하지만 새삼 대단하다고 생각할 만한 일도 아니었다.

이실론은 입술을 씰룩이고 있는 유리를 빤히 쳐다봤다. 에스더나 아더, 아론은 입으로 하는 대화와 마찬가지로 해야 할 말은 하고, 하지 말아야 할 말은 하지 않는다. 그러나 유리는 정말 대책이 없다. 원래도 그렇긴 하지만.

이실론도 별수없다. 그냥 무시하는 수밖에.

"이상한 마나의 파장이 느껴지길래 그 녀석인 줄 알았습니다.

그래서 찾아간 건데 은빛 머리의 엘프가 기다리고 있더군요."

"어쩌면 다행일지도 모르겠습니다. 당신은 은빛 머리의 엘프를 느끼니까요. 존재를 느낄 수 있다면 피할 수도 있겠죠."

"정말 다시 만나고 싶지 않아요! 그렇게 근사한 얼굴에서 어쩜 그렇게 끔찍한 힘이 나오는지……. 손이 검으로 변했어요! 믿을 수 있겠어요?"

'글래싱 파워Glacing Power! 은빛 머리의 엘프가 가진 힘이죠. 드래곤의 마법에 필적할 유일한 힘이기도 합니다. 알나이르의 대륙에서는 사용할 수 없는 힘이지만 움직이는 늪에서는 가능하죠. 드래곤도, 은빛 머리의 엘프도.'

유리는 느끼지 못했지만 이실론은 이어지는 에스더의 낮은 한숨 소리도 들었다. 과연 자신이 그런 은빛 머리의 엘프를 상대할 수 있을까에 대한 걱정일 것이다.

이실론은 조금 전 은빛 머리의 엘프를 만났을 때를 생각해 봤다. 두렵진 않았다. 두려움이 느껴지지 않는 적이라면 얼마든지 상대할 수 있다.

이런 자신감이 만용이라면 그 대가는 죽음으로 받게 될 것이다. 어쩔 수 없다. 삶에 대한 적당한 체념은 삶의 무게를 덜어줄 수도 있다.

이실론의 얼굴이 조금 편해지는 것 같자 아더의 나직한 속삭임이 들렸다.

"이실론, 마음을 열어봐요. 그럼 카시오페아가 당신을 인도할 겁니다. 낯선 기운이 아니라 익숙한 기운을 찾으세요."

'익숙한 기운이라…….'

예전에 이곳에 왔을 때 카시오페아가 했던 말이 떠올랐다.

결국 모든 것은 그대가 결정할 것이다.

잡힐 듯 말 듯한 그 말뜻을 헤아리기 위해 고민에 잠겨 있는 이실론의 앞으로 에스더의 얼굴이 다가왔다. 그윽이 이실론을 응시하는 에스더의 얼굴에서 그녀 역시 이실론의 마음을 읽고 있음을 느낄 수 있었다.

'에스더님은 제 마음을 보시는군요.'

"이실론, 우린 움직이는 늪 안에 있지만 이곳은 존재하지 않는 공간일 수도 있어요. 움직이는 늪은 눈이 아니라 마음으로 봐야 해요."

'에스더님이 제 마음을 읽고 있듯이요?'

유리와 아더, 아론에겐 보여지지 않았던 마음이다. 에스더만의 능력인지, 아니면 그녀의 지혜와 삶의 연륜 때문인지는 모르겠지만 에스더는 이실론만큼이나 훤하게 이실론의 마음을 들여다보고 있었다.

"길은 당신 마음 안에 있을 겁니다. 마음으로 길을 찾아보세요."

'내 마음 안에 있는 길… 내가 결정하는 길……'

한참을 고민하던 이실론이 한쪽 입꼬리를 살짝 올리며 흐뭇한 미소를 지었다.

알 것 같다. 어디로 가야 할지, 어떻게 가야 할지.

"다시 약해졌어."

움직이는 늪 안이라고 해도 엘프는 찾을 수 있다던 퐁의 자신감이 또다시 꺾이는 순간이었다.

　자기는 엘프를 찾을 수 있고, 엘프는 유리를 찾을 수 있을 테고, 유리는 반드시 이실론이랑 함께 있을 거라는 퐁의 논리는 타당했다. 그리고 불과 몇 시간 전만 해도 이제 엘프의 근처에 접근했다며 흥분해서 소리치기도 했다.

　그런데 바로 얼마 전, 퐁의 말로는 움직이는 늪에서 결코 있을 수 없다는 괴이한(?) 바람에 휘날려 얼마만큼인지도 모를 거리를 튕겨진 것이다. 그 이후부터 지금까지 퐁은 엘프의 기운이 느껴지지 않는다며 슬퍼하고 있었다.

　"움직이는 늪은 알나이르의 실패작이야. 만들지 말았어야 했다고."

　"알나이르님이 만든 게 아니래잖나?"

　"혼자 만들었든 같이 만들었든 이런 공간은 만들지 말아야 해. 삶과 죽음이 연결되는 공간이 뭐야? 생명은 살아 있기 때문에 삶에 집착하는 거야. 죽음은 당연히 두렵지. 그런데 창조주들은 그걸 예상하지 못한 거야. 말이 된다고 생각해? 이렇게 삶과 죽음이 연결되는 길을 아무렇지도 않게 만들어놓다니……. 드래곤들은 죽음의 대륙에도 가봤을까? 아니지, 죽음의 대륙에 발을 디디면 그게 곧 죽은 거니까. 그것도 아닌데? 드래곤들은 죽어서도 죽음의 대륙에 가지 않잖아. 밤하늘에 남아 있으니까."

　유리 덕분에 수다가 많이 줄어들었던 퐁이었는데, 지금 보니 말 대신 생각으로 그 많은 수다를 다 소화하고 있었던 것이다.

　핸슨과 던칸은 말을 할 수 없다는 것에 그리 개의치 않았다. 어차피 서로 간에 그리 할 말이 많지도 않은 데다 생각으로 서로의 의사를 전달할 수 있다는 것을 금방 깨달았기 때문이다.

　그러나 퐁처럼 모든 생각이 서로에게 전달되는 수준은 아니었다. 단지 소리가 없을 뿐이지 일상적인 대화와 많이 다르지 않았는데 퐁은 전혀 달랐다.

만약 자기가 보여주고 싶은 만큼의 마음이 서로에게 전달되는 거라면 퐁은 가능하다면 마음속을 뒤집어 열어주기라도 할 것 같았다.

"퐁은 엘프를 찾아야 해. 퐁은 엘프를 찾을 수 있어. 에스더님도 퐁을 기다리고 있을 거야. 아까는 분명히 엘프의 기운이 느껴졌는데… 에스더님의 향기가 나는 것 같았단 말이야. 얼마나 강했는데……. 근데 왜 갑자기 사라졌지? 그 바람은 뭐였을까? 혹시 이실론이 마법을 썼나? 왜? 움직이는 늪에서 마법을 쓸 일이 뭐가 있을까? 어머머!"

퐁의 구슬 눈이 핸슨과 던칸을 빠르게 오갔다.

"벌써 찾은 거 아니야? 우리도 없이 자기들끼리 드래곤을 찾아버린 거 아니야? 그래서 이실론이 자기도 드래곤과 관련이 있다는 걸 확인시켜 주기 위해서 마법을 쓴 게 아닐까? 이렇게 마나 에너지가 충만하니까 마법을 쓰기도 쉬웠을 거야. 이실론은 좋겠다. 드디어 새끼를 찾은 거네. 흐흐흐…… 이실론의 자식이라니 정말 웃긴다. 아휴~ 근데 이실론은 언제 찾지?"

꼭 들으라고 하는 소리—엄밀히 따져 소리는 아니지만—는 아니지만 퐁의 끝도 없는 생각의 수다가 핸슨과 던칸의 머리 속에 생생히 전달되고 있다는 것은 상당히 곤혹스러운 일이었다.

"혹시 네 생각이 산만해서 엘프의 기운을 찾지 못하는 건 아니냐?"

"그럴 리 없어. 퐁이 산만하다니! 퐁은 엘프를 찾는 데 모든 관심을 다 쏟고 있어. 매직 트라이던트가 부러질 정도로 힘을 주고 있단 말이야!"

퐁은 핸슨의 등에서 팔짝 뛰며 강력하게 불만을 표시했다. 이럴 때 조용히 있는 게 상책이지만 때론 의도하지 않은 생각까지 상대방에게 전달되기도 한다.

"힘만 준다고 찾아지는 건 아닐 텐데……. 미치겠군."

"그게 무슨 소리야? 그럼 퐁이 없어도 핸슨 혼자 찾을 수 있단 얘기야? 그럴 수 있을 것 같아? 아니면 퐁을 못 믿는단 얘기야? 퐁이 그냥 가만있어 볼까?"

"미안하다."

핸슨은 최대한 짧고 확실하게 말했다.

"좋아, 한 번뿐이야. 한 번은 퐁이 봐주겠어. 하지만 두 번은 곤란해. 자꾸만 퐁을 못 믿고 의심하면 퐁은 혼자서 가버릴 수도 있어."

"그래, 정말 미안하다!"

치사하다는 생각은 간신히 억눌렀다. 그리곤 재빨리 생각의 중심을 이실론에게로 옮겼다.

"이실론은 어떻게 됐을까? 무사하겠지? 아까 이상한 바람이 불었던 게 이실론과 상관이 있긴 할 텐데……. 빨리 찾아야 하는데……."

"너무 걱정하지 마. 이실론은 무사할 거야. 그리고 퐁이 열심히 찾고 있으니까 금방 만날 수 있을 거야."

"제발 그랬으면……."

"퐁만 믿으라니까!"

핸슨의 의기소침한 모습에 퐁은 금세 사기가 충천했다. 자신의 역할이 절대적으로 중요하다는 생각만으로도 힘이 나는 모양이다. 어쨌든 다행이다. 퐁마저 의욕을 잃는다면 움직이는 늪을 막막히

떠다니는 것밖에 그들이 할 수 있는 선택은 없었을 것이다.

"잠깐! 이게 뭐지?"

최대한 멍청하게—퐁에게 또다시 생각을 들키지 않기 위해서—퐁의 뒤만 쫓아가던 핸슨이 갑자기 몸을 멈췄다.

"왜 그래? 또 퐁이 잘못 가고 있다고 생각하는 거야? 퐁을 믿어보라니까!"

그렇다면 퐁은 아무것도 느끼지 못했다는 얘기다. 핸슨은 던칸에게 물었다.

"자네는?"

"뭘 말입니까?"

던칸 역시 아무것도 느끼지 못한 모양이다. 하지만 핸슨은 또렷이 들었다. 이실론이 자신을 부르고 있는 듯한 목소리를.

"들림없어. 그 아이의 목소리야. 이실론이 날 불렀어……!"

"무슨 소리야? 퐁이 못 들었는데 핸슨이 들었다고? 말도 안 되지! 핸슨이랑 던칸은 마나도 못 느끼잖아. 퐁은 느낀단 말이야. 움직이는 늪은 온통 마나 에너지로 가득해. 그러니까 퐁처럼 마나를 느껴야 움직이는 늪의 에너지도 느낄 수 있는 거야. 핸슨은 아니잖아."

자기가 못한 일을 핸슨이 할 수 있다는 것은 말도 안 된다는 듯 퐁의 태도는 강경했다.

"핸슨 씨, 너무 초조해하시는 거 아닙니까?"

던칸도 핸슨의 조급한 마음이 환청을 들은 것이라고 생각했다.

"소리가 들렸다면 그렇게 생각할 수도 있겠지. 하지만 소리가 아니라 마음의 떨림이야. 마치 이실론이 내게 보내는 신호 같은……"

"그게 퐁한테 안 들릴 리가 없다니까!"

핸슨을 바라보는 던칸의 눈에도 안타까움이 가득했다.

"설마 내가 미치기라도 했을까 봐?"

"그런 게 아니라 너무 예민하신 게 아닌가 해서……."

"이번엔 날 한번 믿어보게."

핸슨은 더 들을 것도 없이 자신을 끌어당기는 소리에 몸을 내맡겼다.

"핸슨, 그러면 안 돼!"

그러나 핸슨은 멈추지 않았다. 이실론이 자신을 부르고 있다는 믿음은 확고했다. 문제는 얼마나 빨리 그를 만나게 되느냐 하는 것일 뿐.

아직은 뒤에서 멀뚱멀뚱 멈춰 서 있지만 던칸과 퐁도 결국은 자신을 쫓아올 것이다. 미쳤다고 생각되는 자신 혼자 움직이는 늪을 떠돌도록 방관할 수 없어서라도…….

이곳에 들어오기 전까지는 그냥 하나의 빨간 점이었다.

자신들처럼 움직이는 늪에 빠진 누군가의 옷에서 떨어진 단추 정도로 보이기에 딱 적합한 크기였다. 그런데 놀랍게도 이실론이 그 빨간 단추(?)를 향해 돌진한 것이다. 그리곤 눈앞에서 사라져버렸다.

에스더의 다정한 충고가 아니면 유리는 죽어도 그 구멍으로 들어갈 생각은 안 했을 것이다.

"길은 당신 마음 안에 있어요. 눈을 감고 침착하게 이실론의 뒤를 따른다고 생각하세요."

하지만 보이지 않는 길을 향해 돌진한다는 것이 마음만 먹어서 되는 일은 아니었다. 차마 들어갈 엄두는 못 내고 발만 동동 구르고 있는 유리의 모습이 답답했는지 아론이 앞장섰다.

"지옥의 입구라도 안 무섭다며?"

놀리듯 한마디 던지곤 아론도 빨간 구멍 안으로 사라졌다.

"지옥의 입구일지도 몰라."

"유리, 이실론을 믿어야 해요. 이실론의 마음이 열어준 문이에요. 당신도 당연히 찾을 수 있어요."

"몰라서 하는 소리예요. 이실론은 무작정 믿을 만한 사람이 못 돼요. 어떤 행동을 할지 예측할 수 없는 사람이거든요."

유리는 대단한 비밀이라도 알려주는 사람처럼 진지하게 웅얼거렸다.

"이실론은 착하고 좋은 친구예요. 그걸 아직도 모르고 있다면 이실론이 많이 서운해할 거예요."

"옛날엔 그런 석이 있었죠. 비록 겁쟁이였지만 착하고 좋은 친구였던 시절이. 아… 그때는 참 좋았는데. 근데 지금은… 쯧쯧… 건방지고 오만하고 예의도 없고……."

"아직 혼란을 극복하고 정리하지 못해서 그럴 겁니다. 시간이 해결해 줄 문제죠."

"에스더님은 왜 핸슨이랑 똑같이 생각해요? 핸슨도 그렇게 말했어요. …근데 시간이 지날수록 더 심해질지 어떻게 알아? 어차피 과거 속의 모습일 텐데, 결국 이실론이 원래는 그런 사람이었다는 얘기 아닌가?"

이젠 자기의 속마음을 읽히든지 말든지 별로 신경도 쓰지 않는 태도였다.

"그럼 유리는 이실론이 싫은가요?"

"뭐, 꼭 그런 건 아니지만…… 항상 앞장서서 잘난 체하는 게 그리 보기 좋지는 않다, 뭐 그런 거죠."

"이실론이 바뀌는 걸 서운해하고 있군요. 하지만 자신의 마음 안에 상대방을 가둬두려는 건 좋지 않아요. 있는 그대로 서로의 모습을 봐줄 수 있을 때 진짜 좋은 친구가 되는 거 아닐까요?"

"이실론에게는 나 말고도 진짜 좋은 친구가 많아요. 핸슨도 있고, 퐁도 있고!"

아닌 척하지만 질투로 가득 찬 심술쟁이의 생각이었다. 유리는 다시 눈앞의 빨간 단추(?)를 노려봤다.

"저게 문이라고? 그냥 몸을 던지면 저 안으로 들어갈 수 있다고? 아휴~ 정말 미치겠네."

맘에 들지 않는다고 언제까지 피할 순 없었다. 어차피 가야 할 길이라면 눈 질끈 감고 얼른 따라가는 게 나을지도 모른다. 유리는 에스더가 시킨 대로 눈을 내리감고는 빨간 단추를 향해 이실론처럼 돌진했다. 그리고 조심스럽게 눈을 떠봤다. 제발 지옥에 들어온 것만 아니길 바라며.

"어? 에스더님! 아더! 왜 그대로 있지? 벌써 따라온 거예요?"

분명히 빨간 단추 안으로 들어왔는데 변한 게 아무것도 없었다.

"혹시 제자리?"

유리가 눈 끝을 살포시 찡그리며 에스더에게 물었다. 에스더도 대답 대신 눈을 올려 뜨며 고개를 끄덕였다.

"왜요? 이실론이랑 아론은 그냥 들어갔는데 왜 난 안 되는 거예요?"

"길을 믿지 않았으니까요."

아더의 얼굴은 매우 진지해 보였다. 이렇게 간단한 일 앞에서 마냥 시간을 끌고 있는 유리에 대한 불만이 가득한 표정이었다.

"괜히 화난 얼굴 하면서 사람 기죽이지 말아요. 나도 얼른 저 안으로 들어가고 싶으니까. 나도 얼른 셰다르를 만나서 아빠 소식을 물어보고 싶은 마음뿐이라구요!"

아빠를 찾아야 한다는 생각이 절박하게 밀려오자 처해 있는 상황을 인식하는 유리의 시각도 달라졌다. 엘프와 함께 있다는 것만으로 희희낙락 여유 부릴 때가 아닌 것이다.

살며시 눈을 감고 진지하게 마음을 가다듬었다.

"이실론이 간 길이야. 나도 가야 해. 나도 갈 수 있어!"

감고 있는 눈앞으로 따뜻한 붉은 기가 도는 동굴 같은 것이 보였다.

"뭐지? 환상인가?"

동시에 붉은 동굴의 영상도 사라졌다. 유리는 눈을 번쩍 뜨고 뒤에 있는 에스더를 돌아봤다.

"유리, 당신 마음속의 영상을 부정하지 말아요. 그게 곧 길입니다."

어렴풋이나마 이제는 알 것 같다. 자신 마음속에 길이 있다는 에스더의 말을.

유리는 다시 눈을 감고 길을 찾았다. 눈은 감았지만 붉은 동굴은 선명히 보였다.

"길이다!"

주저하지 않고 유리는 마음속에 보이는 붉은 동굴 안으로 걸어 들어갔다.

에스더는 흐뭇한 미소를, 아더는 안도의 한숨을 내쉬며 유리의 뒤를 따라 붉은 동굴에 들어섰다.

달라졌다.

예전에 왔던 이곳은 마치 엄마의 자궁 속처럼 아늑하고 포근했었다. 그리고 이 터널의 끝에서 ‘그 녀석’을 만났었다.

그러나 다시 온 그 녀석의 고향(?)은 온기가 사라진 것은 물론, 살아 있는 것처럼 물컹거리던 바닥 또한 밋밋하고 단단하게 굳어 있었다.

왠지 불안한 마음에 터널의 끝을 향해 걸어가는 이실론의 걸음이 점점 빨라졌다.

“나도 왔어! 나도 들어왔어! 성공한 거야! 야홋!”

자기도 그 붉은 단추를 통과했다는 쾌감에 소리를 지르던 유리가 흠칫했다. 정말로 소리가 나는 것이다. 움직이는 늪을 떠돌며 볼이 에이도록 입을 옴싹여도 말 한마디 나오지 않던 소리가 이 터널 안에 들어오자마자 막혔던 봇물 터지듯 열린 것이다.

“내 목소리! 아~ 그리웠던 내 목소리! 내 목소리가 이렇게 맑고 낭랑한 줄 이제야 알았네.”

“목소리를 되찾았으니 축하해야겠네요.”

에스더의 목소리도 마음이 아니라 고막을 통해 귓속으로 전해졌다.

“에스더님도? 그럼 여긴 정상적인 곳이네요. 이렇게 말도 나오고 소리도 들리고. 참! 소리는 들렸었지. 이실론의 목소리는 들렸었으니까.”

어느새 생각과 말이 뒤바뀌어 속으로 삼킬 소리도 입 밖으로 나왔다.

“에이, 난 또……. 내가 이실론만한 능력자가 된 줄 알았더니 별

것도 아니네."

"이실론에겐 이실론만의 능력이 있고, 유리에겐 유리만의 능력
이 있는 거랍니다. 전혀 실망하지 않으셔도 돼요."

"알아요. 그런 뜻이 아니었어요."

괜히 엘프의 능력을 무시한 것 같아 미안한 마음까지 들었다.

"조심해야지."

이젠 다시 생각과 말을 분리해야 할 차례였다.

"근데 이실론이 보이지 않네요?"

"벌써 안쪽으로 들어간 것 같습니다. 어서 가시죠."

아더는 앞에서 두 레이디(?)를 안내하며 터널의 안쪽으로 들어
갔다.

"이 공간의 정체는 뭐예요? 용도는 또 뭐구요?"

"글쎄요. 움직이는 늪 안에 존재하는 공간에 대해선 저도 들어
본 적이 없어요. 단지 이실론의 말로 미루어 헤츨링을 보호하기
위해 카시오페아가 만든 공간이 아닐까 짐작해 보는 정도죠."

"그럼 드래곤은 움직이는 늪 안에 뭔가를 만들 수도 있다는 말
인가요?"

"인간들도 마찬가지입니다. 길 위에 집을 만드는 게 어렵긴 하
지만 불가능하지는 않잖아요?"

"길 위에 만든 집이라…… 온갖 나그네와 산 도적의 표적이 되
기 딱 좋겠군."

"하지만 그 집을 여는 열쇠가 마음의 눈이라면 아무나 들어올
수는 없겠죠. 이실론이 아니면 결코 찾지 못했을 겁니다."

"그래서 자기가 찾은 게 아니라 마음이 이끄는 대로 따라왔던
거라고 했군요."

카시오페아가 이실론을 이리로 안내했던 것이다. 그리고 이실론은 다시 마음속의 느낌을 쫓아 이 길을 찾아낸 거고.

유리는 새삼 드래곤이란 존재에 대한 경이로움을 느꼈다. 단지 같은 대지 위에 숨 쉬고 있는 덩치 크고, 힘 세고, 영리하고, 무서운 그런 존재만이 아니었다.

그들은 신의 선택을 받은 신비로운 존재인 것이다. 감히 인간이 넘볼 수 없는 곳에 있는 위대한 생명체. 그런 드래곤을 향해 끊임없이 도전을 하던 인간의 용기란 얼마나 무모한 것이었는가? 그리고 그런 인간들을 보며 드래곤은 얼마나 많은 비웃음을 쌓아왔을까?

죽어서도 알나이르 대륙을 떠나지 못하고 별이라는 이름으로 밤하늘을 떠돌고 있는 이유도 조금은 이해할 수 있을 것 같았다. 알나이르의 선택을 받은 존재기에 베르티고나 엘타니 같은 죽음의 신 안에 귀속되지 못하는 것이다.

그럼 투반의 선택을 받은 은빛 머리의 엘프는? 갑자기 섬뜩한 기분이 들었다. 유리는 에스더를 돌아보며 심각한 얼굴로 물었다.

"은빛 머리의 엘프는 죽으면 어떻게 되나요?"

언제나 온화한 미소로 천사 같은 표정을 짓고 있던 에스더의 얼굴이 순간 차갑게 경직됐다.

"…왜요? 제가 알면 안 되는 일인가요?"

"언젠간 결국 알게 되겠죠. 은빛 머리의 엘프는…… 죽지 않습니다. 최소한 우리 힘으로는요."

"예?"

유리는 자신이 잘못 들은 게 아닌가 싶어 손가락으로 귀를 후비며 되물었다.

"그들은 죽지 않습니다."

너무나 또렷하고 단호하게 말하는 에스더의 목소리에 유리는 걸음도 멈추고, 말도 멈추었다.

'죽지 않는다니……!'

눈만 깜빡이며 멍청히 서 있던 유리가 약간은 떨리는 목소리로, 그리고 확연히 겁먹은 얼굴로 다시 물었다.

"셰다르의 엄마는… 셰다르를 죽였던 거군요. 그런데 그가 죽지 않은 거예요. 그래서 자신을 죽이려던 엄마를 죽인 거였어요. 그렇죠? 그녀가 실패한 게 아니었어요. 차라리 실패했으면…… 그렇지 못했기 때문에, 매정하게 죽이려 했기 때문에 셰다르는 더 분노한 거였어요. 제 말이 맞나요?"

에스더는 아물지 않은 상처를 다친 사람처럼 아픈 표정을 지었다.

"그렇죠? 내 말이 맞죠?"

"듀리안 양, 그만 하십시오."

아더가 안타깝게 유리를 만류했지만 유리는 오히려 에스더의 아파하는 얼굴에 더 가까이 다가갔다.

"에스더님, 말해 주세요. 만약 그런 거라면, 그래서 상처와 분노가 더 깊은 거라면 용서를 구해볼 수도 있잖아요. 아빠가 그랬어요. 잘못을 인정하고 고개 숙여 사과하는 건 결코 부끄러운 게 아니라고. 잘못에 대해 사과할 줄 모르는 사람이 정말 어리석고 불쌍한 사람이랬어요."

"에스더님은 하실 수 있는 모든 노력을 하셨습니다. 그가 마법의 돌을 탐내는 걸 막지 않을 정도로 그에게 믿음을 주려고 노력하셨습니다. 하지만 분노밖에 남지 않은 셰다르는 에스더님의 마음을 믿어주지 않았습니다!"

아무 말 못하는 에스더를 대신해 아더가 목청 높여 변명했지만 유리는 여전히 고개를 저었다.

"벨로린이 셰다르를 없애려 할 때 막지 않은 것부터가 실수였어요. 돌이킬 수 없는 잘못이었다구요!"

셰다르가 난폭해 자기 엄마를 죽인 게 아니었다. 엄마가 그를 죽였기 때문에, 그랬기 때문에 그도 어미에게 검을 들이댄 것이다. 그 상처가 얼마나 컸으면 분노의 눈으로 세상을 보며 모두가 자기 적이라고 생각할까?

셰다르에 대한 동정과 연민, 그리고 숲 속의 엘프에 대한 배신감······.

에스더에게서 돌아선 유리는 안타까움과 실망감에 눈물이 핑 돌았다.

"에스더님을 원망할 필요 없어! 그건 그때 할 수 있었던 최선의 선택이고 결정이었으니까. 결과적으로 더 나쁜 상황이 되긴 했지만 그렇다고 선택 자체를 몰아붙일 수는 없는 거야."

터널의 안쪽에서 걸어나오는 아론이 그답지 않은 진지함으로 말했다.

"아론도 똑같아······!"

최선의 선택이라고 해서 친구에게 검을 들이대다니.

크루지 핀을 죽이지 못한 것 때문에 자신들도 심각한 위기에 봉착한 적이 있지만 그래도 유리는 후회하지 않았었다.

잠깐이라도 친구였던 사람이 지금 위협을 주는 존재가 되었다고 해서 적으로 취급한다는 건 유리에겐 있을 수 없는 일이었다. 죽어도 같이 죽는 게 우정이고 의리라고 철썩같이 믿고 있는 유리에겐…….

유리는 엘프들을 뒤로하고 풀 죽은 걸음으로 터널의 안쪽으로 걸어갔다. 터널의 끝에 멍하게 앉아 있는 이실론은 유리만큼이나 힘없는 모습이었다.

"넌 왜 그래?"

"없어……."

"뭐가?"

"그 녀석."

"그 녀석이 없어? 그럼 여길 왜 온 거야? 그 녀석도 없는데 여길 어떻게 찾아온 거야?"

갈수록 태산이라는 생각에 유리의 얼굴은 거의 벌레 씹은 표정이었다.

"난 그 녀석을 찾았던 게 아니라 이 장소를 찾았었나 봐. 여기만 오면 그 녀석을 만날 수 있을 거란 생각을 했으니까."

"그럼 이렇게 멍청히 앉아 있지 말고 그 녀석을 찾아가야 할 거 아냐!"

"안 느껴져. 그 녀석의 기운이 전혀 느껴지질 않아. 아무런 느낌도 없고."

"정말 한심하네. 다들 한심해 죽겠어!"

유리의 태도는 히스테리에 가까웠다. 예전의 이실론이라면 멍청히 받아줬겠지만 지금의 이실론은 달랐다.

"엘프한테서 난 화를 내게 풀 생각이라면 사양하겠어!"

"너도 다 들었다는 얘기네. 넌……."

어떻게 생각하냐고 물어보려다 관뒀다. 크루지 핀이 레인보우 박쥐에게 물린 사실을 알자마자 검부터 꺼냈던 이실론이다.

"좀 더 신중했어야 해. 셰다르는 완전히 은빛 머리의 엘프도 아니고, 또 완전한 은빛 머리의 엘프라 해도 알나이르 대륙에서 그 힘이 온전히 발휘되지 못하는 한 죽일 방법은 있었을 거야."

그럴 줄 알았다. 이실론은 역시 그때 셰다르를 죽이지 못한 엘프들의 무능력함을 탓했다.

"사사로운 정 때문에 모든 사람을 위험에 빠뜨리는 건 어리석은 감상에 불과해."

"그런다고 친구를 죽이니?"

"마음이 아픈 건 극복할 수 있지만 죽음은 돌이킬 수 없는 거야. 우리가 크루지 핀에게 모두 죽임을 당했어도 너의 선택이 옳았다고 주장할 수 있어?"

"죽지 않았잖아!"

"그래, 그땐 우리가 죽지 않기 위해 모두 온 힘을 다해 크루지 핀을 죽이려 했지. 결국은 그렇게 되는 거야. 너의 싸구려 감상이 크루지 핀 씨를 더 비참하게 만든 꼴이야."

"대신 아직 살아 있잖아!"

"장담할 수 없지."

"마치 차라리 죽었으면 하는 투구나."

"어쩌면 그게 크루지 핀 씨를 위해 좋은 일인지도 몰라. 차라리 죽는 거."

"니가 내 친구라는 게 무서워."

"친구를 위해 목숨까지 바칠 수 있다는 네 생각이 어리석은 거야."

이실론은 자리를 털며 일어났다.

"이젠 니가 위기에 빠져도 절대 돕지 않을 거야!"

"현명한 선택이야."

이실론은 유리에게 얼굴을 바짝 들이댔다.

"니가 위기에 빠져도 난 널 돕지 않아. 그러니까 너도 날 위해 목숨을 거는 무모한 행동 따위는 하지 마. 너만 손해니까."

우정이 남아 있어서 이런 얘길 하는 건지, 우정이란 것 자체가 존재하지 않기 때문에 이렇게 말하는 건지 유리로선 도무지 갈피가 잡히지 않았다.

겉으로는 강한 척해도 속으론 여리기만 한 유리가 이실론에게까지 상처 입는 모습을 에스더는 안타깝게 지켜봤다.

아론도 이제는 대화를 돌려야겠다고 생각했는지 침묵을 깨며 불쑥 말을 꺼냈다.

"드래곤의 헤츨링이 없으니 어쩌죠? 이실론도 방향이 잡히지 않는다고 하고."

"아직 어린 헤츨링인데 어디로 갔을까……?"

쓸쓸하게 읊조리는 아더의 말은 혹시라도 벌써 해침을 당했을지 모른다는 불안감을 지우기 위한 그만의 방어책이었다. 차라리 어디에 갔다고 생각하고 싶은 열망이기도 하고.

"어차피 그 녀석도 없으니 난 그만 갈래. 여긴 정말 더 있기 싫어."

"핸슨이랑 던칸이 올 거야."

돌아서려던 유리가 눈을 반짝이며 이실론을 쳐다봤다. 여기에 들어와서 들은 말 중 가장 듣기 좋은 소리였다.

"그걸 어떻게 알아?"

"내가 마음으로 불렀으니까. 내 마음을 느낀다면 이리로 올 수 있을 거야."

“그런데 불청객이 먼저 오는군.”
바깥쪽을 바라보던 아론이 차갑게 말했다.
아론의 말과 함께 붉은 터널을 따라 조용히 걸어오는 은빛 머리카락이 보였다. 셰다르가 드디어 나타난 것이다.

3

처음엔 말리고 싶었지만 핸슨의 움직임은 아주 확고했고 분명했다. 정확한 목표 지점을 향해 달려가는 기수의 모습처럼 거침없는 모습이기에 이제는 던칸도 묵묵히 핸슨을 따랐다.

움직이는 늪이란 어차피 방향조차 존재하지 않는 공간이다. 막막하게 헤매고 다니는 것보다야 설사 틀린 길이라도 열심히 달려갈 곳이 있다는 것이 나을지도 모른다.

"어? 진짜네. 핸슨이 거짓말한 거 아니야! 엘프잖아. 엘프가 가까이 있어. 퐁한테도 느껴져. 던칸은 아직도 몰라?"

"글쎄……."

던칸에겐 느낌이 없는 것과 상관없이 핸슨의 느낌이 엉터리가 아니었음을 확인한 것만으로도 반가운 일이었다.

그럼에도 던칸은 핸슨의 속도를 따라잡기가 어려웠다.

"하늘을 나는 기분이 이런 걸까?"

멀리서 들려오는 아득한 손짓 같던 이실론의 부름도 이제는 손만 닿으면 잡힐 듯 가깝게 느껴졌다. 이실론의 느낌을 잡았다는 것보다 이실론과 자신 사이에 특별한 교감이 느껴지는 것에 더 흥분한 핸슨은 하늘을 나는 기분으로 움직이는 늪 속을 날아갔다.

어서요. 서두르세요.

마치 옆에서 속삭이는 것처럼 자신을 부르는 이실론의 목소리가 또렷이 들렸다.

"뭔가 일이 있는 모양인데?"

어느덧 핸슨은 먹이를 채러 낙하하는 독수리처럼 공간을 가로지르고 있었다. 핸슨의 긴장감은 고스란히 던칸에게도 전해졌다. 던칸도 핸슨만큼 속도를 올리며 핸슨의 뒤를 바짝 쫓았다.

하이오네의 등에 타고 있을 때처럼 스피드(?)를 맘껏 즐기는 퐁만 신이 나서 외쳐 댔다.

"야호—! 핸슨 진짜 빠르다! 퐁은 너무 신나—!"

자신의 속도에 묻히다 보니 갑자기 이실론의 목소리가 더 멀어졌다.

"지나쳤나?"

핸슨은 수평으로 날던 몸을 수직으로 곧추세우며 뒤를 돌아봤다. 아무것도 보이지 않았다. 이실론이 숨어 있을 리도 없고 숨을 만한 장소도 보이지 않는다. 그렇지만 자신이 지나온 길 어딘가에 이실론이 있다는 것만은 분명하게 느껴졌다.

"퐁, 뭔가 짚히는 게 없나? 움직이는 늪 안에 또 다른 공간이 있다던가……?"

“퐁은 그런 얘기 들은 적 없는데? 움직이는 늪 안에는 아무것도 없어. 원래 없는 거야. 있을 수가 없거든. 왜냐면……”

“저게 뭘까요?”

던칸의 예리한 시각이 움직이는 늪 속에 떠다니는 빨간 점을 발견했다.

“뭐지? 이실론이 흔적을 남겼나? 퐁이 확인해 볼게.”

잘난 체하며 퐁이 다가가 꼼꼼이 살폈다.

“아무것도 아니야.”

퐁은 간단히 결론 내렸다. 그러나 핸슨은 이실론의 목소리가 흐르는 근원지가 이 빨간 점이라고 확신했다.

“분명히 뭔가 있을 거야.”

“뭐가 있어? 아무것도 없잖아.”

“엘프의 느낌이 더 강하게 오지는 않냐?”

“별로.”

퐁이 너무나 대수롭지 않게 말하자, 핸슨도 자신의 판단이 틀린 게 아닐까 하는 의심이 들었다.

“이실론, 어디 있니? 제발 좀 대답해 봐!”

마지막 미련을 담은 핸슨의 눈이 간절한 마음으로 빨간 점을 응시했다.

“제발! 제발……!”

질끈 감은 핸슨의 눈에 하얗게 경직된 이실론의 얼굴이 보였다.

“이실론!”

눈을 번쩍 떴지만 이실론은 앞에 없었다.

“움직이는 늪은 마음이다……. 마음으로 대화하고, 마음으로 보고, 마음으로 길을 찾고…… 그렇다면 마음 안에 모든 것이 있다는 건데……."

그러자 핸슨에게도 보였다. 조금 전까지만 해도 빨간 점이던 그 작은 구멍이 커다란 동굴의 입구가 되어 있는 모습이.

"던칸, 보이나?"

"뭐… 말입니까?"

"맙소사. 퐁, 너는?"

"뭘? 핸슨, 혼자 지금 무슨 소리하고 있는 거야? 퐁은 안 보이잖아. 퐁에게 안 보이면 없는 거야."

"잘 생각해 봐라. 여긴 움직이는 늪이다. 눈이 아니라 마음속에 모든 답이 숨겨져 있단 말이다!"

"그래서 뭐가 있다고?"

바로 앞에 입구를 두고도 던칸과 퐁에게 보여주지 못하는 핸슨의 마음은 답답하기만 했다.

"부정만 하지 말고 잘 생각해 보란 말이다!"

"오랜만입니다."

세다르의 감정없는 차가운 목소리가 붉은 터널 안에 나직이 퍼졌다.

"셰다르……!"

애증이 교차하는 에스더의 복잡한 얼굴은 그녀가 애써 유지해 오던 평정을 일시에 무너뜨리고 있었다. 그러나 에스더를 바라보는 셰다르는 아침에 헤어진 사람을 저녁에 다시 만난 것처럼 담담하기만 했다.

"널 찾고 있었어. 너에게 하고 싶은 얘기가 너무 많단다."

"괜한 수고를 하셨군요. 전 에스더님과 해야 할 얘기가 없습니다."

셰다르는 소름 끼치도록 담담한 냉정함으로 에스더를 지나쳤다. 아론의 손이 거칠게 셰다르를 잡았다.

"에스더님이 하고 싶은 얘기가 있다잖아! 그동안 얼마나 애타게 널 찾았는 줄이나 알아?"

셰다르는 옷자락에 걸린 덩쿨을 쳐내듯 무심한 손길로 아론의 손을 뿌리쳤다. 아론이 더욱 거칠게 셰다르를 잡으려 하자 아더가 아론을 말렸다.

아더는 아론과는 달리 정중하고 조심스럽게 셰다르의 앞에 섰다. 셰다르를 바라보는 아더의 눈빛이 전에 없이 흔들렸다.

"그동안 잘 지냈니? 너무 오랫동안 떨어져 있었다. 그렇지?"

"훗……."

"셰다르……!"

"난 너희들에게 감정도, 용건도 없다. 내 길만 막지 않으면 너희들이 다칠 일은 없을 것이다."

"이러지 마. 우린 좋은… 친구였잖아."

"축복받은 탄생들이 저주받은 반쪽짜리 탄생물과 함께 어울렸던 시절을 아직도 잊지 않았단 말인가? 에스더님이 서운해하겠군. 잊을 건 잊어야지."

셰다르는 아더의 어깨를 툭 치며 가볍게 지나쳤다.

셰다르에게 아더는 유일한 친구였고, 아더에게 셰다르는 형제인 아론보다 더 가까운 친구였었다. 결국은 숲 속의 모든 엘프들처럼 아더 역시 셰다르를 외면했지만 아더에게도 그 일은 여전히 상처로 남아 있었다. 오랜 시간 동안 잊으려 애쓰며 외면해 왔을 뿐.

어깨를 축 늘어뜨린 아더는 차마 셰다르를 잡지 못했다.

"내가 당신을 이해한다면 건방진 말이 될지도 모르겠지만 난 당신의 편이 되어주고 싶어요. 당신이 아직도 과거의 상처를 씻지 못하고 저분들을 용서하지 못하는 건 당연해요."

파란 눈 가득 눈물을 머금은 유리는 진실한 애틋함으로 셰다르에게 호소했다.

"하지만 아주 오래전의 일이고, 또 에스더님은 그때의 일로 아직까지 상처를 입고 계세요. 당신만 상처 입은 게 아니에요. 그러니까……"

"소용없어!"

이실론은 냉정하게 유리의 말을 자르며 셰다르와 마주 섰다. 지금 셰다르가 원하는 것은 자신뿐이었다. 그가 이실론을 유인한 것인지, 이실론이 그를 유인한 것인지는 확실치 않다.

하지만 이미 오랜 세월 견고하게 굳어 있는 그의 상처가 에스더와의 이 짧은 만남으로 풀리지 않을 것임은 확실했다. 축복받은 탄생이라는 아더와 아론에 대해 느끼는 탄생에 대한 그의 비애감 역시 몇 마디 말로 풀어질 성질의 것은 아니었다.

그에게 남은 것이 분노뿐이라면 터뜨릴 기회를 주는 것이 나을지도 모른다.

"내게 원하는 게 있나?"

이실론의 당당함은 셰다르의 작은 비웃음을 샀다.

"푸홋! 용케도 살아났군."

자존심을 자극하는 말이지만 전혀 불쾌하지 않았다. 오히려 그의 말을 듣는 순간, 이실론은 작은 혼란에 휩싸이기 시작했다. 셰다르의 냉정함에서 적의가 느껴지지 않는 것이다. 오히려 알 수 없는 동질감이 이실론을 당황스럽게 만들었다.

“죽일 마음이 없었으니까.”

이실론은 그물을 던져 놓고 물고기가 걸리길 기다리는 어부의 심정으로 세다르를 관찰했다. 세다르의 얼굴엔 아무런 표정의 변화도, 조금의 감정 동요도 없었다.

“어리석군. 그때 죽이지 못한 내가 어리석은 건가?”

그의 말을 믿어야 할지, 자신의 느낌을 믿어야 할지 이실론은 갈피가 잡히지 않았다.

만약 그때 세다르가 진짜로 자신을 죽일 생각이었다면… 아마 자신은 변변한 저항조차 해보지 못하고 당했을 것이다. 지금 세다르의 주위에서 느껴지는 마나의 에너지는 지금의 자신에게 결코 뒤지지 않는다. 반면 그때의 자신은 세다르에 비하면 동네 어귀에서 놀고 있는 힘없는 꼬마에 불과했을 텐데…….

“날 죽일 생각이었다면 이미 기회를 잃은 셈이지.”

“이실론, 왜 이래? 에스더님은 그와 얘기하고 싶어해. 그런데 왜 넌 싸우려고 하는 거야?”

“나도 싸우고 싶은 마음은 없어! 그쪽은 어떤지 모르겠지만.”

세다르를 바라보는 이실론의 눈빛은 매우 도전적이었다. 세다르가 싸우길 원한다면 자신이 굳이 피할 이유는 없었다.

그러나 이실론의 말도, 눈빛도 세다르의 감정을 자극하진 못했다. 세다르는 여전히 무표정하기만 했다.

오히려 파랗게 질린 얼굴로 안절부절못하는 것은 에스더였다. 이실론과 세다르가 맞붙었을 때의 파장과 여파를 누구보다 잘 알고 있기에 에스더는 지금 살얼음판을 걷는 것과 같은 심정을 느끼고 있었다.

“세다르, 내게도 기회를 주면 안 되겠니?”

간절한 에스더의 말에도 셰다르는 눈빛조차 주지 않았다. 셰다르의 관심을 받는 상대는 오로지 이실론뿐이었다.

"어딨나?"

"훗……."

이번엔 이실론이 냉소했다.

"날 따라온 모양이군."

"좋은 길잡이였지."

이실론은 잠시 말없이 셰다르를 쳐다보기만 했다. 셰다르의 태도를 보니 그는 아직도 그 녀석을 찾지 못했다. 그래서 자신이 움직이는 늪에 들어서자 자신을 쫓아왔을 것이다. 만약 은빛 머리의 엘프가 그 녀석을 찾은 거라고 해도 셰다르가 모를 리는 없다. 그렇다면 그 녀석은 어딘가에 피해 있을 가능성이 높았다.

'제발 그랬어야 하는데.'

이실론은 소리없이 안도의 한숨을 삼켰다.

그 녀석의 행방에 대한 위기감에서 약간은 해방되자, 이실론의 관심은 셰다르에게서 느낀 동질감이란 알 수 없는 감정의 정체에 쏠렸다.

셰다르를 바라보는 이실론의 침묵에 셰다르 역시 묵묵한 기다림으로 응수했다.

말없이 셰다르를 쳐다보던 이실론은 그의 무표정 뒤에 숨겨진 진실은 분노보다 슬픔과 아픔에 가깝다는 생각이 들었다. 이제야 조금 알 것 같다, 그와 자신이 느끼는 동질감의 정체를.

숲 속의 엘프와 은빛 머리의 엘프에게서 태어난 셰다르나 드래곤의 영혼을 담은 채 위태로운 정체성의 혼돈을 느끼고 있는 자신이나 결국 반쪽짜리 탄생임은 별 차이가 없는 것이다.

그의 분노를 이실론은 이해할 수 있었다. 그러자 복수를 꿈꾸는 세다르에게도 큰 거부감은 느껴지지 않았다. 물론 엘프들의 선택도 존중한다. 누구의 잘못도 아니다. 가혹한 시련을 던진 신들의 장난이 원망스러울 뿐.

"모두 당신의 짓이었나?"

그동안 자신들이 걸어온 길이 모두 세다르의 분노에서 비롯된 것이라면 이제는 풀어야 할 때고 그럴 수 있을 것 같았다.

"인간들의 일에는 관여하고 싶지 않다."

짧은 대답이지만 너무나 많은 내용을 담고 있고 모두를 경악에 젖게 하기에 충분한 말이었다.

"그게 무슨 소리예요? 인간들의 일에 관여하고 싶지 않다니? 자르휀의 저주에 걸려 사라진 사람들은요? 우리 아빠는요? 그들을 어디다 숨겨놓은 거예요? 그들은 아무런 잘못도 없잖아요! 그 사람들까지 이용할 필요는 없잖아요!"

"나와 상관없는 일이다. 두 번 말하고 싶지 않다. 내가 원하는 건 그의 행방뿐이다."

세다르를 잘만 설득하면 아무런 출혈 없이 아빠를 되찾을 수 있을 거라고 생각했던 유리의 기대가 물거품이 되는 순간이었다. 세다르를 향했던 유리의 동정심도 함께 가루처럼 흩어져 버렸다.

"당신은 악마야! 당신의 개인적인 분노와 욕심 때문에 죄없는 사람들을 인질로 삼는다면 당신은 엘프들에게 분노할 자격도 없어! 당신이 그들과 뭐가 달라? 당신이 우리 아빠를 해친 거라면 내 목숨을 걸고 당신에게 복수할 거야!"

핏발 선 눈으로 유리는 빛의 수호 검을 꺼내 들었다.

챙─

뽑아지는 빛의 수호 검의 기세가 예사롭지 않았다. 유리의 분노와 좌절감이 담긴 빛의 수호 검은 맑고 청량한 빛이 아니라 파랗게 날이 선 섬뜩함으로 셰다르의 앞에 놓여졌다.

"마지막으로 묻겠다. 우리 아빠는 어딨어!"

절규에 가까운 유리의 외침에도 셰다르는 조용하고 나직하게 대답했다.

"나도 마지막으로 묻는다. 그는 어딨나?"

"내가 말할 거라고 생각하나?"

이실론은 여유를 부리며 거들먹거렸다. 자신이 그 녀석의 행방을 알고 있다고 생각하는 한 셰다르도 함부로 나오지는 못할 것이란 계산에서였다.

그러나 이실론의 계산에 유리의 돌출 행동까지는 포함되지 않았다.

"이 빌어먹을!"

유리의 레이피어가 다짜고짜 셰다르의 가슴을 찌른 것이다.

셰다르는 피하는 대신 손으로 유리의 레이피어를 잡았다. 파랗게 날이 선 빛의 수호 검도 셰다르의 손 안에서는 무용지물이었다.

"어, 어떻게……?"

레이피어를 들고 있는 유리의 손이 파르르 떨렸다.

"인간들의 장난감에도 관심없다!"

셰다르는 레이피어를 냅다 던졌다. 유리의 몸도 그녀의 분신 같은 빛의 수호 검과 함께 바닥에 패대기쳐졌다.

"듀리안—!"

터널의 입구에서 걸어오던 핸슨이 시미터를 뽑아 들고 셰다르를 향해 돌진했다. 던칸과 퐁이 터널을 발견하기까지 초조하게 기

다렸던 핸슨의 조급함은 상황을 판단할 신중함 따위를 남겨두지
못했다.

"밀러 씨, 그러지 마세요!"

에스더의 외침에 셰다르가 뒤를 돌아봤을 땐 핸슨의 우악스런
시미터가 그의 가슴 앞까지 밀려와 있었다. 셰다르는 허공으로 사
뿐하게 몸을 띄우며 핸슨의 공격을 발 밑으로 흘려보냈다. 핸슨은
다시 허공을 향해, 그리고 셰다르가 착지할 지점을 향해 맹렬히
시미터를 휘둘렀다.

그러나 셰다르는 천장과 벽으로 몸을 튕기며 핸슨의 공격을 간
단히 피했다. 인간과는 비교도 되지 않을 엘프의 순발력이기에 가
능한 몸놀림이었다. 거기다 은빛 머리의 엘프가 가진 전사의 기질
까지 있다면, 역시 자신은 셰다르의 적수가 되지 못할 것이다. 하
지만 막상 핸슨의 공격을 멈추게 한 것은 셰다르에 대한 두려움
이 아니라 에스더의 간절한 목소리였다.

"그는 우리와 싸우려는 게 아닙니다."

핸슨은 숨을 고르며 셰다르를 노려봤다. 에스더의 말을 못 믿어
서가 아니라 셰다르의 얼굴에 치솟는 분노의 기운이 역력하게 느
껴졌기 때문이었다.

긴장을 풀지 않고 셰다르와 대치하고 있는 핸슨의 눈에 셰다르
의 등 뒤로 몰래 다가가는 유리의 모습이 보였다.

"유리!"

"듀리안—!"

"안 돼!"

"하지 마!"

모두의 외침을 뒤로하며 유리의 레이피어는 셰다르의 등에 꽂

했다.

등 뒤를 공격하는 부끄러움도, 방심한 적을 기습하는 비겁함도 모두 상관없었다. 유리에겐 아빠를 돌려주지 않는 셰다르에 대한 분노와 증오뿐이었다.

"죽어엇—!"

하지만 셰다르가 피하지 않을 것이라곤 생각하지 못했다. 자신의 레이피어가 정말로 셰다르의 등에 꽂힐 줄은 몰랐다.

에스더나 이실론보다 더 놀란 사람은 정작 유리 자신이었다.

"우리 아빠만 돌려주면… 되는데……. 내가 원하는 건… 그것뿐인데……."

셰다르의 등에 꽂힌 자신의 레이피어를 뽑을 생각도 못한 채 유리는 넋이 나간 목소리로 중얼거렸다. 자신이 정말로 셰다르를 다치게 할 것이라곤 상상조차 하지 못했다.

단지 미웠을 뿐인데… 그래서 화난 자기의 마음을 보여주고 싶었을 뿐인데…….

겁에 질려 부르르 떨고 있는 유리의 모습은 비 맞은 제비의 모습처럼 안타까워 보였다.

등을 관통해 가슴까지 삐져 나온 레이피어의 끝을 잡고 고통스런 신음을 흘리던 셰다르의 얼굴이 점점 하얗게 경직돼 갔다. 통증에 굽혔던 등을 다시 펴는 셰다르의 얼굴은 하얗다 못해 투명해 보일 정도였다.

"셰… 다르……."

평정을 되찾아가고 있는 셰다르와는 달리 에스더는 감당할 수 없는 고통에 몸을 떨며 눈시울을 붉혔다.

"두 번째…… 군요……."

핏발 선 눈으로 셰다르는 주변을 둘러봤다. 동정과 연민의 얼굴로 그를 바라보는 사람은 있지만 어차피 그의 편은 없었다.

"훗훗……."

셰다르의 허리가 꼿꼿이 세워졌다.

이실론은 셰다르의 주변에서 일어나는 강력한 마나의 기운을 느끼며 긴장하기 시작했다.

'지금이다! 지금이 아니면 기회는 없다!'

그를 없애려면 지금 해야 한다. 이실론은 심각한 갈등에 휩싸였다. 유리의 비겁했던 공격에 자신까지 동조하고 싶은 마음은 없었던 것이다.

셰다르를 싸움의 대상으로 생각한다면 그가 자신에게 그랬듯 자신 역시 그에게 한 번의 기회는 주는 게 공평하다. 이실론은 일단 호흡을 추스르며 조심스럽게 셰다르를 관찰했다.

던칸의 어깨에 앉아 있던 퐁이 구슬 눈을 데굴데굴 굴리며 던칸의 가슴을 파고들었다.

"큰일나겠어. 피해야 돼!"

퐁은 이실론과 셰다르 주위에서 일어나는 마나의 에너지를 느끼며 두려움에 떨었다.

"근데……."

던칸은 퐁에게 등을 관통한 레이피어의 끝이 심장 밖으로 나와 있는데 어째서 그가 죽지 않고 살아 있냐고 물어볼 참이었다. 그러나 말이 시작되기도 전에 믿을 수 없는 광경을 목격했다.

셰다르가 긴 팔을 등 뒤로 넘겨 그의 등에 꽂힌 레이피어를 스스로 뽑아내는 것이다. 마치 검집에서 검을 꺼내는 모습으로 보일 정도로 그의 태도는 자연스러웠다. 어찌 보면 당당해 보이기까지

한 그의 모습에 더 이상 고통은 담겨 있지 않았다.

　유리는 그대로 자리에 털썩 주저앉았다. 죽지 않는다는 것을 말로 들었을 때와 눈으로 확인할 때의 차이는 하늘과 땅만큼이나 거리가 있었다.

　"슬퍼한다고 죽어야 할 가치가 없는 건 아니지!"

　레이피어를 집어던진 셰다르의 손이 바닥에 앉아 있는 유리를 덜렁 들어 올렸다. 셰다르의 손길에 목이 잡혀 들어올려진 유리의 발이 애처롭게 버둥거렸다.

　"헉—!"

　"그 아이를 내려놔!"

　무작정 달려나가던 핸슨의 몸은 아더와 아론의 손에 가로막혔다.

　그의 힘으로 해결될 일도 아니거니와 어차피 상황을 해결할 수 있는 사람은 이실론과 에스더뿐이었다.

　유리는 파랗게 질린 얼굴로 옆에 있는 이실론에게 도움의 눈길을 보냈다. 유리의 간질한 눈길을 느끼면서도 이실론은 셰다르를 바라보기만 할 뿐 움직이지 않았다.

　'정말일지도 몰라. 다른 사람을 위해 위험을 자초하는 건 어리석은 행동이라는 그의 말…….'

　갑자기 이실론이 무섭게 느껴졌다. 서글픈 생각도 들었다. 자신을 보호하기 위해 아무것도 할 수 없다는 무기력함이 원망스럽기도 했다.

　이실론은 팔짱까지 긴 여유로운 모습으로 셰다르에게 조용히 말했다.

　"그 녀석의 행방을 알고 싶지 않나?"

유리의 목을 쥐고 있던 셰다르의 손에 힘이 꽉 들어갔다.

"켁—"

"말하지 않으면 이 여자는 죽는다."

"그 여자가 죽으면 아무것도 알지 못할 텐데?"

유리의 안위에는 관심도 없는 사람처럼 조용히 흥정을 하자는 태도였다. 유리의 안색은 점점 창백해지지만 이실론은 조금도 초조해하지 않았다. 오히려 지켜보는 사람들이 숨도 못 쉬고 손에 땀을 쥐었다.

보다 못한 에스더가 셰다르에게 다가갔다.

"셰다르, 모든 게 나의 어리석음에서 비롯된 일이야. 벨로린은 할 수 없다고 했어. 그런데 내가 시켰다. 내가 강요했어. 그땐 그게 최선이라고 생각했으니까. 지금 와서 변명할 생각은 없어. 그럴 자격이 없다는 것도 알고. 네가 원하는 대로 해줄게. 네 가슴속의 상처를 지우고, 네 마음속의 분노를 녹일 수 있는 일이라면 뭐든지 할게. 이건 너와 나의 일이잖아."

"당신이 한마디라도 더 한다면 이 여자는 정말 죽습니다!"

"셰다르, 제발……"

셰다르는 보란 듯이 유리의 몸을 움켜쥐었다. 유리의 눈이 하얗게 돌아갔다. 축 늘어진 팔과 다리는 셰다르의 손 아래서 힘없이 출렁거렸다.

"이실론, 뭐 하는 거냐! 정말 유리를 죽도록 내버려 둘 작정이야?!"

핸슨이 버럭 고함을 질렀다. 시미터를 쥔 손이 불끈불끈하는 것이 당장이라도 달려들 태세였다. 핸슨마저 다치게 할 수는 없어 막고 있긴 하지만 아더와 아론도 초조한 마음은 마찬가지였다.

"다들 뭐 하는 겁니까?"

분노한 외침과 함께 던칸은 롱 소드를 뽑아 들고 셰다르를 향해 불쑥 달려들었다. 셰다르는 귀찮다는 듯이 유리를 툭 집어던졌다. 구겨진 종이처럼 벽에 처박힌 유리는 다시 일어나질 못했다.

"굳이 죽음을 자초한다면 말리고 싶은 생각은 없다."

셰다르는 달려오는 던칸을 향해 손을 한번 힘껏 저었다. 그런데도 던칸은 싸늘한 검이 가슴을 훑고 지나간 것 같은 아찔한 기운을 느꼈다. 단지 스쳐 간 느낌이 아니라 잠시 멈칫하는 동안 온몸을 전율시키는 충격은 더욱 커졌다.

숨 쉬는 것조차 힘들어질 정도로 던칸의 몸은 급격히 식어갔다.

"글래싱 파워……?"

아론은 어이가 없다는 표정으로 에스더를 돌아봤다. 쓰러진 유리를 돌보던 에스더 역시 절망적으로 머리를 저었다. 아무리 이곳이 움직이는 늪 안이라 해도 셰다르가 글래싱 파워까지 구사할 것이라곤 생각지 못했었다.

아더가 던칸을 대신해 셰다르 앞에 마주 섰다. 그동안 핸슨은 재빨리 던칸을 뒤로 데리고 와 눕혔다. 던칸의 품 안에 있던 퐁조차 구슬 눈을 힘겹게 껌벅이며 싸늘하게 식어가고 있었다.

검에 당한 상처도 아니고, 마법에 의한 충격도 아니었다. 핸슨은 던칸과 퐁의 상태를 이해할 수가 없었다. 당연히 어떻게 손써볼 방법도 찾지 못했다.

이실론이 쓰러져 있는 던칸에게 다가왔다. 그리곤 손바닥을 펴서 던칸의 몸을 천천히 훑었다. 이실론의 손바닥에서 일렁이는 노란빛이 얼어가던 던칸의 몸을 녹이기 시작했다. 퐁의 작은 몸을 녹이는 것은 더 쉬웠다. 당장이라도 죽을 것 같던 두 사람이 믿을 수 없게도 멀쩡한 모습으로 금방 일어서자 핸슨은 오히려 당황스러울 지경이었다.

"도대체 뭐가 어떻게 돼가는 건지……."

"여긴 움직이는 늪이니까요."

이해되지 않는 설명을 뒤로하고 이실론은 터널의 가장 안쪽에서 셰다르와 단둘이 마주 섰다.

셰다르는 자신이 그 녀석을 행방을 모른다는 것을 아직도 눈치 채지 못했다. 어쩌면 자신과 처음 만난 그날부터 지금까지 찾아 헤맸지만 아직도 발견하지 못한 답답함이 그의 판단력을 흐리게 하는 것일지도 모른다.

그리고 또 하나 이실론을 고민스럽게 만드는 것은 셰다르가 드래곤의 부활을 조작하며 사람들을 공포로 몰아넣은 이유였다. 셰다르의 목적이 진정 알나이르 대륙의 멸망이라면 유리나 던칸 같은 하찮은(?) 인간의 목숨을 끊는 데 망설일 필요가 없을 것이다. 셰다르는 이실론 자신은 물론 유리와 던칸을 간단히 없앨 수 있는 기회가 있었음에도 작은 부상조차 입히지 않았다.

셰다르는 그들이 짐작했던 복수심에 불타는 비정한 엘프와는 거리가 멀었다. 오히려 상처받은 가슴이 아물지 않아 고통스러워 하는 가련한 엘프라면 모를까.

그럼 가장 중요한 의문이 남는다. 도대체 왜 그는 이토록 애타게 그 녀석을 찾고 있을까? 그 이유를 알 때까지 이실론은 조심스럽게 그를 경계할 수밖에 없었다.

"에라다누스의 부활, 당신 작품인가?"

"……."

"자르휀의 저주에 걸려 사라진 사람들은 여기 없나?"

“…….”

“당신 때문에 남쪽 대륙이 뒤죽박죽되고 생명 체계가 무질서하게 뒤섞여 버렸다는 건 알고 있나?”

“…….”

“왜 아무런 대답도 하지 않지? 말할 필요도 없다는 거냐?”

셰다르는 그제야 정신을 차린 유리를 다독이는 에스더를 쳐다봤다. 원망과 분노가 섞인 눈초리로 에스더를 잠시 응시하더니 조용히 말했다.

“나와 상관없는 일이다.”

믿을 수도, 믿지 않을 수도 없는 셰다르의 짧은 말에 이실론은 갑자기 말문이 막혔다. 에스더 역시 멍한 표정으로 셰다르를 쳐다봤다.

“그럼……?”

“나와 할 말이 있다는 게 그거였습니까? 결국 당신은 끝까지 절 믿지 않으시는군요. 훗! 훗훗훗…….”

씁쓸한 비애가 담긴 그의 자조적인 미소는 모두를 숙연하게 만들었다. 그의 절망감이 너무나 확연하게 느껴지는 까닭이었나.

셰다르는 이실론을 지나쳐 에스더의 어깨를 치며 터널의 바깥쪽을 향해 걸어갔다.

“셰다르!”

아더가 그의 팔을 잡았다.

“미안하다. 하지만 모든 게 오해였어. 지금이라도…….”

“그래, 지금이라도 오해를 풀기 위해 날 찾았다고 생각했다. 그렇게 오랜 시간을 홀로 떠돌고도 아직 그런 어리석은 기대와 미련이 남아 있었다니…… 내가 어리석었다.”

세다르는 터널의 입구를 향해 쓸쓸히 걸어갔다.

망연한 표정으로 세다르의 뒷모습을 바라보는 에스더의 눈망울 가득 눈물이 고였다. 세다르를 만나서 진심으로 간절하게 호소하면 그의 마음을 돌릴 수 있을 것이라고 생각했었다. 하지만 진심으로 간절하게 그의 마음을 이해하려는 노력은 하지 않았던 모양이다.

세다르가 벨로린을 죽이고 떠난 후 에스더가 본 것은 그의 분노뿐이었다. 그럴 수밖에 없는 상황에 몰렸던 세다르의 절망과 고독은 미처 헤아리지 못했었다. 엘프의 수장으로 수백 년을 살아온 그녀조차 세다르가 은빛 머리의 엘프라는 편견에서 자유롭지 못했던 것이다.

"나의 어리석음 때문에 네가 받은 고통이 너무 컸구나……."

에스더는 차마 세다르를 잡을 용기가 없었다.

"세다르!"

아더가 세다르를 따라 터널을 달려갔다. 세다르가 멈칫하며 걸음을 멈추었다.

"기다릴게. 내가 살아 있는 한 언제까지라도 네가 돌아오기를 기다릴게."

"소용없어."

"기회를 주지 않은 건 우리뿐 아니라 너도 마찬가지였잖아. 그때 변명 한마디만 했으면 됐잖아. 왜 너 스스로에게 기회를 주지 않니?"

"변명할 여지가 없었다. 난 인간들이 싫었고, 그래서 죽였다. 우리를 장난 삼아 구경거리로 바라보는 그들의 시선을 견딜 수 없었어. 정말 역겨웠다고! 그게 너희 숲 속의 엘프와 내가 달랐던 점이지. 너흰 인내하고 이해하지만 난 그럴 수 없었다. 그때도, 지금도."

성장도 마치지 않은 어린 엘프가 살인을 일삼고 다닌다는 것은 엘프들에게 받아들이기 힘든 충격이었다. 더욱이 그 살인 방법의 잔인함이나 정교함은 엘프는 물론 인간들조차 경악할 수준이었다.

그를 탓하는 원로 엘프들을 대하던 셰다르의 태도는 더욱 놀라웠다. 하고 싶어서, 그리고 당연히 해야 할 일이라고 생각해서 한 일인데 뭐가 잘못이냐고 되묻는 그 당당함.

결국 원로 엘프들은 은빛 머리 엘프로서의 폭력성과 전투성이 더 깊게 묻어 나오기 전에 그를 없애야 한다는 데 의견을 모았다. 하지만 그때 이미 셰다르는 숲 속의 엘프 중 누구도 상대하지 못할 만큼 강해져 있었다. 그래서 선택당한 이가 벨로린이었다. 수백 년 동안 이어져 온 아픔과 반목의 시작은 그렇게 간단했었다.

흔들리는 모습으로 터널의 입구에 우두커니 서 있던 셰다르가 나직이 말했다.

"그가 여기에 없다면 너희들도 여기서 어서 나가는 게 좋을 거다."

셰다르는 움직이는 늪의 아득한 공간 속으로 사라졌지만 터널 안의 누구도 움직이지 못했다.

"우리 아빠는 없어. 없었어……."

핸슨의 당황함도 유리에 못지 않았다.

'셰다르가 아니라면…….'

처음부터 모든 게 잘못되어 있었던 모양이다. 핸슨은 묵묵히 서 있는 이실론을 힐끔 봤다. 조용히 생각에 잠겨 있는 이실론의 모습을 보는데 전에 없이 마음이 심란했다. 왠지 짜여진 각본에 따라 꼭둑각시처럼 움직인 기분이 드는 것이 핸슨을 소름 돋게 만들었다.

반면 이실론의 머리 속에 있는 생각은 오직 하나뿐이었다.

'그 녀석은 도대체 어디에 있을까? 아직 세상에 나가기엔 너무 어린데…….'

4

셰다르와의 짧은 만남과 허무한 이별은 그들 모두에게 혼란만 가중시켰다.

여기를 떠나라는 셰다르의 마지막 충고도 잊은 채 멍하니 고민과 상념에 젖어 있는 그들의 침묵을 깬 것은 퐁의 목소리였다.

"이실론, 뭔가 있어. 뭔가 이리로 오고 있어. 이실론, 안 느껴져?"

퐁의 다급한 목소리에 문득 정신을 차린 이실론의 얼굴도 급격히 굳어들었다. 낯설지 않은 기운의 움직임이 가까이서 느껴진 것이다.

"은빛 머리의 엘프……!"

"뭐야? 그 괴물이 또 나타났다는 거야?"

유리의 경악성에 핸슨은 더 놀랐다.

"너희들이 셰다르 말고 진짜 은빛 머리의 엘프를 만났었다는 거냐?"

영문 모르는 핸슨과 던칸은 신기한 얼굴로 이실론과 유리를 번갈아 쳐다봤다. 은빛 머리의 엘프와 만나고도 아무 일 없었던 것이 마냥 기특하고, 대견하고, 또 신기해 보이는 모양이다.

친하지도 않은(?) 던칸의 품속에 있다가 세다르에게 얼떨결에 죽임을 당할 뻔했던 퐁은 이실론이 대신 분풀이라도 해줄 것처럼 기대에 차서 물었다.

"이실론이 이긴 거야?"

"이긴 게 아니라 피한 거야. 운이 좋았지."

이실론과 은빛 머리 엘프의 충돌로 튕겨진 그들을 구해낸 것은 에스더였다.

"어서 피해야 합니다. 다시 충돌한다면 당사자는 물론 주변 사람 모두가 다칠 수두 있습니다."

"혹시 아까 그 이상한 바람이 그럼……?"

핸슨과 던칸은 동시에 입술을 질끈 물었다. 다 잡은 엘프의 기운을 놓쳤다고 투덜거리게 만든 그 괴이한 바람의 진원지가 이실론이었다니.

당사자는 물론 주변 사람들까지 다칠 수 있다는 에스더의 말도 이해가 됐다.

"어디로 피할 건데요?"

아빠를 찾지 못했다는 허무함과 상실감에 유리의 목소리에는 힘이 쭉 빠져 있었다.

"은빛 머리 엘프의 힘이 미치지 못하는 곳!"

"그게 어딘데?"

"드래곤이 있는 곳."

"너 말이야?"

"난 드래곤이 아니잖아!"

"그럼?"

"그 녀석이 있는 곳!"

"어디 있는지 알고 있어?"

움직이는 늪 안에 없다면 그 녀석이 있을 곳이야 뻔하다. 그 녀석은 이미 알나이르의 대륙으로 올라간 것이다. 아무리 드래곤이라도 아직 어린 녀석 혼자 다니기에 인간들의 세상은 이곳 움직이는 늪보다 더 위험할 텐데.

게다가 녀석은 이실론의 배신(?)에 치를 떨며 인간들에게 진정한 드래곤의 무서움을 보여주겠다고 큰소리까지 쳤었다.

'빨리 찾지 못하면 정말 큰일이 날 수도 있겠군.'

그 녀석의 일이 남의 일같이 느껴지지 않았다.

"서두르죠."

이실론은 터널의 바깥쪽을 향해 빠르게 걸어갔다.

"나가는 방법은 제대로 알고 있겠지?"

맥없이 처져 있던 유리의 목소리에 카랑카랑한 힘이 실렸다.

"말도 나오지 않는 곳을 또다시 헤매고 싶진 않아. 그럴 시간도 없고."

"시간이 없는 건 나도 마찬가지야. 잘 따라오기나 해."

퐁은 또다시 헤어질세라 재빨리 친한 친구의 품으로 뛰어들었다.

"이실론이랑 떨어져 있는 동안 퐁은 외로웠어."

"자기 입으론 패어리라면서 하는 짓은 딱 애완 동물이네 뭐."

빈정대는 유리의 말에 퐁의 화살표 꼬리가 뾰족 솟아올랐다.

"그게 무슨 소리야? 애완 동물이 무슨 뜻이야?"

"둘이 친하다는 뜻이야."

유리의 성의없는 대답에 핸슨은 인상을 살짝 찌푸렸고, 아론은 소리없이 피식 웃었다. 퐁은 머리를 갸웃했다. 어감으로 미루어 좋은 뜻이 아니라는 건 알겠는데 아무도 정확한 뜻은 말해 주지 않았다. 평소 같으면 구슬 눈을 굴리며 유리에게 따져 보겠지만 지금 유리는 퐁의 그런 투정을 받아줄 상태가 아니었다.

유리의 힘 빠진 어깨에 핸슨의 큼직한 손이 척하니 걸쳐졌다.

"차라리 잘된 일이라고 생각해라. 여기에 있었으면 어떻게 찾겠냐?"

"이실론이 그 녀석을 찾고, 핸슨이 이실론을 찾은 것처럼 나도 아빠를 찾을 수 있었을 거예요. 아마… 그랬을 거예요."

세다르만 만나면 모든 것이 해결될 줄 알았던 기대감이 깨진 것에 대한 유리의 허탈감은 몇 마디 말로 위로될 것이 아니었다.

짜증으로 가득할 유리의 마음이 모두 들린다고 생각하니 이실론은 벌써부터 한숨이 나왔다. 어차피 충고로도, 경고로도 다스려지지 않을 마음이니 그냥 체념하는 수밖에 없었다. 이실론은 유리를 힐끗 보고는 움직이는 늪의 텅 빈 공간 속으로 나갔다.

"순 엉터리야. 핸슨도, 던칸도, 에스더님도 다 엉터리야. 에라다누스만 만나면 모든 게 다 해결될 거라고 해놓고는… 에라다누스가 죽었다고 세다르를 찾아야 된다고 하고…… 세다르가 그냥 가버리니까 아무 말도 못하고 있잖아. 이제 어쩔 거야? 이제 어디로 가서 우리 아빠를 찾아?! 차라리 혼자서 아빠의 흔적을 좇는 건데 그랬어. 그랬으면 이렇게 막막하고 절망적이진 않았을 텐데……"

모두가 예상했던 내용이라 굳이 반응하는 사람도 없었다. 하긴 허튼 생각이라도 잘못했다가 유리에게 들키기라도 하면 열난 기름에 불붙이는 격이 될 테니 감히 이견을 달 생각조차 못했다.

"에스더의 기사면 뭐 해? 드래곤은 구경도 못하고 고생만 죽도록 하고 있는데. 내가 말로만 듣던 몬스터들 틈에 둘러싸여 피 튀기며 싸우고 있지 않나, 움직이는 늪 속에서 고기처럼 허우적거리고 있질 않나……. 집이 그립다. 집에 가고 싶어!"

"그만 해. 지치긴 우리 모두 마찬가지야."

"지치긴 마찬가지라도 원인은 다를걸? 잘 생각해 봐. 지금껏 알고 있던 게 모두 엉터리고, 우리가 예상했던 일이 모두 빗나간 데는 다 이유가 있을 거 아니야? 핸슨이 멍청해서? 던칸의 정보가 부족해서? 에스더님의 판단이 틀려서? 다 아니야. 내 생각에 이건 덫이야. 우린 덫에 걸려 파닥이는 날개 잃은 새라고. 듀리안 루밀 에르딘버크 양. 네 처지가 어쩌다 이렇게 됐니? 아빠랑 솔리턴에 있을 땐 정말 행복했었는데……."

본전도 못 건질 한마디라면 이젠 하지 않기로 했다. 이후로도 계속되는 유리의 투정, 불만, 한숨에도 이실론은 조금의 대꾸도 하지 않았다. 오죽하면 핸슨과 던칸도 침묵을 유지하기 위해 머리 속으로 울타리를 넘어가는 양을 세고 있을까?

"이실론은 여기에서 길이 보여?"

이실론의 품 안에 오롯이 자리 잡고 있는 퐁이 대견하다는 듯 이실론을 물끄러미 올려봤다.

"보이는 게 아니라 느껴지는 거야. 예전에 그 녀석이 가르쳐 줬거든. 마나의 흐름을 읽어 에너지가 시작되는 곳이 대륙으로 올라가는 길이라고."

"근데 왜 이실론만 말하는 거야? 다른 사람은 아무도 말 못하잖아."

"마나 에너지에 눌려서 말이 소리가 되지 못하는 거야."

"이실론만 빼놓고?"

"응."

"퐁은? 퐁도 패어리니까 마나를 느낀단 말이야. 근데 왜 퐁도 말이 안 나오지? 에스더님이랑 아더랑 아론이랑 다 말 못하잖아."

"여기에 흐르는 마나 에너지가 더 강력하니까."

"이실론은 그럼 여기에 흐르는 마나 에너지보다 다 강력해?"

"강력한 게 아니라 난 그냥 자연스럽게 호흡하게 되는 것 같아."

"카시오페아 때문에?"

"그렇겠지. 아니면 움직이는 늪 안에서 이렇게 자연스러울 수 없겠지."

어느덧 이실론도 자신과 카시오페아가 함께 호흡한다는 것에 익숙해지고 담담히 받아들이고 있었다.

"그럼 그렇지. 누구는 마법을 배우겠다고 목숨 걸고 남쪽 대륙을 오가며 연구했다는데, 누구는 태어나면서부터 최고의 마법사가 되어 있으니 그게 왜 싫어? 말이 드래곤의 마법이지, 평범한 사람 같으면 그 힘을 얻기 위해 영혼이라도 팔 거다."

"너도 에스더의 기사라는 이름으로 평생 수련해도 못 이룰 경지의 검사가 됐으니 만족하겠구나. 그 대가로 아빠를 잃어버리고 여기서 헤매고 있지만."

철없는 유리의 궁시렁거림에 대한 대가로 치부하기에 이실론의 말은 너무나 잔인했다.

"내가 에스더의 기사가 된 것과 아빠가 자르휜의 저주에 걸린 거랑 무슨 상관이야? 우리 아빠는 상관없어!"

"루밀 씨가 자르휜의 저주에 걸린 건 네게 줄 검을 찾으러 남쪽 대륙에 갔었기 때문 아니었어? 니가 자랑스럽게 들고 있는 그 빛의 수호 검이 너희 아빠의 목숨과 바꾼 거라는 생각은 여전히 안 하고 있었다는 거야?"

"이실론, 그만둬라! 정말 잔인하구나. 너라는 녀석은……!"

핸슨이 이실론을 향해 화를 내기는 처음이었다.

유리는 창백해진 얼굴로 부르르 떨기만 했다. 하얗게 빈 것 같은 머리 속엔 아무런 생각도 나지 않았다. 한 가지 확실하게 변한 것은 그토록 자랑스럽던 빛의 수호 검이 이젠 두렵게 느껴진다는 점이었다.

"싫어… 이따위 검은… 필요없어……!"

움직이는 늪 안에 던져 버리면 될 것이다. 그럼 두 번 다시 누구도 이 검을 만지지 못할 것이다. 아빠의 목숨과 바꾼 검이라면 누구도 만지게 할 수 없다. 허리로 향하는 유리의 손을 에스더의 보드라운 손길이 막았다.

"듀리안, 당신의 탓이 아닙니다. 당신이 이렇게 행동하는 건 아버님이 선택한 숭고한 희생에 대한 배신입니다. 아버님이 원하는 설 생각해 봐요. 루밀 씨가 남쪽 대륙의 내게까지 찾아와 빛의 수호 검을 맡기고 간 그 심정을 말이에요."

"바보……."

"훌륭한 바보였죠. 헌신적으로 딸을 사랑했고, 최선을 다해 대륙에 닥친 위기를 막고자 노력했으니까요. 유일하게 부족했던 점은 자기 자신을 돌보지 못했던 거였죠. 하지만 이젠 괜찮을 겁니다. 이렇게 훌륭한 딸이 있으니까 반드시 아버님을 찾아서 구해내겠죠. 아닌가요?"

"그럴 거예요. 반드시… 꼭……!"

차갑게 일렁이는 유리의 파란 눈이 이실론을 노려봤다.

"너 따위가 우리 아빠에 대해, 그리고 나에 대해 함부로 얘기하는 거 용납하지 않겠어. 한 번뿐이야!"

유리의 강렬한 의지만큼이나 이실론의 가슴에 전해오는 떨림도 컸다. 그러나 별로 개의치는 않았다. 어차피 힘으로 제압할 수 없는 사람에게의 협박이란 별 의미가 없는 법이다.

"젠장! 결국 왔어."

"이실론도 느꼈어? 퐁도 느꼈는데. 이게 정말 은빛 머리의 엘프야?"

퐁의 말로 유리도 확실하게 알았다. 은빛 머리의 엘프가 아주 가까이 다가와 있는 것이다.

"어쩌지?"

"어쩌긴. 최대한 대륙 가까이로 올라간다!"

이실론의 몸이 무서운 속도로 상승하기 시작했다. 알나이르의 대륙 가까이 올라갈수록 은빛 머리의 엘프는 무기력해질 것이다. 확신할 수는 없지만 제발 그렇길 바라며 이실론은 최대한 속도를 높였다.

"으악—! 내 발 밑에 있어!"

이실론의 속도를 따라잡지 못해 뒤로 처진 유리와 던칸의 발 밑까지 다가온 은색 머리카락이 어둠 속에서 반짝였다.

"염병할! 뭐가 이렇게 빨라! 이실론은 혼자 어디 간 거야?!"

마음이 초조해지자 몸은 더 느려졌다. 이젠 은색 머리카락이 아니라 핼버드 모양으로 변한 손이 선명하게 보일 정도였다. 거리가

좀 더 가까워지자 투명한 핼버드가 엿가락처럼 쭉 늘어나며 유리
의 발끝을 노렸다.

"아아악—!"

던칸은 재빨리 유리를 위로 튕겨 올렸다. 그리고 자신은 롱 소
드를 뽑아 들고 몸을 비틀며 간신히 은빛 머리 엘프의 공격을 피
했다. 던칸의 재빠른 보호와 방어가 아니었으면 글래싱 핼버드는
유리의 몸을 관통해 버렸을지도 모른다.

"던칸, 안 돼요! 던칸이 상대할 수 있는 존재가 아니라구요!"

셰다르의 손짓만으로도 심장이 얼어붙을 뻔한 던칸이 그 사실
을 모를 리는 없었다. 그러나 선택의 여지가 없는 상황이다. 이미
도망치기엔 늦었으니 그냥 맞서보는 방법밖에 없는 것이다.

던칸이 맞서오자 은빛 머리 엘프의 손도 핼버드에서 던칸과 같
은 롱 소드 모양으로 변했다.

"그냥 죽이기는 시시하니 싸움을 택하겠다? 역시 듣던 대로 호
전적인 종족이군."

오기가 솟아오르는 만큼 두려움도 커지는 것이 사실이었다. 적
을 앞에 두고 두려움을 느껴보기는 레오파드 비밀 결사대가 된
이후 처음인 것 같다. 죽음을 이렇게 가까이 느껴보는 것 또한 처
음이었다.

던칸의 눈빛이 투지로 빛나자 은빛 머리 엘프의 투명하도록 차
가워 보이는 눈 속에서도 얼음 같은 광채가 번뜩였다. 그는 상황
을 즐기고 있는 것이다.

"생각만큼 쉽지는 않군."

죽음에 대한 두려움보다 적에 대한 원초적인 공포가 더 무겁게
던칸을 짓눌렀다.

"글래싱 파워…… 부딪치면 무조건 끝장이다!"

은빛 머리 엘프의 글래싱 롱 소드가 던칸의 목을 노리며 섬뜩하게 다가왔다. 단지 다가오는 것만으로도 온몸에 냉기가 퍼지는 느낌이었다. 던칸은 덤블링하듯 재빨리 몸을 굴려 공격을 피했다. 그를 죽이는 것이 불가능하다면 최대한 시간을 끌어주는 것으로 동료들이 도망갈 시간이나 벌어주려는 마음에서였다.

던칸의 날렵한 몸짓이 은빛 머리 엘프의 공격으로부터 몇 번이나 목숨을 건져 내자 은빛 머리 엘프의 글래싱 롱 소드가 더욱 투명하게 빛났다. 재미있는 놀이감을 발견한 아이들의 손이 떨리는 것과 비슷한 모습이었다.

그러나 목숨을 건 던칸의 희생도 소용없었다. 발 아래 저 아득한 곳에서부터 무서운 속도로 다가오는 은색 그림자가 또 하나 보이는 것이었다.

"한 명이 아니었다……!"

던칸이 당황함으로 약간의 빈틈을 보인 것은 은빛 머리 엘프의 장난(?)도 멈추게 했다. 이미 약점을 보인 상대라면 더 이상 시간을 낭비할 필요가 없는 것이다.

인간의 검처럼 부분적으로 전해오던 글래싱 파워의 냉기가 갑자기 그물처럼 전신으로 밀려왔다.

이젠 모든 게 끝났다고 체념하는 순간, 던칸의 몸은 낚싯대에 걸린 고기처럼 위로 튕겨지듯 잡아 올려졌다. 글래싱 파워의 냉기는 발 아래로 아슬하게 스쳐 가며 공간을 덮어버렸다.

던칸은 이 기적 같은 구원에도 담담히 위쪽을 올려다봤다. 이실론이 마법으로 그의 몸을 잡아당기고 있었다. 이실론의 옆에 있는 유리의 모습도 보였다.

“괜한 수고를 했군. 피했어야 하는데……”

“우린 동료예요. 살아도 같이 살고 죽어도 같이 죽어야죠! 도대체 몇 번 말해야 알아듣겠어요? 정말 말귀 못 알아듣는 사람 많다니까……”

자신을 대신해 몸을 던졌던 던칸에 대한 의리 때문이라도 유리는 혼자 피할 수가 없었다. 구사일생으로 은빛 머리 엘프의 공격으로부터 벗어나는 던칸을 보며 유리가 히죽 웃었다.

그러나 은빛 머리의 엘프는 두 명이나 오고 있고, 이실론 혼자 그들 둘 모두를 상대할 수 없다는 것은 유리도 잘 알고 있었다.

“넌 피했어야 해!”

이실론의 불평 섞인 말에도 유리는 꿋꿋했다.

“같이 죽어주겠다는데 뭐가 불만이야?”

“같이 죽어주는 건 고맙지만 짐이 되는 건 사양이야! 겁먹은 소리로 날 부를 때는 언제고……”

“걱정 마. 내 몸은 내가 챙길 테니까!”

유리는 씩씩하게 빛의 수호 검을 뽑아 들었다.

“후우~ 후우~”

긴장을 풀기 위해 심호흡을 해보지만 레이피어를 들고 있는 손끝은 파르르 떨렸다.

“할 수 있어! 나도 내 한 몸은 지킬 수 있어! 미리부터 겁먹을 필요없어. 아까는 너무 긴장해서 그랬어. 정신만 바짝 차리면… 나도 싸울 수 있어!”

자기 최면이라도 걸듯 끝없이 중얼거리고 있는 유리의 모습은 누가 봐도 불안해 보였다.

“유리, 뒤로 물러서.”

아론이 유리를 밀치며 앞으로 나서려 하자 유리는 오히려 발끈하며 오기를 부렸다.

"괜찮아요. 나도 할 수 있어요! 할 수 있다구요! 자신보다 강한 적과 맞섰을 때는 기습 공격으로 기선을 제압해라!"

유리는 핸슨에게 배운 말을 되새기며 은빛 머리의 엘프를 향해 돌진했다.

"유리—!"

핸슨의 가르침은 당연히 인간과 싸울 경우에 해당되는 말이다. 은빛 머리의 엘프처럼 절대적인 강자에게의 기습 공격은 두려움을 잊기 위한 나약한 자의 몸부림일 뿐이다. 지금 유리처럼.

"자신있으면 맘대로 해봐!"

유리의 무모한 돌진에 화가 난 이실론은 오히려 뒤로 한 걸음 빠져 버렸다. 스스로 자초한 위험이라면 스스로 해결하는 게 당연하다.

유리의 공격을 받는 은빛 머리 엘프의 입술이 살짝 움직였다. 저것이 미소라면 분명 비웃음이다. 겉모습으론 구분이 안 되지만 이실론은 그가 조금 전 만났던 바로 그 은빛 머리 엘프임을 직감했다. 그래서 더욱 화가 치밀었다.

"젠장!"

유리를 돕고 싶은 마음보다 으스대는 은빛 머리의 엘프를 이기고 싶다는 욕심이 더 컸다.

'글래싱 파워가 형체를 잡기 전이다. 바로 지금!'

이실론을 중심으로 물방울 같은 투명한 막이 형성되기 시작했다. 바닥에 떨어진 물방울이 퍼지듯 투명한 막은 무섭게 세력을 확장하며 은빛 머리 엘프를 향해 몰려갔다.

처음 부딪쳤을 때처럼 충돌의 여파로 폭발이 일어나면 대륙의 근처까지 밀려갈 수도 있다. 짧은 순간이지만 모두들 은빛 머리 엘프의 반응을 조마조마하게 기다렸다. 무대포로 돌진한 유리만 제외하고.

'글래싱 파워로 부딪쳐라!'

그러나 이실론의 바램을 무시하며 은빛 머리의 엘프는 글래싱 파워를 일으키지 않았다. 이실론과 정면으로 부딪쳐 본 경험이 있으니 현재 상황에서의 정면 충돌은 그들에게 손해임을 깨닫고 있는 것이다.

이실론의 기대를 깨뜨리며 은빛 머리의 엘프는 제자리에서 풍차처럼 몸을 회전시켰다. 순식간에 그의 모습이 은색의 작은 점으로 보일 정도로 맹렬한 회전이었다.

'돌파할 생각인가? 뚫어버릴 작정인 거야?'

은빛 머리 엘프의 의도를 알 수 없는 이실론은 당황스럽기만 했다. 그리고 바로 그 순간, 은빛 머리 엘프의 회전은 이실론의 막을 빨아늘이고 있있다.

'내 힘을… 놈이 통제한다……!'

은빛 머리 엘프의 주변으론 거대한 블랙홀이 형성됐다. 그 블랙홀의 가장 가까운 곳에 있는 사람은 유리였다.

"유리—!"

에스더의 몸이 유리를 향해 날아갔다. 에스더는 블랙홀에 휘말리는 유리의 손을 간신히 잡았지만 끌어내는 대신 그녀도 함께 투명 막의 회오리 속으로 말려 들어갔다.

"이실론, 거둬들여! 어서 없애란 말이야!"

아론이 애타게 소리쳤지만 이미 늦었다. 지금 막을 걷어버리면 유리와 에스더는 정신을 차리기도 전에 놈의 제물이 될 게 뻔했다.

'자기 한 몸을 지키기는커녕 모두를 죽게 만들었잖아!'

화가 치밀수록 막을 다스리는 이실론의 힘도 약해졌다. 이실론의 힘이 어이없이 묶여 버리자 또 다른 은빛 머리 엘프의 눈이 더욱 섬뜩하게 번쩍였다. 그리고 그의 손을 대신해 반짝이고 있는 투명한 검도 보였다.

그의 몸이 이실론을 향해 서서히 다가왔다. 은빛 머리 엘프의 조각처럼 아름다운 얼굴은 너무 완벽해서 더 차가워 보였고, 그 아름다운 얼굴이 내뿜는 섬뜩한 공포는 일행 모두를 주눅 들게 하기에 충분했다.

"셰다르 녀석이 불러들였을 거야! 자기 손으론 차마 할 수 없으니까, 그러니까 저 녀석들을 불러들인 거야!"

에스더가 위기에 처한 모습을 보자 아론은 무의식적으로 셰다르에 대한 분통을 터뜨렸다.

"그런 소리 하지 마. 셰다르는 아니야. 아직도 그의 진심을 모르겠니?"

"형이야말로 속고 있는 거야. 녀석은 악마야. 저것들이랑 똑같은 악마라고! 눈부시게 아름다운 머리카락을 가진 악마!"

"더 이상 셰다르를 모욕하지 마. 그동안만으로도 충분했잖아!"

"싸움은 죽고 난 다음에나 하시죠."

이실론은 턱 앞까지 다가온 은빛 머리의 엘프를 바라봤다. 이제 선택은 없다. 유리와 에스더를 지키다 보면 이 녀석과 맞설 수가 없다.

둘 중 하나를 택해야 한다면 이실론의 선택은 명료했다. 그들이 아니라 자신을 지키겠다는 것!

'어쩔 수 없어! 이미 경고했던 일이니까……'

다른 사람을 위해 목숨을 바치는 어리석은 일은 하지 않겠다고 분명하게 경고했었다. 지금이 그 말을 지키는 순간이다. 마음에서 거둬들이면 모든 게 끝난다. 이실론의 마음은 이미 눈앞에 있는 은빛 머리 엘프에게로 옮겨져 있었다.

당연히 유리와 에스더는 아찔하던 공간의 회오리에서 벗어났다. 그러나 그들을 기다리는 건 글래싱 파워를 치켜든 은빛 머리 엘프의 싸늘한 미소였다.

유리도 지지 않겠다는 마음으로 빛의 수호 검을 치켜들었지만 은빛 머리 엘프의 글래싱 파워에 비하면 초라하기만 했다.

"정말로 그들을 죽일 작정이냐?!"

핸슨이 격노한 외침을 터뜨렸다.

"내가 대신 죽을 수는 없으니까요!"

이실론은 자신을 노리고 있는 은빛 머리의 엘프만 노려봤다.

조금 전과 같은 방법으로 그를 밀어낼 수는 없다. 그가 공격할 때를 기다려 피할 틈을 주지 않고 힘을 폭발시켜야 한다. 그러나 그들 앞에 다가온 은빛 머리 엘프의 손은 길다란 송곳 같기도 하고 날카로운 종잇장 같기도 한 모양을 하고 있었다. 정확한 형체가 잡히지 않으니 마땅히 공격 방향을 예측하기도, 피하기도 쉽지 않았다.

다행인 것은 그 역시 이실론의 힘을 본 터라 섣불리 공격하지는 않는다는 점이었다. 긴장된 대치 속에 서로를 파악하려는 날카로운 탐색전이 숨 막히게 이어졌다.

몸은 이실론의 뒤에 묶여 있지만 마음은 온통 에스더에게 쏠려 있던 아론이 당황스럽게 외쳤다.

"저건 또 뭐야?"

유리와 에스더를 향해 또 하나의 은색 점이 유성처럼 떨어지고 있었던 것이다.

모두의 시선이 움직이고 이실론의 마음도 잠시 주춤한 사이, 그 짧은 틈을 놓치지 않고 은빛 머리의 엘프는 공격을 개시했다.

나무를 베는 사냥꾼의 도끼처럼 그들을 향해 거침없이 글래싱 파워가 날아든 것이다. 하지만 그가 공격을 시작하는 그 짧은 순간을 이실론 역시 놓치지 않았다. 조심스럽게 끌어모은 마나를 힘껏 발산했다.

우르릉—

번개가 치는 것처럼 공간이 쫙 갈라졌다.

이어지는 폭발은 이실론이 처음에 계산했던 대로 그들 모두를 대륙 가까이로 밀어 올렸다.

은빛 머리의 엘프가 더 이상 따라오지 못할 곳으로…….

"이실론, 유리는? 유리는?!"

대륙에 올라왔다는 안도감은 잠시, 핸슨은 이실론의 멱살을 잡고 흔들었다. 처음부터 운명으로 짝 지어져 있던 아이들이다. 이렇게 쉽게, 이렇게 간단히 서로를 저버릴 수 있는 사이가 아닌 것이다.

핸슨의 핏발 선 눈을 보면서도 이실론은 죄책감이나 후회의 감정은 전혀 보이지 않았다.

"그녀를 지키려 했으면 우리 모두가 죽었을 겁니다!"

"차라리 그랬어야지! 우리 모두 함께 죽었어야지!"

얼음장 같은 아이다. 아무리 냉정하게 말하고 모질게 행동해도 일시적인 감정이라고 생각했었다. 절대 이실론의 진심이, 본성이 그럴 리 없다고. 하지만 이젠 더 이상 기대할 게 없다. 친구를 죽음 속에 버려두고도 눈 하나 깜짝 안 하는 이 얼음장 같은 아이가 바로 자신이 그토록 찾아 헤매던 아들의 참모습인 것이다.

아들을 지켜내지 못한 절망에, 이실론을 이렇게 만들어 버린 시간에 대한 원망에 핸슨은 풀썩 주저앉았다.

"이실론이… 나빴어……."

퐁도 울먹거리며 이실론의 품에서 아더의 어깨로 옮겨갔다.

"퐁은 이제 엘프의 마을로 갈래. 아더랑 아론이랑 있을래. 퐁은… 퐁은……."

구슬 눈에서 닭똥 같은 눈물을 떨구느라 퐁은 말을 잇지도 못했다.

"모두들 너무 절망하실 필요 없습니다. 에스더님도, 듀리안도 무사할 테니까요."

아더는 침착하게 일행을 달래며 이실론에게 물었다.

"당신도 봤죠? 그래서 돌아설 수 있었던 거죠?"

물론 안다. 유성처럼 쏟아지던 하얀 빛의 정체를. 하지만 꼭 그것 때문만은 아니었다.

"제가 목숨을 바칠 수 있는 사람은 이 세상에 단 한 명뿐입니다. 잃어버린 과거 속에서도 지워지지 않은 유일한 맹세고, 전 그걸 지킬 겁니다."

라리사…….

자신이 목숨을 바칠 수 있는 유일한 존재는 그녀다. 그녀에게 맹세했었다. 자신의 목숨은 온전히 그녀만의 것이라고. 그녀의 검은 눈동자와 검은 머리결만큼이나 굳고 단단한 맹세였다.

"그럼 유리는? 유리는 어떻게 돼도 상관없는 존재냐? 그렇게 아무렇지도 않은 존재야? 기억도 없는 네가 본능적으로 찾아 헤매던 사람이 유리였어! 그녀가 누군지 모르면서도 한눈에 그녀를 알아봤잖냐? 그건 혈육이라도 불가능한 일이다."

이실론에게 핸슨은 여전히 다정한 동료에 불과했다. 한 번도 그의 정체를, 그와의 관계를 의심해 보지 않았다. 그저 핸슨의 친절을 고마워만 했을 뿐. 그러나 유리와는 달랐다. 두 사람 모두 서로에 대한 운명의 이끌림을 분명하게 느끼며 그 정체를 끝없이 궁금해했었다. 모든 것이 밝혀졌다고 해서 두 사람 사이가 아무것도 아닌 게 되는 것은 아니다. 그런데 유감스럽게도 이실론의 생각은 그렇지 않은 모양이다.

"혈육보다 더 소중한 존재도 있는 법입니다."

이실론은 한 발자국도 물러서지 않았다. 그러자 핸슨도 더 이상은 할 말이 없었다. 더 소중한 사람을 위해 목숨을 아끼고 있다는 그에게 유리를 돕지 않은 것을 채근한다는 것 자체가 의미없게 느껴진 것이다.

넋 나간 사람처럼 갈대 숲을 바라보고 있던 던칸이 흥분한 목소리로 외쳐 댔다.

"움직이는 늪이 다시 열리고 있습니다!"

핸슨도 아론도 던칸의 옆으로 달려갔다.

정말로 갈대를 무너뜨리며 움직이는 늪이 열리고 있었다. 움직이는 늪이 다가오고 열리는 그 짧은 시간 동안 그들은 평생 느껴야 할 갈증을 모두 느끼고 있는 것 같았다.

"나온다!"

퐁의 외침과 함께 움직이는 늪에서 빨간 머리가 솟아올랐다. 유리였다. 이어서 에스더의 모습도 보였다. 그리고 마지막으로 은빛 머리카락이 보였다.

셰다르였다.

얼음장처럼 차갑고 창백한 얼굴을 하고 있는 셰다르가 에스더의 손에 부축되어 움직이는 늪 밖으로 걸어나오고 있었다.

아론의 머리 속에는 움직이는 늪에서 봤던 은색 점이 그려지고 있었다.

'셰다르였구나……!'

에스더를 지키기 위해, 그들을 돕기 위해 셰다르가 다시 온 것이었다. 마지막 순간까지 그를 오해했던 자신의 모습에 아론은 얼굴이 후끈하게 달아올랐다.

"이실론, 셰다르를 도와줘! 은빛 머리 엘프에게 당했어. 글래싱 파워에 당했다구!"

셰다르가 고통스럽게 고개를 저으며 유리를 만류했다.

"왜요? 왜……?!"

에스더도 셰다르만큼이나 고통스러운 표정을 지으며 유리의 손을 꼭 잡았다.

"그의 뜻대로 해주렴."

"그의 뜻이라니요?"

에스더의 유리의 말에 대답하는 대신 윤기를 잃어가는 셰다르의 은색 머리카락을 쓰다듬었다. 셰다르는 품에서 풀잎 모양의 작은 돌을 꺼냈다.

"미리 돌려드리지 못해 죄송합니다……. 숲이 그리울 때마다 이걸……."

“미안하구나. 너의 사랑을 지켜주지 못하고, 너의 그리움을 받아주지 못해서.”

“분노만으로 세상을 산다는 건 고단한 일이었습니다. 언제나… 죽음을 갈망했습니다. 이제야… 드디어 모든 걸 잊을 수 있겠군요…….”

“셰다르…….”

“그곳에 가면 어머니를 만날 수 있겠죠?”

“그럼, 너보다 더 애타게 널 그리워하고 있었을 거야.”

셰다르는 아름다운 얼굴만큼이나 아름다운 미소와 고요한 숨결로 마지막을 장식했다. 셰다르의 마지막을 지켜보던 에스더의 얼굴을 따라 이슬 같은 눈물방울이 흘러내렸다. 엘프의 눈물은 인간보다 맑았고, 그래서 더 처연해 보였다.

“이젠 편히 쉬렴… 자랑스런 숲의 친구야…….”

제
15
장
정복자

1

정복은 꿈꾸는 자의 것이고, 꿈을 이루기 위해 달려갈 힘이 있는 자의 몫이다.

야망은 누구나 품을 수 있지만 성취는 아무나 이루지 못한다. 그들은 기다리지 못하고 인내할 줄 모른다.

기다림이란 인생을 지치게 하고, 인내의 고통은 그들의 야망을 갉아 먹는다. 그리고 고독과의 싸움은 인간을 나약하게 만든다. 그렇게 긴 기다림의 시간 동안 꿈은 망각되어지고, 꿈을 향해 달려가던 발걸음은 무디어진다. 인간들의 꿈이 꿈일 수밖에 없는 이유는 기다림을 참아낼 인내의 힘이 부족하기 때문이며, 고독과의 싸움에서 이겨낼 용기가 없기 때문이다.

죽음의 절망 앞에 내몰려 보지 못한 사람은 결코 강해지지 못한다.

마법사란 이유만으로 죽음을 강요당하는 순간에야 나는 깨달았다. 인간에게 믿음과 신뢰가 얼마나 의미없는 것인지를. 양보와 희생이 얼마나 무의미한 것인지를.

인간에게 믿음과 희생을 기대할 수 있는 것은 오로지 권력뿐이었다.

권력이 없는 강함이란 결국 권력에 의해 꺾여야만 할 짐이었던 것이다.

그래서 난 그 권력을 잡기로 했다.

그들이 내 조상을 능멸하고 날 모욕한 대가를 반드시 돌려주기로 했다.

그들이 내게 했던 것과 똑같이 권력의 힘으로 그들을 단죄하기로 결심한 것이다.

여기까지 오는 그 긴 시간을 난 묵묵히 감내했다. 긴 시간, 끝없는 절망의 시간들 속에서도 내 꿈을 향해 달려왔다.

모든 준비는 끝났다.

이젠 그 결실을 보아야 할 때다.

…(중략)…….

이실론의 탄생은 나의 긴 기다림을 끝내기 위한 시작이었다.

그 아이의 힘이 온전히 내 것이 되지 못한다면 난 주저없이 그 아이를 없애겠다. 이제 그 아이의 할 일은 끝났다.

난 내 조상이 영광스럽게 양보한 권좌를 더 영광스럽게 되찾을 것이다.

나를 부르는 그들의 환호성 소리가 벌써부터 귓전에 아른거린다.

'정복자의 일기'라 이름 붙은 미완의 기록에서 발췌.

"우릴 도우려고 했어. 우릴 구하려고 은빛 머리의 엘프랑…….
그들은 세다르도 똑같은 적으로만 대했어. 정말 잔인해. 절반은 같은 종족이면서……."

유리의 목소리는 셰다르에 대한 감동과 연민으로 촉촉이 젖어 있었다.

"절반은 같은 종족? 인간은 같은 종족이 아니라서 서로를 향해 창검을 들이대니? 그게 바로 생존 본능이라는 거야. 그건 모든 종족을 초월한 동물들의 생존 의지야. 내가 살기 위해선 누구라도 해칠 수 있어."

"너는 그렇겠지. 하지만 모든 동물이 다 너 같다고 생각하지는 마. 너 따위는 절대 이해하지 못하겠지만 '희생'이라는 것도 있어. 셰다르의 죽음처럼."

"희생? 셰다르의 죽음이 희생이라고 생각해? 그건 셰다르의 선택이었을 뿐이야. 그가 선택한 건 희생이 아니라 죽음이야. 그는 죽음을 통해 안식을 얻고 싶었던 거라고."

짝—

유리의 손이 모질게 이실론의 뺨을 후려쳤다.

"그 따위 궤변으로 셰다르의 죽음을 모욕하지 마. 네 행동이 떳떳했다면 그걸로 그만이야. 남의 죽음을 모욕하면서까지 니 행동을 합리화시키지 마. 너답지 않잖아. 너무 비겁하니까. 아니, 가장 너다운 건가?"

"너야말로 그런 슬픈 표정으로 네 행동을 합리화시키고 있는 거 아냐? 네가 은빛 머리의 엘프에게 돌진하지만 않았으면 에스더님이 위기에 처할 일도, 그래서 셰다르가 죽을 일도 없었을 텐데?"

유리의 투정이나 원망 따위는 받아줄 의사가 없음을 분명히 하는 이실론의 태도에 오히려 말문이 막힌 사람은 유리였다.

"난 그냥… 밀리기 싫었어……. 그들의 깔보는 듯한 그 눈빛이 싫어서……."

"오기만으로 상대할 수 있는 적이 얼마나 될 거 같아? 무시당하기 싫으면 힘부터 키워."

변명의 여지가 없는 말이었다. 자신의 공격은 분명 무모했었고, 그로 인해 모두가 위기에 처한 것도 사실이었다. 이실론이 자신을 도와주지 않은 것을 원망할 필요도 없었다. 몇 번씩이나 경고했던 일이니까.

유리는 힘없이 어깨를 늘어뜨렸고 이실론은 냉정하게 유리의 어깨를 스쳐 에스더에게로 갔다.

"왜 그 녀석을 찾았을까?"

이실론은 평화롭게 눈을 감고 있는 셰다르의 시체 앞에서도 못다한 말에 대한 미련을 접지 못했다. 셰다르의 식어가는 손을 놓지 못하는 에스더에게선 아무런 대답이 없었다.

대신 핸슨이 쓸쓸히 말했다.

"아마도 나쁜 뜻은 없었을 거다."

"에라다누스의 부활도 그의 짓이 아니었겠죠?"

"그런 것 같다."

"그럼 누구입니까? 감히 드래곤의 부활을 흉내 낼 수 있는 또 다른 존재는?"

핸슨은 에스더를 쳐다봤다. 숲 속의 엘프가 잃어버린 생명의 돌을 가져간 마법사. 그가 이 모든 사건의 배후에 있는 인물일 것이다.

에스더는 입을 열 생각이 없어 보였고, 핸슨은 그런 에스더에게서 눈을 뗄 생각이 없었다. 입을 열어 추궁하지는 못하지만 핸슨의 눈빛은 집요하게 에스더에게 대답을 강요했다.

"셰다르의 슬픔은 저의 어리석음 때문이었고, 그의 죽음은 우리들의 오해와 불신 때문이었습니다. 두 번 다시 그런 실수를 반복할 수는 없습니다."

아는 것이 있어도 말하지 않겠다는 확실한 의사 표시였다.

"인간들에겐 심각한 위협이 될 수도 있는 존재입니다. 아는 것이 있다면 말씀해 주십시오."

"인간들이 아니라 당신들의 왕국이겠죠. 인간들이 말하는 위기란 당신들이 쌓아놓은 성이 무너지고, 당신들이 나누어놓은 계급이 흔들리는 걸 말하는 거 아닌가요?"

"하지만 많은 사람들이 죽게 됩니다."

"인간들의 욕망이 사라지지 않는 한 살육 또한 멈추지 않겠지요."

에스더는 쓸쓸히 하늘을 쳐다봤다. 구름 한 점 없이 맑기만 한 하늘은 그녀의 허전한 마음을 더욱 공허하게 만들었다.

"제가 말씀드린 적 있죠? 생녕의 돌을 기진 사람은 엘프만큼이나 긴 수명을 얻게 될 거라고. 그 긴 시간 동안 마법을 수련한다면 인간이 상상할 수 없는 경지의 마법사가 될 수도 있을 겁니다. 하지만 마법이 시간만으로 익혀지는 건 아닙니다. 능력엔 한계라는 게 있으니까요."

에스더는 할 말을 모두 마쳤다는 듯 아더와 함께 셰다르의 시체를 조심스럽게 안아 들었다.

"우린 이제 숲으로 돌아갈 거야. 퐁, 너는 어쩔래?"

아론의 어깨에 앉아 있는 퐁의 조막만한 얼굴엔 수심이 가득했다. 이실론이 정말로 유리를 팽개칠 줄은 몰랐다. 자신도 언젠간 유리처럼 버려질 수 있다는 생각을 하니 차마 이실론을 다시 따라나설 엄두가 나지 않는 것이다.

"퐁은… 엘프의 마을로 돌아갈래."

퐁은 말을 하면서 이실론의 눈치를 힐끔 봤다. 그가 어떻게 반응할지 궁금하기도 하고 두렵기도 했다. 혹시 서운해서 울기라도 하면 마음을 바꿀 수도 있다. 아니, 그럴 작정이었다.

"그래? 알았어."

이실론은 아무렇지도 않은 듯 냉정하게 뒤돌아 섰다. 퐁의 구슬 눈에서 기다렸다는 듯이 눈물방울이 주르륵 흘렀다.

"퐁은 이실론 친구라고 생각했는데… 그래서 즐거웠는데……. 무서울 때도 많았지만 그래도 친구들이랑 있으니까… 참아야 한다고……."

울먹이느라 더 이상 말을 잇지도 못했다.

"퐁, 함께 있고 싶으면 그렇게 해. 내가 친구 해줄게."

이실론의 등을 보고 있는 퐁에게 유리의 위로는 별로 위안이 되지 못했다.

"아론 말이 맞았어. 인간은 정말로 더 이상 브라우니를 필요로 하지 않나 봐."

퐁의 구슬 눈에서 흐르는 눈물은 그칠 기미를 보이지 않았다.

"울지 마. 숲에 가면 내가 매일 같이 놀아줄게."

아론의 위로에도 눈물로 흥건히 젖은 퐁의 구슬 눈은 여전히 이실론의 등만 쳐다봤다. 지금이라도 이실론이 잡아주기를 간절히 바라는 모양이다.

그러나 이실론의 차가운 등은 다시 돌려질 기미를 보이지 않았다. 아론이 잠시 화난 얼굴로 이실론을 노려보긴 했지만 말을 꺼내진 않았다. 유리를 팽개치고도 당당했던 이실론에게 퐁을 잡지 않는다고 나무라는 것은 부질없는 일이었다.

"유리, 꼭 아빠를 찾게 되길 바래. 밀러 씨, 던칸 씨. 만나서 반가웠습니다."

퐁의 가엾은 모습이 보기 싫어서라도 아론은 그들과 빨리 작별하고 싶었다.

"여러분 모두에게 행운이 함께하길 바라겠습니다."

에스더와 아더도 짤막한 인사를 끝으로 그들에게서 돌아섰다. 유리가 달려가서 에스더의 옷자락을 잡았다.

"에스더님! 정말 이대로 가시는 건가요?"

"우린 이제 엘프의 삶 안으로 돌아가는 겁니다. 듀리안도 아버님을 만나면 다시 예전의 아늑한 생활을 찾게 될 거예요. 좋은 추억을 가진 아름다운 숙녀가 되겠죠? 그 모습을 못 봐서 유감이네요."

"그럼 이것도 가지고 가세요."

유리는 빛의 수호 검을 불쑥 내밀었다.

"그건 이미 듀리안의 것이에요."

"하지만 엘프에게 더 필요한 거잖아요."

"듀리안 양이 더 소중한 곳에 가치있게 쓸 거라고 믿습니다."

에스더는 처음 만났을 때처럼 화사하고 온화한 미소를 남기고 떠나갔다. 한여름 밤의 꿈처럼 엘프와의 짧았던 만남이 끝난 것이다.

끝끝내 인사 한마디 없이 퐁과 엘프들을 떠나보낸 이실론은 처음 그 자리에 그대로 버티고 서 있었다. 유리가 이실론의 어깨를 거칠게 밀어 제쳤다.

“최소한 인사 정도는 할 수 있었잖아? 친구가 아니라 낯선 사람
이라도 만났다 헤어질 때는 인사를 해. 그런 최소한의 예의도 배
우지 못한 거야?”

“상관없잖아!”

유리의 팔을 뿌리치는 이실론의 파란 눈에도 눈물방울이 맺혀
있었다. 이실론은 슬픈 모습을 보이지 않으려 그들에게서 등을 돌
리고 서 있었던 것이다. 유리에게 그런 자신의 모습을 들킨 게 창
피한지 이실론은 혼자서 앞으로 휘적휘적 걸어갔다.

‘어쩌면 이실론은 사랑하는 법을, 슬퍼하는 법을 배우지 못한
건지도 몰라. 그리고 친구도 가져 본 적이 없었던 거야. 그가 나빠
서가 아니라 아무것도 모르기 때문에 저렇게 냉정한 걸지도 몰
라…….’

이실론의 쓸쓸한 등을 바라보고 있자니 그에 대한 원망의 마음
이 거짓말처럼 녹아 없어지고 있었다. 이실론은 미워하기에는 너
무 불쌍한 사람이다. 오히려 그에게 사랑하는 법을, 진짜 친구가
되는 법을 가르쳐 주고 싶었다.

“야, 겁쟁이! 기다려, 내가 그 답답한 껍질을 벗겨줄 테니까!”

유리의 말뜻을 이해하지 못한 이실론은 낯선 사람을 바라보듯
멀뚱히 유리를 쳐다봤다. 유리는 어깨를 으쓱하며 이실론의 시선
을 외면했다. 유리의 시선이 돌려진 곳에선 핸슨이 흐뭇한 미소를
지으며 유리를 내려다보고 있었다. 이실론은 유리를 지켜주지 못
해도 유리는 이실론을 지켜줄 것이다. 핸슨의 눈에 유리는 더없이
든든한 이실론의 수호 기사였다.

던칸이 물소리를 찾아주는 것도 이번이 마지막이다.

어차피 가야 할 길이 다른 사람이니 더 이상 그를 잡아둘 수는
없었다.

"이제 적이 되어 만날지도 모르는 사인데 너무 많은 것을 보여
줄 수야 없지."

이것이 핸슨이 던칸을 떠나보내기 위해 한 말이었다.

던칸은 그들에게 마지막 만찬이라도 선물하듯 시원한 옹달샘을
찾아줬다. 남쪽 대륙에서 쌓아온 갈증을 일시에 해갈시켜 주는 듯
한 시원한 샘물에도 이별의 아쉬움은 쉽게 씻기지 않았다.

오늘따라 유난히도 환한 빛을 쏟아내는 드래곤의 영혼들은 유
리의 심란한 마음을 더욱 어지럽게 만들었다.

"던칸, 정말 가야 해요?"

"듀리안 양이 아버님을 찾을 때까지 함께 있어 드리지 못해 죄
송합니다."

"그럼 같이 있어요. 조금만 더 있다 가면 되잖아요."

"유리, 관둬라. 던칸은 이미 충분히 늦었다."

유리도 핸슨의 말뜻은 안다. 그가 레오파드 비밀 결사대를 벗어
나려고 했을 때 사랑하는 연인을 잃었듯, 그가 돌아가지 않는다면
그의 가족 모두가 위험에 처할 수도 있다는 것을.

"복종을 강요하면 진정한 충성은 얻을 수 없댔어요!"

핸슨도 루밀에게 수없이 들었던 얘기다. 절대 왕권을 부르짖으
며 마법의 박해를 시작했던 레스틴 왕조 때부터 이미 포트리몬은
몰락의 길로 접어들었다는 것이 루밀의 주장이었다. 백성을 억압
하는 것은 그들의 진정한 사랑을 얻을 자신이 없기 때문이며, 백
성들의 신망을 얻지 못한 왕권은 잠시 반짝이다 사라지는 신기루
에 불과하다고 했다.

"강요가 아닙니다. 퀸츠 왕국의 국민으로서의 저의 의무이자, 레오파드 비밀 결사대로서 제게 주어진 임무에 대한 책임입니다."

유리도 더 이상 던칸을 잡아서는 안 된다는 걸 안다. 하지만 또다시 미궁 속으로 사라진 아빠를 찾아야 한다는 막막함은 누구에게라도 의지하고 싶게 마음을 흔들었다.

보초를 서고 있는 핸슨의 입에서도 숨죽인 한숨이 흘렀다.

'엘프들을 속이며 엘프의 숲에서 생명의 돌을 빼낼 수 있었던 마법사. 그리고 오랜 시간 동안 정체를 드러내지 않고 힘을 키워 올 수 있었던 마법사.'

핸슨이 알고 있는 그런 마법사는 한 명뿐이다.

워쇼스키 백작!

젠장! 처음부터 거기에서 시작했어야 했다.

"이실론, 자냐?"

"아니요."

조용히 눈을 감고 자는 척하고 있지만 이실론에게도 오늘 밤은 잠들 수 없는 밤이었다.

"무슨 생각 하냐?"

"그 녀석이 어디로 갔을까……."

"혹시 에라다누스의 부활을 조작한 사람이 그 녀석을 데리고 있는 게 아닐까?"

이실론은 움직이는 늪 안에서 만났던 그 녀석을 떠올려 봤다. 오만하고 도도하고, 몇 마디의 말로 인간의 모든 말을 이해할 만큼 영리했었다. 아직 어리고 세상에 대해 아무것도 모르지만 인간에 의해 휘둘려질 정도로 어리석고 나약하지는 않았다. 아니, 그럴 수가 없었다. 비록 헤츨링이지만 녀석도 분명 드래곤이니까.

"아닐 겁니다."

누워 있던 유리가 몸을 반쯤 일으키며 물었다.

"핸슨은 그가 누군지 짐작되는 사람이 있는 거죠? 그렇죠?"

"워쇼스키 백작……."

"워쇼스키 백작요? 왜요?"

"가보면 알겠지."

"만약 아니라면 실례가 되는 거고, 정말 그렇다면 아무런 준비 없이 무작정 쳐들어갈 수는 없는 거잖아요."

"준비? 우리가 할 수 있는 준비가 뭐가 있는데?"

냉소적인 이실론의 말투에는 불만이 가득했다. 처음엔 자신의 과거와 관련이 있는 것 같다고 하더니, 이젠 이 모든 음모와 워쇼스키란 이름을 연결 짓고 있다.

"워쇼스키란 이름이 그렇게 두려운 대상입니까?"

"드래곤의 부활로 가장 이득을 얻게 되는 사람이니까."

"왜요?"

"드래곤의 부활로 국민들은 두려움에 빠져 있을 테고, 남쪽으로 몰려오는 군사들은 드래곤을 만나보기도 전에 몬스터들에게 섬멸당할 거다. 군의 사기가 떨어지는 만큼 그들의 억눌린 두려움은 광기라는 이름으로 표출되기 마련이다. 드린쉘에서 본 것처럼. 결국 사람들은 드래곤을 상대할 수 있는 건 마법사밖에 없다고 생각할 테고, 그들의 기대는 당연히 워쇼스키란 이름으로 쏠리게 되겠지."

"그때 워쇼스키 백작이 쨔자잔~ 나타나서 드래곤을 없애고 국민적 영웅이 된다 이거죠?"

"만약 핸슨 씨 얘기대로라면 왜 우리가 남쪽 대륙에 가서 에라다누스의 소멸을 확인하게 내버려 둔 거죠? 그전에 없애서 비밀이 새어 나가지 못하도록 했어야 하는 거 아닙니까?"

"우리가 끝내줬어야 하는 일이 있으니까."

"우리가 끝내줬어야 하는 일이라뇨?"

핸슨도 이제야 상황의 전모를 이해할 것 같았다.

"카시오페아의 헤츨링을 구하는 것과 셰다르를 없애는 것! 은빛 머리 엘프의 침입을 막아놓지 않은 상태에서의 영광은 또 다른 신기루에 불과할 테니까."

결국 이실론을 포함한 자신들 모두가 그의 이용 대상에 불과했던 것이다. 목숨을 건 그동안의 고생이 한낱 누군가의 욕망을 채워주기 위한 광대놀음이었다니.

"핸슨 씨의 추측대로라면 모든 위협 대상이 사라졌으니 이젠 그가 움직일 일만 남은 거군요."

이실론의 말이 끝나기도 전에 누워 있던 던칸이 벌떡 일어섰다.

"이미 움직인 것 같은데요?"

"벌써?"

시미터를 쥐며 던칸의 옆에 서면서도 핸슨은 못 미더운 표정이 역력했다.

"혹시 몬스터 아닌가?"

던칸이 더욱 예민하게 신경을 곤두세웠다. 두 개의 발로 움직이는 소리… 규칙적이고 조용한 발걸음.

"틀림없이 인간입니다."

"이런 젠장! 하룻밤도 맘 편히 잘 수 없다는 거야? 정말 독한 놈이군."

빛의 수호 검은 어둠 속에서 유난히 찬란한 빛을 뿌렸다.

핸슨은 걱정스럽게 이실론을 쳐다봤다. 만약 자신의 짐작대로 이실론을 납치해서 키운 사람 또한 워쇼스키라면 그에게 이실론이란 존재는 무엇이며, 앞으로 이실론을 어떻게 할지 벌써부터 걱정이 되는 것이다. 이실론은 그들의 뒤를 따라 담담히 자리에서 일어섰다.

저벅저벅.

어둠 속을 태연히 걸어오는 발소리가 들렸다. 적의나 살의는 눈곱만큼도 느껴지지 않는 조용한 걸음이 그들을 향해 가까워지고 있었다.

달 그림자에 어른거리던 그의 모습이 달빛 아래 드디어 형체를 드러냈다. 누더기 같은 옷과 깊은 상처로 굳게 닫혀진 눈, 그리고 얼굴을 반쯤 덮어버린 수염인 그의 모습은 예전과 별로 달라지지 않았다.

"아, 아… 빠… 아……?"

유리의 호수 같은 눈망울이 순식간에 폭포가 되어 얼굴과 턱을 적셨다.

"아빠아—!"

루밀을 향해 달려가는 유리의 허리를 핸슨이 잡아 세웠다.

"기다려, 듀리안."

"왜요? 왜요! 우리 아빠잖아요! 아빠가, 아빠가 날 찾아온 거잖아요—!"

"아가… 유리? 유리… 거기 있니?"

"응, 응! 유리, 여기 있어. 아빠 앞에 있어!"

유리는 핸슨의 손을 뿌리치려고 발버둥 쳤다.

"아빠가 다쳐서 널 볼 수가 없구나. 어디 다친 데는 없니? 그동안 고생하느라고 핼쑥해진 건 아니야? 어디 있니? 아빠가 좀 만져 보자. 우리 아가, 아빠가 좀 안아보자."

목메인 루밀의 목소리에 핸슨도 유리를 잡고 있는 손을 놓을 뻔했다. 하지만 루밀의 상태를 파악하기 전까지는 유리를 그에게 보낼 수 없다. 로날드가 그의 손으로 그의 딸을 다치게 하는 상황은 절대 만들지 말아야 한다.

눈만 다치지 않았다면… 그랬다면 그의 상태를 쉽게 알아보겠지만 흉한 흉터뿐인 그의 눈은 세상에서 닫혀 버린 지 이미 오래였다.

"놔요! 이거 놔요! 아빠한테 갈래요!"

"왜 그러니, 유리? 누가 널 잡고 있는 거야? 누가 널 다치게 하는 거니?"

"날세, 해롤드."

애절하게 유리를 찾던 루밀의 입이 닫혀 버렸다. 마치 해롤드란 이름을 처음 들어본 것처럼, 아니면 자신이 무슨 말을 해야 할지 잃어버린 사람처럼 루밀의 입은 굳게 닫혔다.

"저 사람은 너희 아빠가 아니다!"

"핸슨이 뭘 안다고 그래요? 우리 아빠예요! 난 분명하게 알 수 있단 말이에요!"

"그래, 로날드인 건 틀림없지만 네가 찾고 있던 네 아빠는 아니다."

그는 자르휜의 저주에 젖어버린 가련한 영혼이며 그들에게 적으로 다가온 위협의 대상일 뿐이었다.

"상관없어! 이제 내가 지켜주면 되잖아요!"

유리는 거세게 핸슨의 손을 밀어냈지만 핸슨은 더욱 힘을 주며 유리를 잡았다.

"네 아빠의 눈을 봐라. 혹시라도 자기 손으로 널 해치게 될까 봐 스스로 망가뜨린 저 끔찍한 눈을! 저 눈은 널 지키기 위한 그의 마지막 의지가 담겨 있는 눈이다. 그것마저 무위로 돌릴 셈이냐?!"

"……."

"네가 다치는 것도 용납하지 않겠지만 네 아빠의 손에 다치게 되는 건 더 더욱 용납하지 않을 거다. 차라리 네 아빠를 해치는 한이 있어도…… 알겠냐?"

"……."

"그런 일을 피하고 싶으면 네 자신을 지켜라."

하염없이 눈물을 쏟으며 어깨를 떨고 있는 유리의 모습은 가련해 보일 정도였다. 하지만 핸슨의 말뜻은 이해했는지 막무가내로 아빠를 향해 달려가는 철없는 행동은 하지 않았다.

"아빠가 반갑지 않은 거냐?"

루밀이 슬픈 표정으로 다가오자 유리의 어깨는 불안할 정도로 파르르 떨렸다. 당장이라도 달려가 아빠를 잡고 싶은 마음에 맞서 힘겹게 자신을 지키고 있지만, 다가오는 아빠를 밀어낼 만큼 냉정하진 못했다.

루밀이 더 가까이 오기 전에 핸슨이 둘 사이를 막아섰다.

"내 허락 없이 그 아이에게 다가가지 못한다."

핸슨은 루밀을 향해 시미터를 뽑아 올렸다. 할 수 있다. 유리를 지키기 위해서라면 그를 향해서도 검을 휘두를 수 있다. 루밀도 그걸 원하고 있을 것이다.

유리의 앞을 막아선 핸슨의 단호한 태도에 루밀의 얼굴이 야수

처럼 일그러졌다. 애틋한 얼굴로 유리를 찾던 조금 전의 루밀의
모습은 씻은 듯 사라져 버렸다.

"모두… 죽.인.다!"

음산한 동굴에서 차가운 안개에 섞여 나오는 것 같은 괴기스런
소리였다. 루밀의 입에서 나왔다고 믿기지 않지만 모두가 목격자
였다.

"아… 빠……."

유리의 목소리엔 절망이 가득했다.

아무 말 없이 주변을 지켜보기만 하던 이실론의 표정이 급격히
변했다.

"누군가 있군."

가슴 깊은 곳에서부터 전해오는 이 울렁임은 낯설지 않은 느낌
이다.

"라리사……?"

이실론의 떨리는 눈동자가 초조하게 어둠을 훑었다.

"라리사! 너지? 그렇지?"

그러나 라리사의 모습은 보이지 않았다. 그녀의 느낌만이 전해
져 올 뿐.

"어디 있니? 어디야?"

목메인 그리움이 담긴 이실론의 외침에도 라리사의 대답은 없
었다. 그녀를 대신해 어둠 속에서 하나둘 반짝이는 눈동자들이 보
이기 시작했다.

그들은 일행의 주변을 완벽히 포위한 채 먹이를 발견한 늑대의
무리처럼 사나운 눈빛을 반짝이며 다가왔다. 루나의 밤에 이실론
과 유리를 찾아왔을 때처럼 오싹한 냉기를 뿜으며 다가오는 그들

에게 인간의 냄새는 조금도 느껴지지 않았다.

'라실린시아 요르니 워쇼스키… 그녀였구나. 라리사가…… 그녀가 자르휀의 저주에 걸린 사람들을 조종하고 있다!'

언제나 공격의 대상은 유리였다. 유리여서가 아니라 이실론의 옆에 있기 때문에 라리사에게 미움의 대상이 됐던 것이다. 지금도 루밀을 앞세워 유리의 마음부터 흔들어놓았다.

그걸 왜 이제야 눈치 챘을까? 이실론을 일깨워 에라다누스를 막아야 한다는 핸슨의 조급함이 눈앞의 현실도 보지 못한 채 먼 길만 달려갔던 것이다.

핸슨은 새삼 워쇼스키의 치밀함에 소름이 끼쳤다. 그는 자신에게 이실론만 보내주면 성난 코뿔소처럼 남쪽 대륙을 향해 돌진할 것이라는 사실도 예측했을 것이다. 자신의 어리석음마저 그의 계산 속에 들어 있었던 것이다.

물론 그 안에는 엘프들의 도움을 받아 세다르를 제거하는 것도 포함되어 있었을 것이다.

그는 이제 자신들을 없애고 이실론을 되찾아가기만 하면 된다. 그럼 모든 것이 끝난다.

앞이 보이지 않는 암흑 속에서도, 내일을 예측할 수 없는 절망 속에서도 이실론의 의식 속을 떠나지 않았던 유일한 이름인 라리사. 그녀는 이실론을 되찾기 위한 워쇼스키의 덫이었던 것이다.

'그럴 수 없다. 두 번 다시 누구도 내게서 이실론을 뺏지 못한다! 절대!'

시미터를 들고 있는 핸슨의 얼굴이 투지로 굳게 달아올랐다.

"던칸, 자네에게 또 부탁을 할 수밖에 없네. 유리를 지켜주게."

핸슨은 성큼성큼 앞으로 걸어나갔다.

어둠 속에 반쯤은 몸을 숨긴 그들의 숫자가 얼마나 되는지는 알 수 없다. 하지만 자신에게서 이실론을 뺏기 위해 나타난 자들이라면 모두 죽여 없애면 그만이다.

핸슨의 주먹이 루밀의 머리를 가격했다.

"아빠—!"

루밀이 힘없이 뒤로 푹 쓰러졌다.

"루밀이 깨어나기 전에 모두 끝내면 된다! 그리고 루밀을 데리고 워쇼스키 백작에게로 간다!"

"크크크큭……."

넘어진 루밀을 넘어 앞으로 나가던 핸슨의 발걸음이 멈칫했다. 쓰러진 루밀의 입에서, 아니, 쓰러져 있어야 마땅한 루밀이 괴소를 흘리며 다시 일어서는 것이다.

핸슨은 다시 루밀의 얼굴을 향해 주먹을 휘둘렀다. 루밀의 몸이 넘어질듯 휘청거렸지만 여전히 웃고 있었다.

"킬킬킬……."

"차라리 쓰러져! 죽은 듯 넘어져 있으란 말이야! 아니면 내 손으로… 자네를 죽일 수밖에 없어!"

핸슨은 미친 듯 주먹을 휘둘렀다. 루밀의 얼굴이 순식간에 피로 물들었다. 하지만 그의 웃음은 그치지 않았다.

'고통을 느끼지 못하잖아……. 그럼 죽이기 전까진 쓰러지지 않는다……!'

그들을 에워싼 포위망은 점점 좁아져 오는데 쓰러질 생각도, 피할 기미도 보이지 않았다.

"미안하네."

핸슨은 결국 시미터를 치켜들었다.

"아악—!"

유리는 던칸의 가슴에 얼굴을 묻었다.

털썩.

루밀이 앞으로 고꾸라졌다.

"크크크크……"

약해지긴 했지만 루밀은 여전히 웃고 있었다. 하지만 다시 일어서지는 못했다.

핸슨의 검에 그어진 루밀의 양쪽 다리에서 흐르는 피가 바닥을 적셨다. 루밀이 흘리는 피를 밟고 그의 등을 뛰어넘은 핸슨은 적진을 향해 돌진하는 기사처럼 어둠 속으로 달려들었다.

맹수처럼 달려드는 핸슨의 매서운 기세에도 아무도 물러서지 않았다. 하긴 고통도, 감정도 느끼지 못하는 그들이 물러설 까닭이 없었다.

평화롭던 밤이 순식간에 피와 비명으로 물들어가기 시작했다.

자르휜의 저주에 걸린 사람들의 대부분이 몬스터 레인져와 모험가들이긴 하지만 성난 핸슨의 상대가 되지는 못했다.

핸슨은 피와 전쟁에 굶주린 사람처럼 적들을 베고 찌르며 그들의 피로 몸을 적셔갔다. 던칸은 전에도 그런 핸슨의 모습을 본 기억이 있다.

피요드 랜드에서, 반역자로 몰린 그가 헤더림튼 캐슬을 탈출하는 과거에 잠겼을 때였다. 그때의 핸슨도 지금처럼 무자비했고 난폭했다.

가족을 위해서, 가족의 이름 앞에 있을 때의 핸슨은 누구도 감당 못할 두려운 대상이었다.

유리도 달랐다.

루나의 밤에 속수무책으로 그들에게 당하던 때의 유리가 아니었다. 달빛보다 밝게 빛나는 빛의 수호 검으로 유리는 어둠을 장악하며 다가온 그들을 베어 넘겼다.

한쪽 팔이 잘리고 가슴뼈가 드러나는 깊은 상처를 입어도 움직일 수 있는 한 그들의 공격은 멈추지 않았다. 그들을 상대하기 위해선 잔인해질 수밖에 없었다.

아빠가 그들 중 한 명이라는 사실은 잠시 잊기로 했다. 이들 모두가 아무런 잘못도 없는 가엾은 희생자라는 사실도 잠시 잊기로 했다.

전쟁은 모두가 가해자이자 피해자라는 핸슨의 말을 이제는 알 수 있을 것 같다. 전쟁이 사람에게 광기를 일으킨다는 말도 이해할 수 있을 것 같다. 유리에게 이 싸움은 전쟁이었디.

유리의 머리 속을 채운 생각은 오로지 한 가지뿐이었다.

'아빠가 죽기 전에 이 전쟁을 끝내야 한다…….'

그런 유리의 마음을 깨기라도 할 듯 커다란 배틀엑스가 그녀의 머리를 향해 내려쳐졌다. 피할 시간은 없고, 레이피어로 막기엔 무기의 무게도, 사람의 힘도 턱없이 모자라 보였다. 그러나 유리는 빛의 수호 검을 믿어보기로 했다.

따강—!

좀 휘긴 했지만 빛의 수호 검은 배틀엑스와 부딪쳐서도 부러지지 않았다. 하지만 던칸보다 더 큰 거한이 내리누르는 힘까지 감당하기엔 벅찼다.

유리의 허리는 점점 뒤로 꺾이고 배틀엑스는 그녀의 머리 위로 점점 가까이 다가왔다.

'빠져나가야 한다!'

이대로 버티다간 결국 힘에 꺾이고 만다.

'레이피어를 내리며 뒤로 빠진다. 한 박자라도 늦으면 끝장이
다!'

사력을 다해 버티던 레이피어를 갑자기 거두면 힘의 중심을 잃
은 놈이 주춤하게 될 테고, 그 짧은 순간을 이용해 자신의 몸을
빼는 것이다.

'하나, 둘……'

타이밍을 잡던 유리가 화들짝 놀랐다. 누군가 그의 발목을 잡은
것이다. 오히려 힘의 중심을 잃은 것은 유리였고 놈의 배틀엑스가
유리의 얼굴 앞에 내려쳐진다 싶은 순간, 놈의 몸이 옆으로 고꾸
라졌다.

넘어진 놈의 옆에선 던칸이 가쁜 숨을 몰아쉬고 있었다.

고맙다는 인사를 할 여유도 없었다. 우선 자신의 발목을 잡고
늘어진 놈부터 쳐내야 한다. 본능적으로 레이피어를 휘두르던 유
리의 손이 그의 등 앞에서 아슬하게 멈추었다. 옆구리가 너덜너덜
하게 질려진 채 벌레처럼 바닥을 뒹구는 그의 모습을 동정해서가
아니었다. 그의 옆에 비슷한 모습으로 누워 있는 아빠가 보였기
때문이다.

'아빠……'

"듀리안—!"

던칸의 롱 소드가 바람까지 일으키며 유리의 얼굴을 스쳤다. 유
리를 노리던 핼버드가 던칸의 롱 소드에 방향이 틀어지며 던칸의
왼팔을 찌르고 지나갔다. 던칸의 단단한 근육을 따라 검붉은 피가
주르륵 흘렀다.

"던칸, 괜찮아요?"

"싸움터에서 한눈을 파는 건 스스로 무덤을 파는 것과 마찬가지입니다."

던칸은 피도 닦지 않고 다시 피의 소용돌이 속으로 뛰어들었다.

싸움은 새벽의 안개가 밀려올 때까지 지속됐다. 겹겹이 쌓인 시체에서 흐르는 피가 그들의 발 밑을 적셨다.

그리고 해가 떠오르기 시작할 때 싸움은 끝났다.

피와 광기에 젖어 보낸 어젯밤이 한바탕 악몽을 꾼 것처럼 아득하게 느껴졌다.

"아빠는……?"

유리는 턱 앞까지 차 오른 숨을 헐떡이며 아빠를 찾았다. 빛의 수호 검이 아니었으면 결코 버티지 못했을 어젯밤의 피로가 거센 파도처럼 밀려왔다. 그러나 유리의 손은 시체를 헤집으며 바닥에 깔려 있던 아빠를 찾아냈다.

"아빠… 괜찮아?"

의식없이 누워 있지만 루밀의 얼굴은 평화로워 보였다. 다리의 상처도 신기할 정도로 깨끗이 닦여 있었다. 마치 누군가 지혈을 하고 상처를 치료해 놓은 것처럼 보였다. 어젯밤에 입은 상처를 오늘 아침에 아물기 시작하게 만들 수 있는 치료법은 흔치 않다.

"퐁!"

당장이라도 '퐁이 없으면 큰일 날 뻔했지?' 하면서 나타날 것 같지만 퐁의 모습은 보이지 않았다. 퐁을 찾느라 두리번거리던 유리의 눈에 보이는 것은 미친 사람처럼 시체들 사이를 휘젓고 있는 핸슨이었다.

"핸슨, 왜 그래요?"

아직도 어젯밤의 광기에서 벗어나지 못한 듯 핸슨의 눈은 무서워 보일 정도로 반들거리고 있었다.

"이실론! 이실론이 없어!"

이실론의 찾는 핸슨의 눈에 보이는 것은 참혹하게 죽어 있는 시체들뿐이었다.

"나도 그들과 마찬가지였어! 악귀라도 씌인 것처럼 잔인한 살인마가 되어 있었다고! 이들 모두를 죽일 필요는 없었을 텐데……."

핸슨은 그들과 어떻게 싸웠는지도 기억나지 않았다. 오로지 베고, 또 베고, 또 베었던 기억밖에.

이실론이 사라지는 것조차 느끼지 못한 채 싸움에만 젖어 있었다. 피의 광기에 젖어 이실론이 사라지는 것도 보지 못한 것이다.

"라리사… 그 앙큼한 계집이 우리를 희롱한 거야!"

2

"후후후훗!"

라리사의 기분 좋은 웃음소리는 이실론의 어두워진 마음을 밝혀주기에 충분했다. 이실론의 기억 속에 되살아난 라리사는 언제나 슬픈 눈망울로 이실론의 마음을 안타깝게 두드렸었다. 그런데 지금은 웃고 있다. 자신의 옆에서, 아침 이슬에 꽃망울을 펼치는 나팔꽃처럼 화사하게.

"뭐가 그렇게 기분 좋은 거야?"

덩달아 기분이 좋아진 이실론의 목소리까지 밝았다.

"아까 그 사람들 말이야."

"아까 그 사람들?"

핸슨과 던칸, 그리고 유리를 뜻하는 말이다. 광기에 젖어 검을 휘두르던 그들의 모습을 떠올리는 이실론은 자신도 모르게 얼굴이 굳어지고 있었다.

"왜 그래? 그 사람들 때문에 슬픈 거야?"

"아니, 그런 게 아니야. 난 단지……."

"내가 널보고 함께 오자고 한 게 아니잖아. 그들이 걱정되면 그들에게 돌아가. 강요하지 않을 테니까."

라리사의 검은 눈망울에 이슬이 맺히는 것만으로도 이실론은 당황해서 어쩔 줄 몰라 했다.

"그런 뜻이 아니라니까. 내가 그동안 얼마나 애타게 널 그리워했는지 몰라서 하는 소리야?"

"내가 그걸 어떻게 알아?"

이실론은 새초롬한 라리사의 볼을 쓰다듬듯 살짝 꼬집었다.

"거짓말하지 마. 넌 내가 널 부르는 소리를 계속 듣고 있었잖아."

라리사는 못 들은 척 고개를 돌리며 몇 걸음 앞서 걸어갔다. 그녀의 긴 치맛자락이 마른풀을 훑으며 사각거리는 소리를 만들었다.

조용하고 단아하게 걸어가는 라리사의 뒷모습이 보기 좋았다. 하지만 라리사는 등 뒤에 사람이 따라오는 것을 좋아하지 않았다. 이실론은 총총거리며 뛰어가 라리사의 옆에 나란히 섰다.

"아까 하려던 얘기 마저 해봐."

라리사는 그녀의 대화가 중단되는 걸 가장 싫어했었다.

"별로 말하고 싶은 기분이 아니야."

끝없는 투정과 변덕, 심술. 이실론과 헤어져 있는 동안에도 라리사는 변한 게 하나도 없었다. 자신이 없는 동안 그 많은 투정과 변덕을 누가 다 받아줬을까?

라리사의 투정을 받아주는 건 언제나 이실론의 몫이었고, 그녀를 위해 자신이 해줄 수 있는 일이 있다는 것에 만족하며 이실론은 라리사의 투정과 심술조차 기쁘게 받아줬었다.

"그럼, 말하고 싶은 기분이 될 때까지 기다릴게."

이실론에게로 고개를 돌리는 라리사의 눈빛이 갑자기 서늘하게 변했다.

"변했구나……"

라리사는 걸음을 늦추며 이실론의 몇 발자국 뒤에서 걸었다. 이실론도 함께 걸음을 늦추고 싶지만 라리사가 싫어할 것이다.

라리사는 남에겐 절대 등을 보여서는 안 된다고 생각했고 이실론이라고 해서 예외가 아니었다. 그래서 이실론은 더 더욱 라리사에게 등을 보여주며 걸어갈 수밖에 없었다. 그녀를 남으로 생각하지 않는다는 자신의 마음을 전해주기 위해서라도.

라리사에게 등을 내놓고 걸어가는 이실론의 마음속은 자신의 무엇이 라리사로 하여금 거리감을 느끼게 만들었는가에 대한 고민으로 가득했다.

"넌 아직도 모르고 있지?"

이실론의 마음을 읽기라도 한 듯 라리사가 차갑게 말했다.

"그게 변했다는 증거야. 네가 내 마음을 읽지 못했던 적은 없었어. 넌 언제나 나보다 날 더 잘 알고 있었지. 하지만 이젠 아니야. 뭐, 상관은 없지만……"

하지만 상관없는 말투가 아니었다.

언제나 강한 척 단단한 척 마음을 닫아 잠그지만 그녀의 마음이 얼마나 여리고 순수한지를 누구보다 잘 알고 있는 이실론이었다.

누구에게도 등을 보이지 않는 그녀의 고집스런 태도도 결국은 자신을 보호하기 위한 그녀의 소심함에서 비롯되는 행동일 뿐이었다.

그녀는 보호받아야 하는 여자다. 기사 정신으로 무장된 유리와는 달랐다.

라리사와 유리를 비교하던 이실론은 스스로 움찔하며 알 수 없는 죄책감을 느꼈다. 라리사는 누구와도 비교되지 않는 여자다. 라리사를 다른 누군가와 비교한다는 건 있을 수 없는 일이었다.

"무슨 생각해?"

어느새 라리사가 이실론의 옆에서 나란히 걷고 있었다.

"아니야, 아무것도……."

라리사는 나직하게 한숨을 쉬며 전면을 응시했다.

그들의 앞에는 고색창연한 거대한 저택이 바다에 떠 있는 섬처럼, 숲을 가로막은 산처럼 버티고 있었다.

그 저택은 망망대해를 표류하는 조난자의 안식처가 되어줄 것도 같고, 황야를 질주하는 기사의 장애물이 될 것 같기도 했다. 안식과 위협이 동시에 느껴지는 곳이라면 친구의 집일 수도, 적의 집일 수도 있다는 의미였다.

이실론에게 이 저택은 낯설면서도 익숙하고, 반가우면서도 다가서고 싶지 않은 묘한 곳이었다.

"기억나니?"

저택을 바라보는 라리사의 눈에도 애증이 교차하긴 마찬가지였다.

아빠와 이들은 자신들의 길을 막기 위한 소모품에 불과했다.

고작 자신들의 발을 묶기 위해 이들의 인생을 저당 잡고 이들을 가족과 친구에게서 빼앗은 것이다. 게다가 이들에 의해 그동안 희생되었을 사람까지 생각하면 말문이 막혀 버린다. 사람의 생명이 이토록 가치없는 것이었을까? 이렇게 무의미하게 버려도 될

만큼 이들의 생명은 하찮은 것이었을까?

자신의 아빠도 이들 중 한 명이었고, 자신의 손으로 이들을 도륙했다는 사실은 유리로 하여금 평정을 찾을 수 없게 만들었다.

"어쩜 이렇게 잔인할 수 있죠? 이 사람들… 아무것도 잘못한 게 없잖아요. 단지 우리 앞에 나타났기 때문에… 그렇기 때문에 이렇게 죽어야 했다는 건…… 도저히 용납할 수가 없어요. 이들을 이렇게 만든 사람도, 이들을 이렇게 죽인 나 자신도!"

유리는 분노의 격정에 휘말린 채 파르르 떨고 있었다. 아빠가 살아 있다는 것만으로 안도하며 위안을 삼기엔 자신이 한 짓(?)이 너무나 처참했다.

핸슨도 분노와 죄책감에 할 말을 잃고 있었다.

하지만 던칸에게 이런 광경은 낯설지 않았다. 레오파드 비밀 결사대로 훈련받으며 이미 수도 없는 동료들의 죽음을 봤고, 그들의 죽음을 통해 생명의 덧없음을 느낀 지 이미 오래였다. 죽음 앞에 슬픔과 죄책감을 느끼기에 던칸은 너무나 많은 죽음을 본 것이다.

던칸은 유리와 핸슨처럼 격정에 휘말리는 대신 냉철하게 상황을 돌이켜 봤다.

"우리의 순수 의지라고는 할 수 없습니다. 마치 최면에라도 걸린 것처럼 죽음의 광기에 휩싸였었으니까요."

"그래, 강력한 최면이었지. 저항은커녕 느끼지도 못할 정도였으니."

"그럼 이들과 싸우게 하는 것보다 우리도 이들처럼 만들어 버리는 게 쉽지 않았을까요?"

"자르휀의 저주란 이름으로 이들의 영혼을 잠재운 사람과 이들을 조종하는 사람은 다른 인물일 걸세."

사람의 영혼을 송두리째 장악한다는 것은 결코 쉬운 일이 아니다. 이들에게 마법을 건 것은 워쇼스키 백작일 테고, 이미 꼭두각시가 된 이들을 조종하는 것이 라리사에게 주어진 임무였을 가능성이 높다.

"어쨌든 이들은 상비군 같은 거였겠군요. 아니면 숨겨진 잉여 병력이거나."

"그랬겠지. 신분이 바로 드러나는 병사들을 함부로 움직이긴 어려울 테니까."

"무슨 얘긴지 나도 알겠어요. 자신이 전면에 나서기 전에 귀찮은 적들을 제거하기 위한 비밀 병기 같은 거란 말이죠? 어차피 자신을 잃어버린 사람들이니 설사 포로로 잡힌다 해도 배후를 들킬 염려도 없고, 정체를 드러낼 필요도 없고… 그리고 이들이 더 이상 쓸모가 없어졌을 땐 모두 없애 버리겠죠? 흔적을 남기지 말아야 할 테니까. 그 역할은 우리 같은 사람들에게 주어진 몫이군요."

결국 자신의 손에는 피 한 방울 닿게 하지 않겠다는 얘기였다. 상대의 교활함은 어이가 없고, 그 잔인함은 치가 떨릴 지경이었다.

게다가 그는 드래곤의 부활을 흉내 내며 남쪽 대륙의 모든 것을 뒤흔들 정도로 대단한 능력자이기도 했다.

"도대체 그가 원하는 게 뭘까요?"

어떤 목적으로 이렇게 치밀하게 거짓말을 하며 사람들을 농락하는지 유리로선 도저히 감이 잡히지 않았다.

"그는 반란자가 아니라 구원자가 되기를 원하는 거다."

"반란자가 아닌 구원자?"

말만으로도 그 존재의 차이는 확연하게 느껴졌다.

에밀리아가 수백 년이 지난 지금에도 여전히 칭송받고 있듯, 이 빌어먹을 거짓말쟁이도 두고두고 구원자로 존경받고 칭송받기를 원하는 것이다. 감히 뻔뻔스럽게도.

"거짓말만으로 세상을 바꿀 수 없다는 걸 분명히 느끼게 해주겠어요!"

하지만 무슨 수로?

루밀이 죽어가고 이실론이 사라진 지금, 차분하게 대답을 구할 수 있는 사람은 없었다. 오로지 그를 막아야 한다는 오기와 집념만이 이들이 가진 무기의 전부였다.

결국 이들이 선택할 수 있는 방법은 한 가지뿐이었다.

직접 부딪쳐 보는 것.

"가자!"

죽어가는 루밀을 등에 업은 핸슨은 비장하게 워쇼스키의 영지를 향해 걸어갔다.

저택의 시작을 알리는 검은색의 철제 대문은 헤더림튼 캐슬의 지하 감옥처럼 두껍지도, 카멜 후작의 저택처럼 견고해 보이지도 않았다.

두 개의 철문을 잇는 황금색의 보리 문양만이 이 저택이 워쇼스키가의 소유임을 알리고 있었다.

"왜 경비병도 없지?"

이실론의 순진한 질문에 라리사의 검은 눈동자가 반짝이며 살풋 미소를 지었다.

"필요가 없으니까."

경비병이 필요없다……? 이실론은 아직 그 말뜻이 짐작되지 않았다.

"들어가자. 기다리고 계실 거야."

라리사의 손이 철문을 밀자 이실론은 두근거리는 심장이 진정되지 않아 크게 심호흡을 해야 했다.

"라리사."

철문의 낮은 턱을 넘던 라리사의 발길이 이실론의 떨리는 손길에 멈추었다.

"왜 그래?"

"우리, 이 집에서 함께 살았던 거니?"

"……."

"넌 이렇게 선명하게 기억나는데 왜 이 집에 대해선 아무런 기억이 없지? 내가 어떻게 살았는지, 어떤 사람이었는지 아직도 모르겠어. 내가 기억하는 과거는 너밖에 없어."

"……."

"이게 자연스러운 일이니?"

"…들어가면 모두 알게 될 거야."

라리사는 철문 안으로 들어서려 했지만 이실론은 다시 그녀를 잡았다.

"너는 모든 걸 알고 있구나."

라리사는 이실론의 얼굴을 쳐다보지 못했다. 발 밑으로 고개를 떨군 라리사의 눈빛이 초조하게 흔들리는 것을 이실론은 놓치지 않았다.

"나에게 말하면 안 되는 일이라도 있었던 거니?"

"미안해. 난 아무 말도 해줄 수가 없어."

라리사의 난처한 표정을 보자 이실론도 더 이상 추궁하고 싶은 생각은 없었다. 어차피 몇 걸음만 더 들어가면 모두 해결될 일이었다.

이실론이 냉담한 눈빛으로 손을 놓자 라리사의 어깨도 한결 무거워졌다. 하지만 그럴수록 라리사의 얼굴은 더 꼿꼿이 치켜세워지고 이실론보다 더 냉담한 얼굴로 스스로를 무장했다.

"니가 앞장서."

라리사는 또다시 이실론의 뒤로 등을 숨겼다. 이실론은 어쩔 수 없이 철문을 넘어 라리사의 몇 걸음 앞에서 저택을 향해 걸어갔다.

오랫동안 손을 보지 않은 듯 황폐해진 정원의 모습은 몰락한 귀족의 저택에서 볼 수 있는 가장 전형적인 모습이었다. 반면 그들이 걷고 있는 소로는 잡초는커녕, 발에 걸리는 돌부리 하나 없었다. 이것은 적지 않은 수의 사람들이 최근까지 이 길을 끊임없이 오갔다는 얘기다.

이 저택의 주인은 정원 따위엔 관심이 없거나, 아니면 일부러 방치해 둠으로써 다른 사람들의 이목을 속이고 있는지도 모르겠다. 경비병은 물론 그 흔한 하인 한 명 보이지 않는다는 것은 후자 쪽의 생각에 무게를 실어줬다.

이실론은 인정하고 싶지 않았지만 결국 핸슨의 생각이 맞았다. 이 모든 일의 배후에 있는 사람은 워쇼스키 백작이었고, 자신의 과거 또한 이 속에 숨겨져 있었다.

여전히 기억은 없지만 이실론은 낯설지 않게 저택의 현관 문을 밀고 있었다. 조용히 문이 열리며 흐릿한 조명에 덮인 어두운 실내의 모습이 보였다.

언제나 어둡고 조용했던 저택. 그 안을 뛰어다니는 세 명의 꼬마의 모습이 이실론의 머리 속을 언뜻 스쳐 갔다.

자신과 라리사, 그리고 한 명이 더 있었다.

이실론은 라리사를 돌아봤지만 라리사는 단호히 고개를 저었다.

아무 말도 해주지 않겠다는 뜻이었다.

라리사에게 뭔가 정보를 얻을 수 있으리란 기대를 접으며 이실론은 저택의 내부로 들어섰다.

홀처럼 보이는 거실은 양 옆의 벽을 장식한 거대한 초상화를 제외하면 아무런 장식도 없었다. 초라함보다는 쓸쓸함과 적막함으로 다가오는 거실은 저택 주인의 고독한 취향을 반영하는지도 모르겠다.

이실론은 거실을 지나 2층과 연결되는 계단 앞에 섰다.

긴 계단의 난간을 미끄럼틀처럼 타고 내려오는 꼬마의 모습이 떠올랐다.

아빠에게 이를 거야!

흑발의 소년이 자신을 비난하는 소리도 들렸다.

그러나 꼬마는 아랑곳하지 않고 난간을 타고 계단의 밑으로 내려갔다. 그곳엔 어린 라리사가 보석처럼 빛나는 모습으로 서 있었다.

내 동생에게 손대지 마!

이실론은 다시 흑발의 소년에게 밀려 뒤로 넘어졌다.

소년의 손에 이끌려 라리사는 자신에게서 멀어져 갔다. 꼬마는 텅 빈 거실에 홀로 남겨져 있었다.

도살장에 끌려가는 소처럼 불안한 얼굴로 소년의 손에 끌려가던 어린 라리사의 모습은 지금도 선명하게 기억났다.

"무슨 생각을 그렇게 골똘히 하니?"

　끊어졌던 과거의 한 자락을 잡은 채 멍하니 서 있던 이실론은 라리사의 목소리에 문득 정신을 차렸다.

"응?"

"무슨 생각을 그렇게 골똘히 하냐고?"

"우리의 어린 시절."

"…뭔가 기억나는 게 있어……?"

"글쎄… 단편적이라 잘 연결은 되지 않지만 너와 나 이외의 또 누가 있었던 건 알겠어. 흑발의 소년이야. 너의 오빠니?"

"응, 히로드야."

"히로드? 흑발의 히로드……."

　그의 얼굴이 낯설지 않았다. 과거 속의 익숙한 인물이어서가 아니라 현재에도 어디선가 만났던 것 같은 느낌이었다. 헬리오 포트리스에서 본 검은 머리의 사내가 번개처럼 이실론의 머리 속을 때렸다.

"혹시 히로드는 포트리아 기사단 시험을 보지 않았니?"

"응."

　기억났다. 25번의 사내. 카멜 후작의 저택에서도 얼핏 들은 기억이 있는 것 같다. 워쇼스키 백작의 아들은 포트리아 기사단에 있다고. 히로드는 라리사와 더불어 자신의 어린 시절을 함께한 친구였던 것이다.

　'눈앞에 두고도 못 알아봤었다니…….'

　어이가 없을 뿐이지, 특별히 아쉽지는 않았다. 아무래도 그와는 그다지 좋은 사이가 아니었던 모양이다.

"그가 널 데리고 갔어. 넌 가기 싫은데 마지못해 끌려가는 사람 같았어."

　자신에게서 라리사를 데려갔기 때문에 그를 미워했을지도 모른다.

"아마 마법을 배우기 시작할 때였을 거야. 그땐 마법을 배워야 한다는 게 무섭고 귀찮았거든. 어렸잖아……."

"지금은?"

"보다시피."

라리사는 만족스런 얼굴로 어깨를 으쓱해 보였지만 전혀 행복해 보이지는 않았다.

"넌 마법사가 되기 싫어했었어."

"……."

라리사의 입은 다시 닫혔다. 도대체 무엇이 라리사의 입을 이렇게 굳게 닫을 정도로 두려운 것일까? 라리사는 워쇼스키 백작의 딸이다. 아버지가 두려워 배우기 싫은 마법을 배우고, 하고 싶은 말도 함부로 하지 못한다는 것은 상식적으로 이해되지 않는 일이다.

이실론은 계단 하나하나에 담겨 있을 기억의 한 자락이라도 더 찾아보려는 마음으로 조용히 걸음을 옮겨갔다.

라리사 역시 답답할 정도로 느린 이실론의 뒤를 아무 말 없이 따라왔다.

2층의 어둑한 복도에 들어서자 짜릿한 긴장감으로 몸이 딱딱하게 굳어졌다. 아래층과 마찬가지로 아무런 장식도 없는 밋밋한 복도지만, 이곳은 감히 접근하기조차 힘든 위압감이 흘렀다.

'워쇼스키 백작의 존재만으로도 이렇게 압박감을 느끼는 걸까?'

이실론의 발걸음이 점점 빨라졌다.

$$3$$

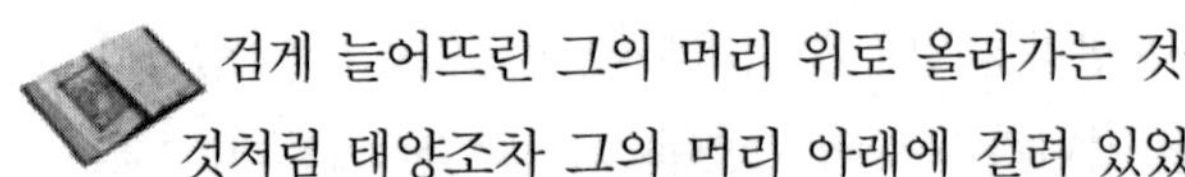 검게 늘어뜨린 그의 머리 위로 올라가는 것을 두려워하는 것처럼 태양조차 그의 머리 아래에 걸려 있었다.

짙은 눈썹 아래에 담긴 검은 눈동자는 그의 나이를 짐작할 수 없을 정도로 고집스럽게 빛나고 있었으며, 턱을 따라 목까지 덮은 검은 수염이 주는 위엄은 감히 그 앞에서 입을 여는 것조차 어렵게 만들었다.

그가 바로 워쇼스키 백작이었다.

어느 누구에게도 주눅 들어본 적 없는 이실론도 워쇼스키 백작 앞에서는 자꾸만 움츠러드는 자신을 추스르기 위해 온몸에 있는 대로 힘을 주어야 했다.

"오랜만이라고 해야 하나요, 아니면 처음 뵙는다고 해야 하나요?"

워쇼스키 백작은 말없이 웃기만 했다.

긴장한 내색을 하지 않으려 온몸에 힘을 주면서도 빈정대듯 감정을 표현해 오는 그의 호기가 마음에 든 모양이다.

"제 기억을 돌려받으려고 왔습니다."

이실론은 턱을 꼿꼿이 치켜들었다. 워쇼스키 백작과의 눈싸움에서도 밀리지 않으려 눈을 부라렸지만 워쇼스키 백작의 눈은 조용히 웃기만 했다.

마치 이실론 따위는 상대도 되지 않는다는 그의 여유는 이실론에게 점점 커지는 압박감으로 밀려왔다. 카시오페아와 대화할 때도 이렇게 떨리지는 않았다.

무엇이 자신을 이토록 주눅 들게 하는 걸까? 라리사가 그토록 두려워하는 이유는 또 뭘까?

그에겐 분명히 뭔가가 있다. 그들 두 사람 모두를 숨 막히게 옭죄이는 뭔가가.

그는 침묵만으로도 이실론을 압도하고 있었다. 그와 오래 있을수록 이실론은 점점 자신의 입지가 좁아질 것임을 직감했다.

"좋습니다. 하실 말씀이 없으시면 저는 이만 떠나겠습니다."

돌아선 이실론은 라리사를 향해 손을 내밀었다.

"나와 함께 가자, 라리사. 내가 널 지켜줄게. 우리의 맹세대로 목숨을 걸고라도 널 지켜줄 거야. 나와 함께 떠나자. 여긴 네가 있을 곳이 아니야."

라리사의 검은 눈동자가 초점없이 흔들렸다. 그녀는 떠나고 싶은 것이다.

"가자!"

그러나 라리사는 고개를 저었다.

"여기가 내 집이야. 난 아무 데도 가지 않아."

그녀를 억누르는 불안과 두려움. 그 안에 라리사를 버려두고 혼자 갈 수는 없었다.

"널 데리고 여기서 나갈 거야."

이실론은 라리사의 손목을 있는 힘껏 잡았다. 무슨 일이 있어도 이 손을 놓지 않겠다는 무언의 다짐이었다.

라리사의 손목을 잡아끄는 이실론의 등 뒤에 처음으로 워쇼스키 백작의 목소리가 들렸다.

"라리사, 네가 선택하렴."

동시에 라리사를 잡고 있던 이실론의 손은 자신도 모르게 그녀에게서 떨어졌다. 다시 라리사의 손을 잡아주고 싶지만 무엇에 묶이기라도 한 것처럼 손이 움직이질 않았다.

라리사는 안타까운 눈빛으로 이실론을 바라보며 말했다.

"난 가지 않아."

그녀의 검은 눈망울 가득 이슬이 맺혔다.

'예전에도 그랬었는데……'

이실론의 사고는 빠르게 과거 속으로 흘러 들어갔다.

루나의 밤이다.

라리사는 루나의 밤에 소원을 빌면 그 소원은 반드시 이루어진다며 매년 루나의 밤이 되면 칠흑 같은 어둠 속에서 한참씩 서 있곤 했다.

히로드의 손에 끌려 라리사가 사라진 지 6년이 지났지만, 이실론은 그 6년 동안 한 번도 거르지 않고 루나의 밤이면 정원을 거닐었다.

그리고 6년 동안 똑같은 소원을 빌었다.

‘라리사를 돌려주세요…….’

6년 동안의 고독과 적막은 이실론을 철저히 고립시켰고, 외로움에 길들여진 이실론은 주변에 사람이 다가오는 것을 오히려 귀찮아했다.

돌출적인 그의 언행은 시녀들조차 그에게 다가오는 것을 차단했다. 이실론과 대화하는 유일한 사람이 워쇼스키 백작이었지만, 이실론이 원하는 유일한 친구는 라리사였다.

하늘을 가득 메운 루나의 달. 그리고 한 치 앞도 보이지 않는 어두운 정원 속이지만 이실론에게 어둠은 아무런 장애도 되지 않았다.

이실론은 주문처럼 라리사를 부르며 혼자 걷고 있었다.

어둠과 고독에 익숙해진 이실론에게 정원의 구석에서 들려오는 낯선 목소리는 당연히 경계심을 불러일으켰다.

이실론은 발소리를 죽이고 낯선 목소리를 향해 조용히 걸어갔다. 향긋한 냄새가 이실론의 코를 타고 심장 깊숙한 곳까지 흘러 들었다.

‘라리사다!’

자신의 마음을 이렇게까지 울렁이게 만들 수 있는 여자라면 당연히 라리사다. 그녀밖에 없다.

너무나 반가워 오히려 달려가는 것까지 잊었다. 이실론은 떨리는 심장을 억누르며 그녀를 향해 조심스럽게 다가갔다.

“대지의 정기를 뿌리 안에 녹이노니 잃었던 생명이…….”

어둠보다 더 깊은 검은 머리가 폭포수처럼 이실론의 눈앞에 찰랑거렸다. 이실론이 다가온 것도 모르고 라리사는 주문을 외우고 있었다. 그녀의 앞에는 말라비틀어진 행운목이 그녀의 애끓는 주문에도 소생의 기미를 보이지 않은 채 힘없이 늘어져 있었다.

"안 돼… 역시 안 돼……"

라리사의 목소리는 절망과 자책으로 우울하게 젖어 있었다.

"루나의 밤에도 안 돼……"

라리사는 깊게 한숨을 내쉬더니 다시 주문을 외우기 시작했다.

"대지의 정기를 뿌리 안에……"

라리사와 함께 이실론도 속으로 주문을 외웠다. 라리사의 손이 행운목을 향해 뻗어지는 순간, 이실론의 손도 보이지 않게 행운목을 향해 뻗어졌다.

생명을 잃고 앙상하게 말라 있던 행운목이 기지개를 켜는 새신부처럼 수줍은 새싹을 내밀었다.

"…됐잖아! 됐어! 드디어 됐어!"

라리사는 행운목을 집어 들고 벌떡 일어섰다.

그제야 뒤에 누군가 있다는 것을 깨달았는지 조심스럽게 고개를 돌렸다.

어둠 속에서도 빛을 잃지 않는 이실론의 파란 눈이 라리사의 검은 눈동자를 그윽하게 응시하고 있었다.

"이실론?"

이실론은 고개를 끄덕이며 미소를 지어 보였다. 지금까지 살아오면서, 또 앞으로 살아가면서 지금 이 순간보다 더 행복한 미소를 지을 일은 없을 것이다.

"이실론… 보고 싶었어……"

라리사는 이실론의 어깨에 기대 뜨거운 눈물을 흘렸다. 그녀 역시 자신만큼 외롭고 힘든 시간을 보내왔던 모양이다.

하지만 이젠 됐다.

이렇게 다시 만났으니 절대 헤어지지도, 그녀를 외롭게 내버려 두지도 않을 것이다. 자신이 견뎌온 그 긴 시간의 고독을 라리사도 겪게 하지 않을 것이다.

이실론은 자신이 더 이상 꼬마가 아님을 느꼈다. 그리고 자신의 어깨를 눈물로 적시는 라리사 역시 예전의 그 꼬마가 아니었다.

"루나의 밤이 우리의 소원을 들어준 거야. 걱정 마. 이젠 내가 널 지켜줄게. 누구도 널 데려가지 못하게 할 거야."

"아니야. 날 데려가 줘. 이 지옥 같은 집에서 제발 날 벗어나게 해줘."

그때 자신을 바라보던 라리사의 눈동자를 이실론은 영원히 잊을 수 없을 것 같다. 그토록 간절하게 애원하고 있는 눈동자를 어떻게 잊는단 말인가?

그녀의 눈동자를 보며 이실론은 그녀를 위해 자신의 목숨을 바치겠노라 맹세했다. 그날 밤, 라리사의 눈물을 보며 자신의 운명을 결정지은 것이다.

이제 자신은 그녀를 위해 존재했다.

그런 라리사가 지금 눈물을 보이며 함께 가지 않겠다고 말하고 있다.

그럼 자신도 갈 수 없다. 그녀와 함께가 아니라면 이제 어디로도 가지 않는다.

이실론은 분노에 찬 눈으로 워쇼스키 백작을 노려봤다.

"이제야 생각나는군요. 백작님은 하루도 거르지 않고 저와 대화하셨습니다. 제 안의 카시오페아를 깨우기 위해서였겠죠? 하지만 아무런 성과도 없자 저를 버리신 겁니다. 제 기억을 봉인시킨 채."

워쇼스키 백작은 별다른 표정의 변화도 없이 눈을 지그시 내리떴다.

"이실론, 내가 너의 기억을 봉인했다면 넌 영원히 그 기억을 되찾지 못했을 거야."

갑자기 피가 끓어오르는 것 같다. 이실론은 숨을 쉬기 어려웠다. 자신의 호흡 소리와 심장의 박동 소리가 천둥 소리처럼 그의 고막을 때렸다.

이대로 있다간 쓰러질 것 같다. 분명히 뭔가가 잘못됐다.

"이제야 기억나느냐?"

"……."

이실론은 고개를 저었다. 절대 인정할 수 없다. 자신이 그랬을 리가 없다. 하지만 워쇼스키 백작은 태연하게 고개를 끄덕였다.

"그래, 네가 한 선택이었다."

"아니야! 아니야! 내가 아니야!"

"이실론, 현실을 외면하지 마라. 모두 네가 한 일이다. 기억의 일부를 묻고 핸슨과 유리에게 접근한 것도 너의 선택이었고, 그들과 함께 남쪽 대륙에 간 것도 너의 계획이었다."

"……."

"네 안의 카시오페아가 눈뜨기 시작하면서 카시오페아의 헤츨링도 알에서 부화할 준비를 시작한 거다. 그날부터 드래곤의 영혼들이 움직이기 시작한 거고."

이실론은 더 이상 듣기 싫어 세차게 귀를 틀어막았지만 그럴수록 워쇼스키 백작의 목소리는 더 또렷이 들렸다.

"남쪽 대륙의 변화가 시작된 것도 그날부터였다. 에라다누스의 부활을 흉내낸 것은 내가 아니라 너였다. 내가 한 일은 자르휜을 유지한 것뿐이었다. 그게 내가 할 수 있는 일의 전부였지. 나머지는 모두 너의 계획이었고, 네가 실천한 일이었다."

"내가 왜? 내가 그래야 할 이유가 없어……!"

"날 위해서였다."

이실론은 자리에 털썩 주저앉았다.

워쇼스키 백작을 위해 남쪽 대륙을 혼돈에 빠뜨려 포트리몬을 위기에 몰아넣고, 셰다르를 없애는 것으로 만약에 있을지 모르는 은빛 머리 엘프의 침입을 봉쇄한 것이다. 물론 '그 녀석'을 대륙 위에 올려놓은 일까지.

모두 자신이 한 일이다.

라리사가 그토록 두려워하면서 입을 열지 않았던 것도 자신 때문이다. 그녀가 두려워하는 사람은 워쇼스키 백작이 아니라 이실론 자신이었다.

이실론은 넋이 나간 사람처럼 멍한 표정으로 라리사를 올려봤다.

그녀가 부정해 줘야 한다. 그렇지 않으면… 도저히 견디지 못할 것 같다.

"난 말렸어, 이실론. 네가 감당하지 못할 거라고 경고했잖아."

마지막 기대마저 참담하게 무너졌다.

"넌 아버지까지 이용할 정도로 내면이 사악하지 못했어. 결국 넌 스스로 함정을 판 거야. 마음의 상처라는 지워지지 않는 함정을."

"…아버지라니……?"

"이실론, 부정하지 마. 넌 처음부터 알고 있었어. 핸슨이 네 아버지라는걸."

"……."

"그가 널 위해서는 뭐든지 할 거라는 것을 확신했고, 그렇기 때문에 두려움없이 네 능력을 잠재운 거였어. 그가 목숨을 걸고라도 널 지켜줄 거라는 걸 예상했으니까."

금방이라도 숨이 멎을 것 같던 고통과 역겨움이 차라리 차분하게 가라앉고 있었다. 고통이 심해지면 오히려 아무런 감각이 없어진다는 말이 틀린 말은 아닌 모양이다.

"너무 자책할 필요는 없다. 희생없이 얻어지는 건 없으니까. 넌 라리사를 위해 네가 가진 다른 모든 걸 포기한 거다. 네가 후회한다는 것은 라리사를 선택한 네 결정을 후회한다는 거야."

라리사는 고개를 돌렸다. 그녀의 아버지에게서인지, 이실론에게서인지는 분명치 않다. 확실한 것은 그녀 역시 고통스러워한다는 사실이었다.

"이제 마무리하는 것만 남았군."

워쇼스키 백작은 책상에 펼쳐져 있던 노트를 덮으며 일어섰다.

"그들이 온다."

이실론도 워쇼스키 백작의 등 뒤 창문을 통해 핸슨과 유리, 그리고 던칸이 저택의 문을 여는 모습을 보고 있었다.

루밀을 업고 오는 핸슨의 얼굴에 드러난 초조함은 자신의 안위에 대한 염려 때문일 것이다.

'아버지…….'

핸슨은 한순간도 그 역할을 포기하지 않았다.

목숨을 걸고 이실론을 보호했으며, 혹시라도 이실론의 혼란한 생각을 부채질하게 될까 봐 자신이 이실론의 아비임조차 내색하지 않았다.

그 긴 시간 동안 아들을 옆에 두고도 내색조차 하지 않은 그의 마음은 얼마나 아팠을까? 가슴이 아릿하게 저려왔다.

이실론의 고통스런 얼굴과 상반되게 워쇼스키 백작은 희열에 찬 얼굴을 숨기지 않았다.

그의 아버지인 롤랑 워쇼스키가 마법사란 이유만으로 자살을 해야 했던 그날은 150여 년이 지난 오늘까지도 선명하게 기억난다.

하지만 자신은 아버지 같은 길을 걷지 않겠다고 다짐했다.

워쇼스키란 이름을 등에 업고 시작한 헤더림튼 왕가는 결국 반쪽짜리 왕조였다. 그들이 마법사를 박해한 것의 궁극적인 목적은 워쇼스키란 이름을 지우기 위한 것이었을 테고, 무력으로 워쇼스키를 제압하려 한 것은 그들의 가장 큰 실수였다.

그들의 철없는 힘 앞에 굴복할 정도로 워쇼스키란 이름은 가볍지 않았다.

반드시 자신의 손으로 그들에게 복수하리라 다짐한 리플레인은 엘프의 숲에 숨어들어 그들의 요정석을 훔쳐 내는 데 성공했다.

마법만으로 얻을 수 없는 긴 수명을 보장받은 것이다.

아내를 얻고 아들을 낳고, 그 아들이 성장하면 자신의 손으로 죽여 그 이름을 자신이 되찾았다.

리플레인이란 이름에서부터 지금의 베르비스토란 이름까지 자신의 아들 노릇을, 손자 노릇을 하며 버텨온 지난 세월의 고통을 이제는 보상받아야 할 때다.

지금쯤은 자신의 흑기사단도 헬리오 포트리스에 도착했을 테고, 히로드와 함께 움직이기 시작했을 것이다.

"이제 그들만 없애면 우리의 계획은 완벽하게 성공하는 거야.

우린 우리를 필요로 하는 군중 속으로 걸어가기만 하면 되는 거다.”

이 순간만큼은 워쇼스키 백작도 상기된 감정을 억누르기 힘들었다.

“워쇼스키 백작! 제거돼야 하는 건 그들이 아니라 당신이야! 당신만 없애면 모든 게 끝나. 모든 걸 원점으로 되돌릴 수 있다고!”

워쇼스키 백작의 검은 수염 사이로 하얀 이가 가지런히 드러났다.

“하하핫! 이미 구르기 시작한 운명의 수레바퀴는 멈추지 않는다!”

“멈출 수 없다면 부러뜨릴 테다!”

이실론의 손에서 검붉은 화염이 쏟아졌다.

그러나 워쇼스키 백작은 한 번의 손짓으로 이실론의 불길을 간단히 잠재워 버렸다.

“넌 드래곤이 아니야. 평정을 잃고서는 마법을 쓸 수 없다. 내가 너에게 가르친 건 하나뿐이다. 냉정해지는 법. 그리고 냉정을 유지하는 법!”

워쇼스키 백작이 손을 치켜들자 이실론은 힘없이 그 손에 들려 허공에 떠올랐다.

“아무리 강한 힘을 가지고 있어도 스스로 통제하지 못한다면 아무런 소용이 없다. 바로 너처럼!”

워쇼스키의 손은 가차없이 창밖을 향해 휘둘러졌다.

이실론의 여린 몸이 창을 뚫고 황량한 정원에 던져졌다.

“아악!”

라리사의 찢어지는 비명이 깨진 창문을 통해 거대한 저택에 메아리쳤다. 고통에 몸부림치는 딸을 외면하며 워쇼스키 백작은 기분 좋게 방문을 열었다.

그들을 영접할 차례다.

"아악—!"

유리는 자리에 털썩 주저앉았다.

이실론이 이렇게 비참한 모습으로 자신들을 맞게 될 줄이야 꿈에도 상상하지 못한 일이다. 뼈가 부러졌는지 바닥에서 일어나지 못하며 꿈틀대고 있는 이실론의 반쯤 열어진 동공만이 그의 고통을 대변하고 있었다.

"이실론!"

핸슨이 루밀을 이실론의 옆에 눕히며 무릎을 꿇고 앉았다.

"어떻게 된 거냐? 어떻게 된 거야? 누가 널 이렇게 만든 거야?!"

핸슨의 질규는 이실론의 가슴을 적시고 머리를 때렸다.

'아버지… 죄송해요……'

하지만 얼굴도 모르는 아버지보다 라리사가 소중했었다.

그녀가 지옥처럼 생각하던 이 저택에서 그녀를 데려가기 위해서라면 이실론은 다시 기회가 주어진데도 역시 같은 선택을 할지 모른다.

그러나 모든 것이 헛된 바램이었다.

라리사는 여전히 이 저택 안에 갇혀 있고, 자신은 이렇게 무기력하게 쓰러져 있다.

유리의 파란 눈동자에 저택의 밖으로 오연히 걸어나오고 있는 워쇼스키 백작의 영상이 비춰졌다.

'이대로 정말 모든 게 끝나는 건가?'

그럴 순 없다고 이를 악물어보지만 의지만으로 부러진 척추가 다시 붙을 리는 없었다. 부러진 척추는 마나의 흐름마저 끊어놔 마법으로 치료를 해볼 엄두조차 내지 못하게 만들었다.

"조금만 버텨라. 조금만! 널 이대로 보내지 않을 거다. 절대로!"

핸슨은 성난 얼굴로 시미터를 뽑아 들며 워쇼스키 백작과 마주 섰다. 이실론은 핸슨을 잡고 싶었지만 말도 나오지 않고, 손도 움직여지지 않았다.

그들에겐 무리다.

그들의 힘만으로 워쇼스키 백작을 상대하지는 못한다. 자신의 앞에서 그들마저 다치는 모습을 보고 싶지는 않다. 이실론은 눈을 감아버렸다.

"괜찮아, 괜찮을 거야."

익숙한 목소리에 이실론은 감았던 눈을 활짝 열었다.

"그래, 퐁이야. 퐁이 이실론 치료해 줄 거야. 조금만 참아. 금방 괜찮아질 테니까."

"…퐁, 어디 있니……?"

목메인 소리가 간신히 입 밖으로 나왔다.

"이실론 옆에 있어. 말하려고 하지 마. 더 아프잖아."

등을 따라 차갑고 시원한 바람이 흐르는 것 같다. 온몸을 달구던 통증과 열기는 조금씩 식어가기 시작했다.

자신이 외면하며 쫓아보낸 이 조그마한 친구가 그림자처럼 자신을 뒤쫓아왔던 모양이다. 그리곤 구원자가 되어 부러진 그의 척추를 어루만지고 있었다.

이실론은 눈물을 흘리는 것밖에 어떤 사과의 말도, 감사의 인사도 할 수 없었다.

"심각하게 부러지진 않았어. 이실론, 이제 마나 쓸 수 있을 거야. 한번 해봐. 그럼 일어설 수 있을지도 몰라."

이실론은 퐁이 시키는 대로 마나를 모아봤다.

'된다!'

온몸을 따라 도는 청량한 기운은 이실론의 다친 상처를 흔적도 없이 씻어주고 있었다. 벌레처럼 꿈틀대던 몸이 서서히 활기를 찾아가기 시작했다.

"이실론, 드래곤의 힘이야. 워쇼스키 백작은 결코 따라올 수 없어. 자신을 극복할 수만 있다면 이실론이 이길 수 있대."

퐁은 에스더님의 말을 전하고 있었다.

'짐작하셨구나. 그래서 아무 말 못 하고 떠나셨구나.'

단지 인간의 힘만으로 에라다누스의 부활을 흉내 내며 남쪽 대륙 전체를 변화시킨다는 것은 불가능한 일이었다.

셰나르가 아니리면 그 힘의 원천은 이실론임을 에스더는 알았던 것이다. 이실론 스스로 자각하지 못하고 있음까지도. 셰다르 본인의 의사와 상관없이 동료들의 불신 때문에 그가 겪은 고통을 알기에 에스더는 이실론 얘기도 하지 않았다. 이실론 스스로 해결할 기회를 준 것이다.

이실론은 자리에서 일어섰다.

마치 오랜 잠에서 깨어난 것처럼 오히려 몸이 개운해졌다. 그리고 머리도 맑아졌다. 자신이 해야 할 일은 분명하게 깨달았으니 이제 혼란도, 분노도 없었다.

이실론이 차가운 표정으로 냉정하게 걸어오는 모습을 보자 워쇼스키 백작의 안색이 조금 변했다.

이실론은 냉정하게 자신의 힘을 통제하고 있었다. 그 사실은 워쇼스키 백작에게도 분명하게 전해졌다.

워쇼스키의 손이 움직인다 싶은 순간, 이미 유리의 몸이 워쇼스키 백작의 앞을 막고 있었다. 그는 이실론의 마법에 유리를 방패로 삼으려는 것이다.

"이렇게 비겁하기까지 하신 분일 줄은 미처 몰랐습니다."

어차피 자기 손으로 아내와 자식들을 죽이며 연명해 온 삶이다. 자신의 이상이 완성되지 못한다면 그들의 죽음까지 모욕하는 것이 된다.

"나처럼 오래 살다 보면 생존의 지혜를 터득하게 되지. 체면이니 의리니 하는 허상의 가치 때문에 실리를 포기하진 않아. 그랬다면 지금까지 살아 있지도 못했겠지. 네가 사랑을 위해 다른 모든 것을 포기했듯 난 나의 야망을 위해 다른 모든 것을 포기했다고 이해하면 된다."

워쇼스키 백작의 목소리엔 조금의 흔들림조차 없었다. 워쇼스키 백작의 차가운 목소리는 이상하게 유리의 마음까지 차분하게 가라앉혔다.

"이실론, 전에 내가 했던 말 기억나니? 하이오네가 날보고 드래곤 때문에 죽을 운명이라고 한 말. 사실 드래곤 때문이 아니라 드래곤을 위해 죽을 운명이라고 했어. 너의 수호 기사라는 걸 알면서도 막상 그녀의 말은 인정하기 힘들었지. 하지만 이젠 아니야. 에스더의 기사로 당당하게, 그리고 너의 수호 기사로 명예롭게 죽을 수 있다면 나 자신은 포기할 수 있어. 난 내가 가장 소중히 생각한 나의 이상을 위해 내 자신을 포기할게. 내 이상을 지켜줘. 그리고 아빠를 도와줘. 너라면 할 수 있을 거야."

깊은 산중의 맑은 샘물처럼 반짝이는 그녀의 푸른 눈동자는 담담하게 이실론을 응시하고 있었다. 모든 준비가 끝난 사람의 마지막 눈빛으로 손색이 없는 비장함이 유리의 눈동자 가득 담겨 있었다.

핸슨과 던칸조차 아무 말도 해줄 수 없었다. 무엇이 옳은지, 어떤 선택이 현명한 건지 그들 역시 알지 못했다.

하지만 이실론은 유리를 두 번씩이나 죽음으로 내몰 자신이 없었다.

"원하는 게 뭡니까? 차라리 나의 죽음이라면…… 받아들이겠습니다."

자신을 대신해 희생돼도 좋은 사람은 없다. 생명은 생명으로서 그 하나하나에 모두 가치가 매겨져 있는 것이다. 지금 이 자리에서 죽어도 되는 사람은 자신과 워쇼스키 백작뿐이다. 다른 사람의 생명을 짓밟은 대가를 치러야 하는 사람들인 것이다.

"유감이군. 너와 라리사기 결혼한다면 나의 훌륭한 동반자가 되어줄 거라고 기대했는데. 하지만 너의 죽음으로 이 상황을 끝내고 싶다면 어쩔 수 없지. 그동안 고마웠다. 이 모든 죄과는 내가 죽어서 갚으마."

"믿지 마—!"

2층의 깨어진 창문에서 라리사의 앙칼진 목소리가 들렸다.

"믿지 마! 자신이 저지른 일을 숨기기 위해서라도 모두 죽일 거야. 어차피 모두 죽일 거란 말이야!"

"조용히 해!"

라리사의 입을 막은 워쇼스키 백작은 이실론을 향해 말했다.

"이실론, 네가 나에게서 등을 돌리기로 결정한 순간 넌 이미 죽어야 하는 목숨이다. 네가 죽지 않으면 라리사가 죽을 거야. 장담하지만 내가 죽으면 그애도 함께… 죽는다."

"당신은…… 인간도 아니야. 아비가 될 자격도 없어."

"그래, 난 인간도 부모도 아니다. 내 아버지가 자살하는 모습을 지켜본 그 순간부터 지금까지 난 오로지 죽은 내 아버지의 아들이었을 뿐이다. 150년을 한결같이 내 아버지의 아들로 그분의 복수를 위해서만 살아왔어!"

"거짓말! 당신은 아버지의 복수 따위는 안중에도 없어. 오로지 자신의 야망에 눈이 멀어 자식마저 볼모로 삼고 있는 거지."

"그렇다 해도 상관없다. 이미 바퀴는 구르고 있으니까."

핸슨은 숨조차 쉬지 않고 워쇼스키 백작과 이실론의 대치를 지켜보고 있었다. 섣불리 자신이 나서면 오히려 이실론을 다치게 할 수도 있다. 하지만 이대로 이실론이 다치는 모습을 지켜만 볼 수도 없는 노릇이다.

'무능한 아비임만 또다시 한탄해야 하나?'

핸슨은 숨 쉬는 것조차 모욕스럽게 느껴졌다. 신경이 곤두서 있는 핸슨의 옆구리를 던칸이 살짝 찔렀다.

던칸은 발로 바닥을 살짝 두드리며 핸슨에게 무언의 신호를 보냈다. 던칸의 동작을 가만히 지켜보던 핸슨은 그가 의미하는 바를 눈치 챘다. 바닥이 진동한다는 얘기다. 누군가 다가오고 있다는 뜻이고, 던칸이 몸을 살짝 들썩이는 것은 말을 의미하는 것 같다. 종합하면 기병대가 오고 있다는 얘기다.

처음부터 저택에 흑기사단이 한 명도 보이지 않아 불안해하던 중이었다. 만약 흑기사단이 돌아오고 있는 것이라면 상황은 더욱

불리해진다.

거기다 핸슨의 심장을 멎게 하는 이실론의 한마디.

"이들 모두를 보내준다면 당신의 앞에서 내가 목숨을 끊겠다."

이실론을 잠자코 들여다보던 워쇼스키 백작이 의외로 쉽게 대답했다.

"좋다. 인질은 라리사 하나로 족하다."

어차피 이실론이란 큰 산만 넘으면 된다. 나머지 사람들은 나중에라도 어렵지 않게 해결할 수 있다.

핸슨과 던칸은 거의 동시에 2층 창문을 올려다봤다. 라리사가 조용히 고개를 끄덕였다. 이실론만큼이나 비장한 그녀의 표정을 믿어도 될까?

하지만 다른 선택의 여지가 없다.

워쇼스키 백작은 유리를 잡고 있던 손을 풀었다. 워쇼스키 백작의 손에서 풀려난 유리가 이실론의 앞에 조용히 멈춰 섰다.

"이실론, 넌 좋은 친구였어. 영원히 널 잊지 않을게."

유리는 담담히 손을 내밀었다. 이실론은 유리의 따뜻한 손을 잡으며 마지막일지도 모를 굳은 악수를 했다.

"듀리안, 이번엔 내가 부탁할게. 우리 아버지를 부탁해."

이실론은 핸슨을 보지 않았다. 그의 얼굴을 보면서는 차마 입이 떨어질 것 같지 않아서였다.

"이실론…… 알고 있었… 니……?"

"긴말하고 싶지 않습니다. 어서 가십시오."

"안 된다! 널 혼자 두고서는. 차라리 너와 함께 죽는 한이 있어도……."

"유리―!"

이실론이 신경질적으로 소리치자 유리가 재빨리 핸슨을 막았다.

"핸슨, 이실론의 선택이에요. 그의 선택을 존중해 주는 게 우리가 할 일이에요. 그걸 모르겠어요? 핸슨이 이럴수록 이실론이 더 힘들어지잖아요!"

핸슨을 설득하고 있지만 유리도 울고 있긴 마찬가지였다.

던칸은 바닥에 눕혀져 있는 루밀을 업으며 2층 창문을 다시 힐끔 쳐다봤다. 라리사가 어서 가라고 턱짓했다.

"퐁, 너도 가."

모습을 숨기고 루밀의 상처를 돌보고 있던 퐁이 구슬 눈을 깜빡이며 나타났다.

"퐁은 이실론이랑 여기에……"

"가—!"

퐁은 주먹만한 눈물방울을 뚝뚝 떨구며 던칸의 어깨에 앉았다. 라리사의 표정에서 그녀의 마음을 읽은 던칸은 떨어지지 않는 핸슨과 유리의 발걸음을 재촉하며 저택의 밖을 향해 걸어갔다.

그들이 담장 옆에 숨는 모습을 확인한 라리사는 워쇼스키 백작을 향해 말했다.

"아빠가 틀렸어요. 죽어도 되는 생명이란 건 없어요. 더 이상 아빠를 위해 사람들을 다치게 하지 않을래요. 싫어요."

워쇼스키 백작이 말릴 틈도 없이 라리사는 스스로의 가슴에 단검을 꽂은 채 창밖으로 뛰어내렸다.

"라리사—!"

이실론이 절규하며 달려갔다.

라리사는 마지막 한 모금의 호흡을 모아 이실론에게 말했다.

"처음부터 모든 게… 계획적이었어. 너에게서 날… 떨어뜨려 놓은 거, 그래서⋯ 날 그리워하게⋯⋯ 만⋯ 든 거⋯⋯. 네가 날 사랑하게⋯ 된 날을 생⋯ 각해 봐. 루나의 밤이었어. 아빠의⋯⋯ 마법이었단 말이야. 넌 속⋯ 은 거야⋯⋯. 아빠를⋯⋯ 용서하지⋯ 마⋯⋯.”

라리사의 생명이 멎었다.

자신의 바램은 소박했다. 라리사를 행복하게 해주고 싶은 것. 자신이 사랑하는 한 사람을 행복하게 해주고 싶다는 작은 소망이 너무나 많은 사람의 희생을 부르고 죽음을 부추겼다.

그때의 쉬웠던 결정이 지금에 와서는 왜 이렇게 고통스러운 것일까?

그땐 생명의 가치를 몰랐다. 가족의 소중함도, 친구의 고마움도. 자신에겐 아무런 의미 없는 사람이라도 그 사람을 사랑해 주는 가족이 있고, 그 사람을 소중히 여기는 친구가 있다는 생각을 하지 못했다.

자신이 속해 있던 세상은 이 저택이 전부였고, 이 안에서 생각할 수 있는 소중함의 가치란 라리사밖에 없었다. 그녀 외엔 아무것도 의미가 없었고, 그녀를 위해선 모든 것을 희생할 수 있었다. 하지만 자신의 그런 선택은 라리사조차 행복하게 해주지 못했다.

게다가 그녀를 향한 자신의 사랑조차 거짓이었다고 한다.

그럼 이실론에게 남는 것은 아무것도 없다. 분노밖에⋯⋯.

라리사의 식어가는 몸과 그 몸을 부여잡고 있는 이실론의 등을 바라보고 있는 워쇼스키 백작의 마음은 심란했다.

강하게 키우기 위해 그렇게 공을 들였건만, 결국 라리사는 자신의 이상을 함께하기엔 너무나 나약한 아이였다.

워쇼스키 백작에겐 딸을 잃은 슬픔보다 라리사를 향해 고개 숙인 이실론의 등이 먼저 보였다. 이실론의 분노가 폭발하기 전에 그를 제거해야 한다.

"라리사와 함께 가게 해주마!"

워쇼스키 백작의 손에서 번개가 치듯 이실론의 등을 향해 은색 섬광이 뻗어졌다. 이실론은 재빨리 방어막을 치며 라리사의 시체를 안고 훌쩍 뒤로 뛰었다.

콰광—

워쇼스키 백작의 섬광과 이실론의 방어막이 부딪치며 조금 전까지 이실론이 있던 자리에 커다란 구덩이가 파였다.

라리사의 죽음에 넋을 잃었던 이실론이지만 워쇼스키 백작의 강렬한 살기는 등을 찌르는 검처럼 날카롭게 느껴졌다. 이실론도 방어 마법을 준비하며 워쇼스키 백작이 마수를 드러내기만 기다렸던 것이다. 그에게 선제공격의 기회를 준 것은 오로지 라리사에 대한 마지막 배려였다.

이실론이 라리사를 내려놓기도 전에 워쇼스키 백작은 또 한 차례 강렬한 섬광을 쏘아냈다.

콰과광—!

같은 마법이 연속적으로 충돌하며 더 큰 폭발을 일으켰다.

'이번엔 날 키워준 지난날에 대한 보답이었다!'

이실론은 라리사의 시체를 담장 옆에 내려놓으며 몸을 돌렸다. 이실론의 파란 눈동자가 얼어 있는 호수처럼 차갑게 가라앉았다.

'냉정을 잃지 않는다면 그에게 질 이유가 없다.'

이실론의 손은 드래곤의 브래스처럼 꺼지지 않는 불꽃을 토해냈다. 정상을 향해 달려가는 태양의 열기보다 뜨거운 열기를 품은 이실론의 불꽃이 워쇼스키 백작을 향해 밀려갔다.

워쇼스키 백작이 로브를 휘날리며 팔을 저었다. 마치 그의 로브 자락에서 흘러나오는 것 같은 강풍이 휘몰아치며 이실론의 불꽃을 밀었다.

휘르륵―

불꽃이 밀려가던 힘과 막아내는 바람의 힘으로 불꽃이 옆으로 퍼지며 두 사람 사이에 불의 장막이 생겼다.

정원을 양단하고 있던 불의 장막은 점점 세력을 확장하며 저택을 집어삼킬 것처럼 이글거렸다. 이실론은 계속해서 불꽃을 키웠다. 워쇼스키 백작이 점점 뒤로 밀리는 것이 느껴졌다.

'하지만 죽이진 않는다!'

그로 인해 죽어간 사람들의 고통을 나누어 질 때까지 결코 편한 죽음은 주지 않으리라 다짐하며 이실론은 워쇼스키 백작을 밀어붙였다. 저택 쪽으로 밀려가던 불꽃이 저택의 벽에 부딪치며 힘없이 스러지기 시작했다.

'젠장!'

이실론은 재빨리 불꽃을 거두어들였다. 불꽃이 지나간 자리마다 검은 재가 수북하지만 저택엔 작은 흔적조차 남지 않았다. 그리고 워쇼스키 백작 또한 보이지 않았다. 불의 장막을 방어막으로 워쇼스키 백작은 오히려 퇴로를 연 것이다.

"하하하핫―! 역시 대단하군. 하지만 드래곤의 마법과 정면으로 맞선다면 그게 어리석은 일이지."

워쇼스키 백작의 목소리는 저택의 안에서부터 쩌렁쩌렁하게 울려 퍼졌다.

이실론은 다시 저택을 향해 불꽃을 던져 봤다.

피식.

저택의 벽에 부딪친 불꽃은 튕겨지지도, 번져 나가지도 못하고 흔적없이 사라져 버렸다.

'불이 안 통하면……'

이실론은 저택을 통째로 얼려 버릴 듯한 냉기를 뿜어냈다.

콰직.

결과는 역시 마찬가지였다. 전력을 다한 이실론의 마나 에너지로도 이 저택의 문고리 하나 얼리지 못했다. 마치 저택 자체가 마나를 흡수해 버리는 듯한 느낌이었다.

"이 저택은 증조부님 필생의 역작이다. 네가 아니라 카시오페아가 직접 온대도 두렵지 않다!"

워쇼스키 백작은 라리사를 죽게 한 바로 그 창문에서 이실론을 내려다보며 말했다.

경비병 한 명 없이 이실론을 기다리던 워쇼스키 백작의 자신감도 이 저택에서 비롯되었던 모양이다.

"마법사는 기사들과 다르다. 힘만으로 대결하는 게 아니거든. 내가 미처 가르쳐 주지 않았지만 마법사에게는 힘보다 지혜가 더 중요하단다. 훗훗!"

워쇼스키 백작은 주먹을 쥐고 하늘을 향해 양팔을 넓게 펼쳐 올렸다. 꼭 쥐어졌던 그의 주먹이 활짝 펼쳐지자, 주변이 어두워지며 세찬 바람이 불기 시작했다.

이실론을 중심으로 자욱한 흙먼지가 피어 올랐다.

'그는 물이 아니라 바람으로 불을 누르고 있다. 그리고 빛으로 공격한다. 그의 마법은 오로지… 나를 막기 위한 것이다!'

차라리 물이라면 스피드로 제압할 수도 있지만 바람은 달랐다. 더욱이 위에서 아래로 부는 바람이라면.

이실론이 쓰는 모든 마법이 고스란히 자신에게 되돌아올 수밖에 없는 상황인 것이다. 바람이 점점 거세질수록 반격은커녕 자리를 지키고 서 있기도 힘들었다. 게다가 바람에 실려오는 온갖 먼지와 이물은 눈을 뜨고 있기도 힘들게 만들었다.

눈살을 찌푸리며 이실론이 몸을 낮추자 워쇼스키 백작은 순간적으로 바람을 거두며 섬광을 내뿜었다.

콰광—

번개가 내리꽂힌 것 같은 빛의 폭발에 일시적으로 주변이 하얗게 정지되었다. 이실론이 피할 수 있는 공간과 시간을 차단한 필살의 일격이었다.

하지만 빗나갔다.

"……!"

워쇼스키 백작이 당황하고 있는 그 짧은 틈을 놓치지 않고 이실론은 양쪽 손가락을 튕겨냈다. 실낱처럼 가는 두 줄기 빛줄기가 워쇼스키 백작을 향해 쏘아졌다.

워쇼스키 백작은 다시 바람을 일으키려 손바닥을 폈지만 이실론의 빛줄기가 그의 손바닥을 관통해 지나갔다.

"으윽—!"

워쇼스키 백작은 믿을 수 없다는 표정으로 자신의 양손을 내려다봤다. 믿을 수 없도록 작은 구멍이지만 마법사의 손바닥에 난 구멍은 밑 빠진 독과 마찬가지의 역할을 한다. 물이 새어 나가듯 마나 에너지가 몸 밖으로 흘러나가는 것이다.

"안 돼—!"

"지혜에서 앞서도 힘에서 밀린다면 방심하지 말았어야죠. 마법사들의 자만이 대중으로 하여금 마법사의 박해를 용인케 한 이유라는 걸 벌써 잊으셨습니까?"

이실론이 노린 것도 단 한 번의 기회였다. 워쇼스키 백작이 바람을 거두며 필살의 일격을 가하는 바로 그 순간, 자신의 모든 마나 에너지를 실낱같은 두 줄기의 빛살에 담아낸 것이다.

워쇼스키 백작이 섣불리 방어 마법으로 막으려 했다면 거대한 폭발이 일었을 수도 있었다. 다행히도 영리한(?) 워쇼스키 백작은 방어 마법을 쓰지 않았고, 덕분에 이실론은 의도한 대로 그를 죽이는 대신 다치게 만들 수 있었다.

워쇼스키 백작을 지켜줄 수 있는 건 베르트랑 워쇼스키가 지었다는 이 저택뿐이다. 이 저택을 나서는 순간이면 그는 이빨 빠진 호랑이 신세가 되는 것이다.

"너를 과소평가한 대가치고는 가혹하구나……."

"그 아이를 과소평가한 대가가 아니라 당신 자신을 과대평가한 대가요!"

쩌렁쩌렁한 목소리와 함께 철문을 열며 독수리 문양이 새겨진 청동 갑옷의 장수가 들어오고 있었다.

"카멜……?"

워쇼스키 백작은 주변을 둘러봤다.

이실론과 접전에 빠져 있는 동안 그의 저택은 카멜 기사단에 의해 빈틈없이 에워싸여 있었다.

"워쇼스키 백작, 당신의 국왕 암살 시도는 실패했소."

"……."

모든 게 끝이다.

라리사가 카멜 후작을 제거했어야 했다.

최소한 레인져 구역에서 이실론과 핸슨이 며칠만 묶여 있었어도 카멜, 이 너구리를 카테나치오란 굴속에서 끄집어낼 수 있었다. 헬리오 기병대란 덫에서 이실론과 핸슨을 구하기 위해서라도 카멜 후작은 움직였을 것이다.

그러나 실패했다.

라리사는 카멜 후작을 제거하는 데, 히로드는 그들을 레인져 구역에 묶어두는 데, 검은 기사단은 국왕을 제거하는 데, 그리고 자신은 이실론을 제거하는 데.

150년에 걸친 기다림도 끝이다.

자신은 실패자였다.

4

 대륙에서 가장 독한 술만 파는 카테나치오의 술집이 다시 술렁이기 시작했다.

"이번엔 또 뭐야?"

"발록이래."

"미치겠군."

불평을 하는 것은 술집 주인이었다.

술 먹던 싸움꾼들이 너나없이 무기를 집어 들고 거리로 뛰쳐나가는 것이다. 몬스터를 막겠다고 뛰어나가는 그들을 잡고 술값을 내놓으라고 할 수는 없는 노릇 아닌가. 저 빌어먹을 싸움꾼들이 언제부터 이렇게 의협심에 불타는 투사가 되었는지 야속하기만 할 뿐이었다.

카테나치오의 높은 성벽 앞에서는 이미 네 마리의 발록과 수십 명의 검사들이 맞붙어 치열한 싸움을 벌이고 있었다.

카테나치오에서 단련된 거친 남자들도 발록과의 싸움이 쉽진 않다. 아무리 인원이 많아도 철저히 경계하며 조심스럽게 허점을 노려야 한다.

그런데 느닷없이 찰랑거리는 레이피어를 휘두르는 여검사가 싸움판에 끼어들더니 몬스터 따위는 아무것도 아니라는 듯 순식간에 발록 한 마리를 처리해 버렸다.

"뭐야? 우리도 체면이 있지 저 애송이 여자애에게 뒤처져서야 말이 안 되잖아?"

평생을 싸움으로 살아온 사내들의 오기를 부채질한 것으로 여검사의 역할은 끝이었다. 여검사는 혼전을 뒤로하며 여유롭게 성문을 넘어 카테나치오에 들어섰다.

"어이, 이게 누구야? 듀리안 아니신가?"

"트로인?"

레이져 구역에서 말없이 떠나가던 던칸의 친구 트로인이었다.

"이렇게 대단한 실력자였단 말이야?"

"제 사부님이 경험보다 좋은 훈련은 없댔거든요."

혼돈의 남쪽 대륙에서 그들이 어떤 모험을 펼쳤을지는 보지 않아도 상상할 수 있는 일이었다.

"술이나 한잔할까?"

"트로인이 살 거죠?"

"아빠, 죄송해요."

유리는 목에 걸려 있는 펜던트에 정중히 양해를 구하고는 맥주를 벌컥벌컥 들이켰다.

"캬하~ 시원하다."

유리는 트로인을 향해 히죽 웃고는 맥주 한 잔을 더 주문했다.

"트로인은 몬스터 레인져 그만두고 꽃 장사나 한다면서요?"

"우리 동네까지 몬스터가 쳐들어가면 안 되니까."

"여기서 막아보겠다?"

"그러는 너야말로 여기서 혼자 뭐 하는 거냐? 동료들은 다 어딨고?"

"던칸은 퀸츠로 갔어요."

트로인이 술잔을 내려놓으며 씁쓸히 입맛을 다셨다.

"그랬겠지."

"이실론은 핸슨이랑 남쪽으로 다시 갔어요."

"왜?"

"정리할 일이 좀 남았거든요."

"남쪽 대륙에서 정리할 일이라……?"

유리는 대답 대신 어깨를 으쓱했다.

이실론이 남쪽 대륙의 혼돈을 정리하고, 하이오네를 그녀의 바다로 돌려보내 주고, 흡혈귀가 된 예전의 동료를 찾는다고 얘기해 봤자 트로인은 웃기만 할 게 뻔했다. 거기다 드래곤까지 찾아야 한다면 미친 소리하지 말라며 술값도 안 내고 그냥 일어나 버릴지도 모른다.

믿기지 않는 말로 실없는 사람이 되느니 차라리 입을 다물고 있는 게 낫다.

"넌?"

"난 아빠랑 고향에 가는 길이에요."

"아빠?"

유리는 목에 걸려 있는 펜던트를 가리켰다. 결국 아빠는 죽었지만 자신의 옆을 떠난 건 아니다.

"…금화밖에 없냐?"

돈 얘기에 귀가 쏠리는 건 변함없는 유리의 본능이었다. 그것도 금화라는데.

"금화는 안 됩니까?"

죄라도 지은 듯 자신없는 목소리에 유리는 어이없는 웃음을 지으며 고개를 돌렸다.

"이런 건 이실론이나 할 만한 대사인데……."

생긴 모습도 비슷했다. 하늘하늘한 금발과 티없이 고운 피부. 거기다 전신에서 풍겨나오는 저 귀족 냄새.

"금화가 안 될 건 없지."

주인은 인심 쓰는 척하며 소년의 한 끼 밥값으로 금화 하나를 넙죽 받아 챙기고 있었다. 저 꼬맹이가 이실론이랑 닮지만 않았어도 유리가 나서지는 않았을 것이다.

"이봐요, 주인 아저씨. 거스름돈을 줘야죠."

카테나치오에서 남의 일에 끼어들지 말아야 한다는 건 불문율이다. 하지만 어차피 힘에 의해 지배되는 도시. 방금 성 밖에서의 유리의 활약을 들은 주인장은 두말없이 거스름돈을 꺼내 소년에게 건넸다.

소년은 고맙다는 인사도 없이 거스름돈을 돈주머니에 받아 넣었다.

"저 돈주머니……."

낯이 익다. 어디였을까? 손톱을 깨물며 고민하던 유리가 자리에서 벌떡 일어섰다.

"꼬마야!"

벌써 문밖으로 나가고 없었다. 유리는 의자를 넘어뜨리며 후닥
닥 소년의 뒤를 쫓아 나갔다.
　한데 없다. 그 짧은 시간에 어디론가 사라지고 보이지 않는다.
　"이실론의 돈주머니……!"
　움직이는 늪에서 잃어버렸다는 이실론의 돈주머니였다.

〈 끝 〉

퀸츠 왕국
크릭릴 계곡
에민
페니키아(수도)
워터밸
식인 늪
ㅇ웨이트가드
(중립령)
몰던 시
은빛 노을의 강
자코비니 사막
라이즈쎗
해지랄리
포말하우트 산맥
움직이는
피요드
자우라크
크릭할린 협곡
N
W E
S
코로나

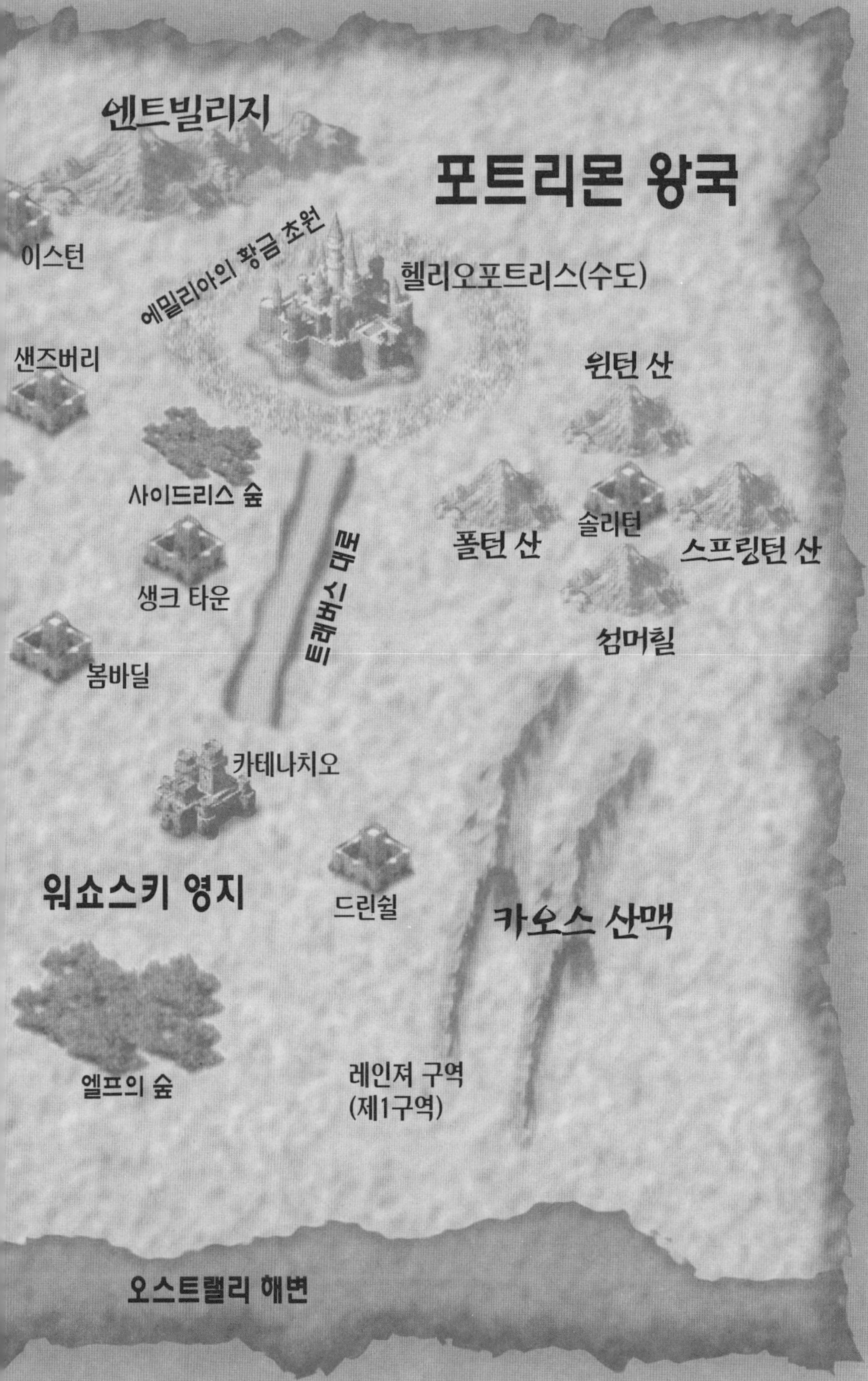

포트리몬 왕국

엔트빌리지

이스턴

에밀리아의 황금 초원

헬리오포트리스(수도)

샌즈버리

윈턴 산

사이드리스 숲

트레버 강

폴턴 산

솔리턴

스프링턴 산

생크 타운

섬머힐

봄바딜

카테나치오

워쇼스키 영지

드린쉴

카오스 산맥

엘프의 숲

레인져 구역
(제1구역)

오스트랠리 해변